U0070709

財神嬌娘 3 完

風 文創 801

雨鴉 著

目錄

第五十一章

程家興抱著女兒回到鋪子，就聽見東子說，這是今天最後一爐脆燒餅。

排在後面的客人央求他再請何嬌杏多做些，抱著人回來的程家興也問了句。「你阿姊累了？今兒這麼早收？」

「姊夫回來了？還有冬菇，出去玩得高不高興？」

冬菇直點頭，說高興。

程家興摸摸女兒的頭髮，又問了一遍。「到底怎麼回事？」

東子說不是累了，是何嬌杏想到新鮮吃食，等不及，打算少賣幾爐燒餅，關店試做。

程家興這才放心，進去瞧瞧媳婦。

廚房裡，何嬌杏做完燒餅，正在休息，看男人抱著閨女回來，放下茶碗，伸手接過冬菇，摟著她親了好幾口。

看何嬌杏在跟閨女說話，程家興先把買回來的東西放下，放好才問她想做什麼？

何嬌杏說：「蛋黃酥。」

「那是什麼？」

「是種點心。這裡材料不夠，還得出去買幾樣，主要是紅豆和鹹鴨蛋。」

「妳把缺的東西告訴我，我去買吧！」

程家興剛回來，又出去了，照何嬌杏說的數目，將她要的食材買齊。回來後，照何嬌杏吩咐的，先泡紅豆。

紅豆泡發煮熟，何嬌杏再碾成紅豆泥，濾過水，下鍋炒成油豆沙。油豆沙出鍋時，做酥皮的麵團也醒好了。

哪怕這天收工早，因為泡豆子耗費許多工夫，這會兒天都黑了。冬菇本來也在旁邊看的，看著看著打起瞌睡，被抱上樓去了。

還守在旁邊的，只剩程家興跟東子，他們幫不上忙，只能看著何嬌杏做酥皮，做豆沙蛋黃餡，然後把餡包進皮裡，搓成圓圓一顆，刷上蛋黃液，在上面點綴黑芝麻，擺得整整齊齊地送進烤爐。

「這就是最後一步了。」何嬌杏跟程家興交代兩句，讓他看好火候，到時直接端出來。

程家興剛答應下來，就被東子擠開。

「我來，我從小給阿姊打下手，看火候比姊夫準。姊夫去給阿姊倒碗水，再捏捏肩膀。揉這麼多麵，我看著都嫌胳膊痠。」

東子這麼說，程家興沒跟他爭，伺候媳婦去了。

何嬌杏在喝水，他幫她捶背捏肩，邊捏邊說：「我帶冬菇出去時，看了一下，這條街上有幾家鋪子的生意讓同行抵制得厲害，大概要撐不下去了。」

何嬌杏一下沒領會到他的意圖，就著坐下的姿勢抬頭看去。

程家興提醒她。「妳忘了咱們答應大哥、大嫂的。」

何嬌杏點頭，是有這回事。「哪家的鋪子？適合租來賣吃的嗎？」

「從別人手裡接下的鋪面，總要重新整修才能開張。現在說這個嫌早，東家會怎麼應對還難說，是死撐還是轉租，或者直接把鋪子賣了都可能。我是指望他賣。」

東子聽見這話，轉頭問：「姊夫嫌一家店不夠？想多搞出兩家？」

程家興手上動作不停，嘴上也不停。「我開門做買賣，一家就夠了，是想著縣城裡熱鬧街上的鋪面買來總不會虧，只要有人賣，都可以接過來。哪怕以後缺錢，再脫手也不難。」

他說的時候，何嬌杏仔細聽著，等他講完，才道機會不大。

「咱們能買到這間鋪子，已經是好運。這種鋪面，要不是急用錢，怎麼說都不會賣的。」

程家興聳聳肩。「說是這麼說，希望還是有的，等等看吧！能買到是最好，買不到也得把答應大哥、大嫂的事情辦了，至少打聽租賃行情，下回見面時，說說一年要多少租金，好叫他們有個準備。」

三人或站或坐閒聊了幾句，爐子裡飄出來的香味開始濃郁起來。

眼看東子已經忍不住吞了好幾次口水，何嬌杏算算時候差不多，說可以出爐了。

她一聲令下，第一爐的蛋黃酥上桌了。

程家興伸手要拿，卻被何嬌杏拍回去。

「正燙著，等會兒吧！」

媳婦這麼說，程家興便耐著性子等了會兒，藉著油燈的微光，看著烤盤裡那十六顆蛋黃酥。圓乎乎的，刷上蛋液的酥皮已經變成金黃色，在黑芝麻的點綴下，看起來很讓人食指大動。

這時已經快到睡覺的時辰，平日這種時候，程家興不會再吃什麼，但這晚破例吃了半顆蛋黃酥，嘴裡略有點乾，又咕嚕灌下半碗水。

剩下那半顆給何嬌杏吃了，覺得做得還算成功，問：「你倆吃著怎麼樣？」

程家興正喝水，就點了點頭。

東子拿著蛋黃酥啃，含含糊糊說好吃，等把塞進嘴裡的那一口嚥下去，也喝了口水，說：「我覺得比外面賣的桃酥、蝴蝶酥都好吃，怎麼形容說不上來，就是好吃。上輩子阿姊是不是在宮裡當御廚，手藝怎能這麼好？」

何嬌杏笑咪咪。「好吃，你多吃兩顆。」

東子摸摸肚皮，滿是遺憾。「我也想，可再吃要睡不著覺了。我看這蛋黃酥就是泡豆子費事些，只要豆子泡好煮熟，碾碎炒成豆沙，其他工序哪怕麻煩，做起來還是快，進烤爐的工夫，也比烘烤燒餅短得多。」

這點，程家興想到了，因為燒餅脆，要做出那口感得烤得很乾，需要更久的時間。蛋黃酥吃起來軟，烤的時辰自然短。

「我是想，咱們這麼多個爐子，明天是不是做些蛋黃酥來賣？每回阿姊做出好吃的，我就想看看擺出去能賣成什麼樣，想聽人家怎麼說，聽他們誇我阿姊。」

這是讚許，何嬌杏聽著熨帖，還謙虛道：「怎麼知道他們一定喜歡？」

東子一副理所當然的模樣，這麼好吃的東西，當然會喜歡。

「你沒吃過，才覺得新鮮。天天吃，遲早膩味。」

「那也要有本錢天天吃啊！這個擺出去，總得賣得比燒餅貴吧？裡頭有整顆鹹蛋黃不說，還裹豆沙、刷蛋液呢！」

東子說著，看向程家興。

程家興點頭。「也不能太高，一顆六文錢差不多。」又問何嬌杏。「妳覺得呢？要不明天做幾盤試賣？泡豆煮豆、碾豆擠水、炒豆沙的活兒交給我。」

「那行，明兒清早你起來泡豆子，吃過早飯再去買點鹹鴨蛋來。」

這時代沒有單賣鹹蛋黃，只能從鹹鴨蛋裡取。一顆鹹鴨蛋要兩文錢，蛋黃酥的價錢高，就高在這顆蛋黃裡了。

三個人把明天要做的事情商量好，東子燒水讓大家漱洗，程家興檢查門戶。等東子兌了熱水來，各自洗過，便拿著油燈上二樓歇息了。

次日一早，黃氏進廚房，看到蓋在桌上的十四顆蛋黃酥，又見程家興打著哈欠下樓泡豆子，就問他這是昨晚摸黑做出來的？

「這叫蛋黃酥。娘好奇，嚐一顆試試。」

「不是要賣錢的？」

程家興拿木桶泡紅豆，邊舀水邊說：「這盤留著吃吧，賣給客人的新鮮做。咱們做吃的，沒得虧了自己的嘴。」

黃氏拿了一顆，咬開後，那滋味真是很難形容，有酥皮的香、豆沙的甜，還有鴨蛋黃入口沙沙的感覺，真是非常精緻又好吃的點心。

「今天就賣嗎？賣多少錢？」

程家興說一顆六文。

黃氏想了想填進去的本錢，也差不多。

「這看著就討喜，也不見別家有賣。咱們賣了兩句多的燒餅，把招牌打出來了，正適合上些新的吃食。」

程家興想的是另一件事。昨晚上床之後，何嬌杏跟他說，從鹹鴨蛋裡取蛋黃既浪費又麻煩，最好找人直接供貨。鹹蛋黃可以用鮮鴨蛋做，濾掉的蛋清拿去做別的吃食，至於蛋黃，灑水撒鹽，陰個兩天便能用了。

何嬌杏又說，這事或許能跟家裡人合作，想掙這個錢的，收新鮮鴨蛋做成鹹蛋黃送到縣裡，利潤雖然沒有賣蛋黃酥大，可也是能掙錢的。

而鋪子這邊，收到多少鹹蛋黃就賣多少蛋黃酥，賣完便收。

只要把食材準備好，蛋黃酥做起來比脆燒餅要快。燒餅還烘烤著，一盤盤的蛋黃酥就出爐了。

何嬌杏戴著厚棉布手套端出烤盤，稍稍放涼，才讓程家興端去前面。

不一會兒，何嬌杏人就聽見客人的嘰喳聲。

「不是說你們家燒餅做起來慢？今天倒是挺早。」

「這什麼啊？是燒餅嗎？」

程家興說是今天才上的新貨。「這叫蛋黃酥。」

「沒聽過，聞著還香。什麼口味？怎麼賣？有試吃嗎？」

「全要試吃，我還賣個屁?!頂多切一顆給你們瞅瞅。這玩意兒費油、費蛋，本錢高呢！」

程家興順手拿了一顆，東子眼色好，趕緊去拿盤子來，又拿把小刀，讓程家興把蛋黃酥放進盤裡，切成兩半。

排在前面的客人，脖子伸得老長，看清楚了，難怪叫蛋黃酥，裡面有顆蛋黃。

「是怎麼把蛋黃取出來包進去的？」
「看著倒是挺好吃，一顆幾文錢？」
程家興打手勢比個六，客人覺得太貴了，六文錢能買兩塊燒餅呢！又一想，這食材確實是能頂兩塊燒餅。
這邊的熟客大多日子寬裕，不缺這幾文錢，便有人起頭說來一顆。看他嚐了，瞧那表情就知道口味不差，非但不差，好像還挺好吃的樣子。
「也給我來一顆。」
「我要三顆。」
「程老闆，買得多不少算點嗎？」
眼看生意開張，程家興把位置讓出來，讓東子收錢包蛋黃酥，正要進去端第二盤，聽到這話，順口回答。
「你買十顆，我送你一顆。鹹蛋黃不好收，今兒這幾盤賣完，下回開爐不知是幾時，喜歡這個，多買兩顆不虧，放幾天壞不了。」
程家興說完，沒耽擱，進廚房忙去了。
昨晚聽何嬌杏說完，早上又跟老娘商量一通，程家興打算看看今天蛋黃酥賣得如何，只要賣得好，便趕車回去一趟，跟兄嫂商量能不能供鹹蛋黃。

不光是鹹蛋黃，做蛋黃酥還費豬油，每個月也要用一、兩罈。何嬌杏說自己熬油也不費太多事，程家興卻想著，開門做生意的瑣碎事情夠多了，擠出來的工夫還要用在閨女身上，熬豬油、做鹹蛋黃這些活兒能分出去，自然最好。

程家興把幾盤蛋黃酥全端出去，看前面熱鬧起來，回頭跟何嬌杏說，凡事趕早不趕晚，想今天就走，回鄉下把事情安排妥當，順帶看看自家三合院。

「今晚能回來嗎？」

「太趕了點。我在鄉下歇一夜，明天回來。」

何嬌杏聽了，就要拿油紙包蛋黃酥，讓程家興帶幾顆回去給家裡人嚐嚐。

程家興攔著，讓何嬌杏先別忙，捏著她的手，感覺滑滑的挺舒服，還偷摸了兩把。

何嬌杏正想問他一手油那麼好摸？程家興便停了手，道：「我來包吧，比起這個，還有件事想跟妳商量，是不是讓冬菇跟我回去一趟？一是出來有段時日，我怕她忘了家裡其他人；二是我出了門，娘就得上灶幫妳，把冬菇留在店裡，不累著妳們？」

何嬌杏不太放心，程家興說沒問題。當了一年半的爹，從抱人餵飯到把屎把尿，他有什麼不會？

「她吃的飯，你會做啊？還有，晚上得帶著她睡，半夜還要替她把尿。」

「反正我回去也要上大房蹭飯，冬菇的吃食，我讓大嫂幫忙做。」

要是嚴寒、酷暑，程家興不敢帶閨女出門。眼下正是春天，且冬菇從小養得好，小身板結實，冬天裡都沒病過，怕什麼呢？

「妳別捨不得，明兒我就把人抱回來了。」

說到這分上，何嬌杏不跟他爭了。程家興要帶冬菇出門，還不是體貼她，怕冬菇留下添亂嗎？別家當爹的興許不會帶閨女，自家這個可以放心。

程家興收拾完，走之前去跟東子打聲招呼，問他有沒有什麼話要捎帶？

東子道：「要是不忙，姊夫到河邊跟阿爺說一聲，讓他傳話給我老娘，說縣裡都好，讓家裡別惦記我。」

程家興答應下來，抱起冬菇回鄉去了。

店裡生意忙，再加上程家興不是第一次出門，明天就會回來，幾個人便沒太惦記他。何嬌杏跟黃氏做燒餅，東子在前面跟客人閒磕牙。有事忙的揣上蛋黃酥就走，沒事的站在外面邊吃邊跟人說話，也有排隊等燒餅的。

別看這鋪子才開張不久，燒餅跟蛋黃酥都是一絕，不比香飴坊的招牌點心來得差。

一般來說，突然冒出這麼一間鋪子，多少會被同行惦記上，趁沒站穩，該打壓就打壓，但他們卻拿程家人沒辦法。

大家都知道，這家店能開起來，仰賴的是老闆娘的手藝。

而老闆娘，是個很不好惹的母夜叉。

這天，縣裡兩大點心鋪子都聽說了程家賣得火熱的蛋黃酥，影響了自家生意，遂安排人打探，還打算買兩顆嚐嚐。

孰料，過去時，蛋黃酥早賣光光，跟他們一樣去求購的，還有不少人呢！

替客人包燒餅的夥計，據說是東家的小舅子，說今天沒有蛋黃酥了，明天也沒有。

「那後天呢？」

「後天的事，今天哪說得準？不買燒餅就讓開點吧，別把門堵住了。」

別人沒認出來，不知道這個賣燒餅和蛋黃酥的店，就是之前搞出字糖、米胖糖那家人。原本香飴坊也不知道，是聽說這鋪子的東家叫程家興，老闆娘姓何，跟之前賣字糖方子的夫妻對上了。

他們沒想好該怎麼辦，只得把消息往上面遞，告訴眼下人不在縣裡的東家少爺，請他拿個主意，最好能親自過來一趟。

王二少爺心想，做吃食這行，方子值錢，之前程家賣了個字糖方子，如今又能想出新鮮的來，老闆娘的確好本事，難怪當初他們賣方子賣得如此乾脆。

第五十二章

被縣裡同行惦記的程家興，已經晃晃悠悠地回到村裡。

他們出去做買賣是二月的事，做了二十多天。如今已是三月初，南邊不冷不熱，天氣正好，又到農忙時節，村裡耕田的耕田，育秧的育秧。

回去的路上，不少鄉親拉著程家興問話，問他們買賣做起來沒有？掙不掙錢？在縣裡有沒有見著官老爺？還有長榮縣的新鮮事。

程家興應了幾聲敷衍過去，說自己有事，擺手讓村人趕緊去忙，趕著牛車回三合院，路過大哥、大嫂家門前時，喊了一聲，下了車。

劉棗花聽見，抱著七斤出來一看。「我就說聽到你的聲音呢！老三，你怎麼回來了？」

「回來看看家裡，也有事想跟大哥和大嫂商量。」

出去做買賣能有什麼事？十有八九跟買賣相關。想到這裡，劉棗花眼睛一亮，問道：「是不是要我們幫忙啊？」

程家興說有個掙小錢的活，從包袱裡拿出兩顆蛋黃酥，遞給走到跟前的劉棗花。

「這是杏兒新琢磨出來的，叫蛋黃酥，妳嚐過就知道滋味了。我們試賣過了，賣得很好，就是有點麻煩，每顆蛋黃酥裡都要包進一顆鹹蛋黃。

「現在我們用的鹹蛋黃是直接從鹹鴨蛋裡取，取起來麻煩不說，還糟蹋蛋白。杏兒說可以用鮮鴨蛋，濾掉蛋清，直接製成鹹蛋黃，剩下的蛋清能拿去做別的吃食。我回來就是想問問，你們肯不肯接這個活兒？」

劉棗花心知，程家興定會給他們賺錢的機會，雖然利潤不能跟外面的買賣相比，但到底是個進項。

劉棗花這人，上得去也下得來，頭兩年掙過大錢，也還是看得起小錢。有錢掙，豈不比坐吃山空好？

「今兒你不趕著回縣裡吧？要不，晚上來我家吃飯？你們出去這二十多天，我們心裡也惦記，想聽你說說縣裡的事。」

程家興點頭。「那麻煩大嫂也給冬菇做口吃的。」

他說完，又趕起牛車，打算回三合院，還要去河邊，帶話給何家人。

程家興回到三合院，前後看過，又進屋去瞧，見還算乾淨整齊，東西也沒少，心道老爹照看得挺好。接著拴了牛，讓牠吃草，再抱著閨女去田裡找老爹。

程來喜沒想到三兒子會在這時候回來，照著村裡人問過的話，又問了一遍。

程家興掏掏耳朵。「爹，您先別問了，我有點事，待會兒再慢慢說。您幫我跟二哥、二嫂說一聲，晚上一起吃飯，想商量個掙小錢的活。剛才我跟大嫂提了，也想和他們說說。」

等程家興從河邊回來，程來喜已經幹完農活回到院子裡，還喝了一大碗茶水。

「今兒是誰出船，還是三太爺嗎？老爺子也一把年紀了，依然有精神得很。」

「可不是，還天天帶著魚鷹呢！我瞅了一眼，今天收穫很是不錯。」

程來喜聽了，調侃程家興，每回何家人都給女婿塞魚，這回怎麼沒塞？

程家興掂了掂抱在懷裡的胖閨女。「本來要串兩條魚給我，可抱著冬菇空不出手。再說了，我媳婦又沒回來，除了她，家裡誰做的魚都不好吃，拿回來幹啥？」

「三太爺跟你說了什麼？」

一路上，程家興都抱著冬菇，這會兒手有些痠，遂放她下來走走。又拖了條凳子，坐穩了，才慢條斯理地說起來。

「還不是那些話，問我媳婦，問小舅子，問縣裡的生意，問我回來幹什麼。我見著誰都這麼來一遍，嘴要說乾了。」

聽他抱怨，程來喜掃了他一眼。「是關心你才會問，別身在福中不知福。對了，有件事忘了說，前幾天老四回來過，說他媳婦有好消息了。」

程家興乍一聽說，想著是不是太快了點，但他們成親是去年秋天的事，到現在也有半年多，時常親熱，會懷上也尋常。

「等二嫂也有喜，家裡孩子就要多起來了。」

提到二房，程來喜嘆口氣。「我跟你娘第一盼的就是老二家，在鄉下，哪有到你二哥這年紀還沒當爹的？偏偏我們急壞了，說不來就是不來。老二媳婦跟老四媳婦差不多時候進門，現在還沒動靜。」

「這話，爹跟我說沒什麼，千萬別在二哥、二嫂面前念叨。」

程來喜看著蹲在旁邊玩石子的胖孫女，說他知道。這種事，程家貴一定比別人著急，做爹娘的哪敢催他？

「你也看到了，家裡還是這樣，沒什麼事。縣城裡如何呢？」

程家興把出去之後遇到的種種和打算說了一遍。

程來喜沒插嘴，等他說完才問：「那鹹蛋黃怎麼做，三媳婦跟你說了？」

「嗯，我把原話記下來了。」

「那行，附近幾個村有人養鴨子，鴨蛋好收。你兩個嫂子有空，都能做鹹蛋黃，把價錢這些說明白就是。」

程家興又說，每個月還要兩大罈豬油。

「讓你嫂子們熬，都是能幹人，這點活兒還幹不來？對了，老太婆在縣裡怎麼樣？習不習慣？」

「娘能吃能睡，還叫我回家好生看看，是不是一切都好；尤其是爹，春耕、春種別累壞了，那點田地要忙不過來，請兩個人幫忙。」

程來喜可不信這話是自家老太婆說的。「你娘那小器勁，摔個碗都要罵半天，能讓我請人種地？」

「娘再小器，也得顧及您的身體不是？爹也不年輕了，還當自己是二十歲小夥子？」

「你小子出去一趟，囉嗦不少，廢話忒多。」

程家興攤手。「您當我想費這口水？老娘交代的事，能拋下不辦？」

父子倆都不是話特別多的，程家興只在何嬌杏跟前嘮叨些，在別人跟前，最多得意起來吹幾句，平時也少開口。

程來喜就更別提了，八棍子打不出個悶屁來。

正事說完，父子兩人相對無言，一個喝茶，一個目不轉睛地盯著自家孫女。冬菇把撿來的碎石塊撥來撥去，撥煩了，抓起來一扔，扔得真夠遠啊！

「之前聽你說，冬菇像你媳婦，力氣挺大？」

「跟杏兒還不能比，但比別家孩子要大得多。我看村裡有些孩子，一歲半了走路還晃，她卻能跑來跑去，會蹲，也會撐著地面站起來。」

可能是玩得不耐煩了，或聽見程家興在說她，冬菇站起身，朝她爹看去。

不等程家興再開口，程來喜便敲他一下。

「你打盆水來幫冬菇洗手，再抱去老大家，過會兒該吃飯了。」

程家興拿盆子打水，將閨女沾上泥灰的手洗得乾乾淨淨，抱著她去了大房家。

程家興先到，沒一會兒，程來喜跟二房的人也來了。

鐵牛在外面玩，時辰到了回家吃飯，看見程家興，立刻一喜。「三叔跟冬菇妹妹回來了，那三嬸呢？」

「在縣裡呢！」

鐵牛表情失落。「哦，沒回來啊！」

「怎麼，你還挺惦記你三嬸？」

「是啊！三嬸回來，總有好吃的。」

「那你三叔回來，你不高興？」

「也高興。三叔回來，家裡菜色好了不少，可惜是我娘掌勺。」

這時，劉棗花從廚房探出頭來，使喚程家富拿碗筷，讓他順道舀一碗黃酒，說程家興難得回來，今晚喝兩口。

程家富挺喜歡喝酒，但平時媳婦總管著。聽說今天許他吃酒，頓時高興起來，就要拿碗去裝。

劉棗花使喚完男人，回頭掃了鐵牛一眼。要是兩年前，肯定罵他，也是習慣成自然，每回何嬌杏做了好吃的，鐵牛都要這麼念叨一回，她耳朵都聽得起繭子了。但兒子就是嘴上欠收拾，心裡沒嫌棄爹娘，以前劉棗花不會做人，村人說她，鐵牛聽見還跟人打架呢！

「你爹打酒去了，你來拿碗筷啊，光等著吃飯呢？」

鐵牛哦了聲，進廚房幫忙。

楊二妹找抹布把大方桌擦乾淨，洗好手，幫忙端菜上桌。等大家坐定，便開始吃飯。

剛才程家興已跟程來喜說過縣裡的事，看大家還想聽，遂談起自家生意。「我跟杏兒商量著，鋪子還是得掛個招牌，現在是賣燒餅跟蛋黃酥，以後可能還要賣別的，她幫忙想了幾個，我覺得程記挺好，又順口、又響亮，就定下來。」

程家興說時，除了鐵牛，其他人都放下筷子，全盯著他瞧。

「全看著我幹什麼？邊吃邊說啊！」

劉棗花端著給冬菇做的寶寶飯，餵她一口，問：「那燒餅生意有多紅火？」

「前幾年妳賣過米胖糖和字糖，應該想得到。整天有人在排隊，一爐出來幾下搶光，做的都不夠賣。做其他燒餅的人，看我們這個好賣，也跟著學。

「這陣子燒餅在縣裡賣得火熱，但杏兒覺得，食客天天吃這一樣，容易生膩，想添點別的換換口味，這才想出蛋黃酥來。大嫂嚐過蛋黃酥了吧？吃著怎麼樣？」

剛才，劉棗花切了半顆給鐵牛吃，鐵牛嘴裡塞著肉，直點頭說好吃。「其實沒有燒餅香，但味道好。」

於是，程家興又跟劉棗花說：「做蛋黃酥要的鹹蛋黃，得請嫂子們供應，每個月還得幫我們熬一、兩回豬油，行嗎？」

「那有啥問題？我都要閒出毛病了，早盼著有活兒幹。」

楊二妹是家裡話最少的，如非必要，不太開口，這時候也看向程家興。她跟程家興往來實在很少，相當生疏，有些苦惱該怎麼說才合適。

程家興看出她的為難，道：「二哥、二嫂呢？有空做嗎？」

聽到這話，劉棗花緊張了一下，心想該不會還有別的掙錢活兒吧？

她豎起耳朵認真聽，就聽程家興說，做一爐蛋黃酥比一爐燒餅要快，光她做那點鹹蛋黃恐怕還不夠，加上楊二妹做的，便好多了。

「待會兒我把鹹蛋黃的做法教給兩個嫂子，妳們記好，先試做一回，做成了再去附近幾個村子找家裡養鴨子的，讓他們每天送鮮鴨蛋來，這樣省了去收的工夫。鹹蛋黃做好之後，記好數，可以一起送來。

「鎮上有到縣裡的車，我出車錢，要耽誤哥哥們幹活，親自送來給我，因為入口的東西不好託別人帶，怕中間被動了手腳。你們在家點好數，我拿到就結帳。還有豬油，我這邊快用完了，就告訴哥哥，下回送鹹蛋黃時，也送豬油來，大概就是這樣。」

接著，程家興告訴他們作法跟價錢，兩個嫂子在心裡一算，做鹹蛋黃的利潤是比較薄，不過勝在店裡要得多，天天能賺，算下來一個月總有幾兩。

這跟程記的收益相比，甚至連九牛一毛都算不上，但對鄉下人來說，卻是一筆不小的錢，幹農活還掙不到這麼多。

楊二妹答應下來，道了聲謝。「現在我跟家貴困難一點，麻煩兄弟照顧我們了。」

楊二妹是後進門的，前面的事跟她沒關係，真正不好意思的還是程家貴，也說了幾句。

程家興不能當作沒聽見，應道：「我等著用鹹蛋黃，二嫂肯做就幫大忙了。出了力，掙錢不是應該的？至於從前的事，過都過去，我早忘了。」

他說著，拿起酒碗，跟哥哥們喝起來。

程家兄弟正在吃酒，朱小順過來了，在外面喊程家興。

程家興聽出是他，讓兩個哥哥繼續吃，放下碗走出去。

這時，太陽快下山了，程家興站在院子裡，看著村道上的朱小順。

兩、三年過去，以前一起混的兄弟各自有造化，瞧著變了不少。以前朱小順也是一副不可靠的樣子，有點錢之後，作風正派起來，娶了媳婦後，變化更大。

如今村裡的最有出息的人，就是去縣裡做買賣的程家興。倒不是男人都想著跟他學，是村裡的女人全指望自家男人能跟他一樣體貼。

朱小順就是跟程家興學的，可他沒手藝，也不好覥著臉非要人家帶他；想自己做點小生意，但朱家沒分，說要做什麼、要多少本錢，其他人怕虧，不肯答應。他沒辦法，只能多養幾頭豬，打算養到年前肉價最好時賣出去，算是個穩當的掙錢路子。

今兒他打完豬草，聽說程家興有事回鄉，心裡有些話，平時找不到人說，便趕緊過來，想約兄弟吃酒。但打過照面才知道，程家興已經跟自家哥哥們喝上了。

程家興眼力多好，看出朱小順遇上煩心事，遂蹲在那裡跟他說了幾句。他不覺得自己說了大道理，只是寬慰加開解，再拿自家的事舉舉例子，朱小順卻很吃這套。

朱小順說他還年輕，想出去闖闖，一個大男人，一天天的餵雞、餵豬，不甘心啊！

程家興說，若單純想發財，入行前得把各方面摸清楚，心裡有譜再砸本錢；要是把眼光放低，只要不虧，先找個事情做著，以後再慢慢看，能選的就多了。

「做生意吧，說到底簡單，要不同樣的價錢，你給的分量比別人多，要不同樣分量，你的貨更好，或者像你嫂子這樣，總能做出新鮮的來。這三樣，不管怎麼說，都得占一樣，不然掙錢就難。你想做買賣，記住這些話，至於其他行當，我不了解，就不多說了。」

這話說明了，非常簡單，但若不說，真沒幾個人會去琢磨。

朱小順邊聽邊點頭，想著句句都對，聽完一番感慨。「程哥，你在縣裡的買賣是不是好極了？出去二十多天，賺了不少吧？」

「是還可以，但這買賣不像村裡人想得那麼簡單。做吃食，剛出來時新鮮，但過段時日，有些客人膩味了，生意多少會掉；繼續賣還是能掙，可要想賺大錢，得不斷嘗試，做出新的東西。外人只看到店裡生意好，沒看見我們背後做了多少事，要掙錢，哪有輕鬆的？」

程家興跟朱小順的交情不錯，說話真情實意，一番感慨後，程家興道：「說到底，是你自己的路，不能讓別人替你選。成家之後，不管做什麼，先跟媳婦商量好，別腦子一熱就幹起來。」

朱小順一陣點頭，忽然一拍腦門，跟程家興說：「我忘了說，程哥帶個話給嫂子，我媳婦懷上了。」

四弟妹袁氏有喜，現在何小菊也有了，頭年成親的人，陸續都有好消息。

再說一會兒，程家興跟朱小順道別。回屋時還在想，或許不用等多久，自家二哥也能當爹了吧！

第五十三章

程家興進屋後，又喝了兩口酒，便想抱起睡著的閨女回三合院去。

劉棗花聽了，讓他把冬菇留在這邊。「你身上一股酒味，別熏著冬菇。既然她都睡了，就放在我這兒，明天我餵她吃完早飯，你再來抱她。」

程家興有些猶豫，劉棗花眉一豎。「怎麼？還不放心啊？」

「是有點。」

劉棗花黑了臉。「我把鐵牛好好帶大了，七斤不也胖乎乎的，你還有什麼不放心？你們男人家喝酒睡下去，晚上哪會記得起來替孩子把尿。就這麼說定了，冬菇放我這兒，你自己回去。明早我多做一人的飯，你上我家來吃。」

劉棗花悍起來真挺悍的，說完就轟人。

程家興還想瞅閨女一眼，也沒瞅上，劉棗花已經把孩子抱進裡屋。

這一晚，劉棗花跟七斤和冬菇睡。程家富喝了半碗酒，劉棗花怕他熏著孩子，把他趕去旁邊屋子了。

程家興沒喝醉，回去時還繞到牛棚瞄一眼，看自家的牛好好歇著，才拿鑰匙開門。

媳婦和閨女都不在，他連臉都懶得洗，想著早晨起來再收拾，一倒上床就睡了。

睡是睡了，但裡外翻騰了幾遍，腦子還是清醒的。

平時歇下去後，他抱著何嬌杏，不久就睡著了。何嬌杏不在，他怪不習慣的，躺下去，腦子裡想的都是家裡的事。

人在縣裡的何嬌杏，不知道今天怎麼樣，忙到什麼時辰，他這一走，沒人幫她捏肩捶背。平時都抱著她睡，今兒男人和閨女不在，不知道她能不能睡著。

另一邊，何嬌杏完全不知道程家興胡思亂想這麼多，忙著做燒餅，收工後坐下來喝蜂蜜水，才念叨幾句，不知道程家興在做啥，還有冬菇，這兩頓吃什麼？

在縣裡是鋪子關門之後再吃晚飯，平時四個大人圍坐在一起，搭著一歲多的冬菇。程家興帶冬菇回鄉，在縣裡的幾個大人是鬆快些，但吃飯時冷清不少，說的全是出門的那兩個人。

吃完飯，東子搶著收拾，還幫忙燒了一大鍋水。何嬌杏兌熱水泡腳解乏，想起程家興在的時候，這時該跑來替她捏肩膀，捏著捏著還會揩油。

夜裡也是，明知這不是在鄉下三合院，動靜大了，隔壁屋的人能聽見，他還是經常忍不住胡鬧。何嬌杏忍不住時，便翻過身往枕頭上趴，埋著臉，這樣聲音就傳不出去。

平時人在不覺得，程家興一出門，還真有些不習慣。好在忙了一天，何嬌杏側躺著想了一會兒，睏意上來，就睡著了。

第二天，黃氏生火做上早飯，才上樓敲門，喊何嬌杏起床。

何嬌杏應了聲，收拾好，下來準備開店做生意。

東子剛把樓下掃過一遍，洗了手來幫忙，問她做買賣是不是太辛苦了？

「倒不至於，我是讓你姊夫慣的。這兩年習慣了睡到日上三竿，現在忙起來不注意，還是會睡過頭。」

東子這才放心，幫忙揉麵，又問：「阿姊，妳是不是想姊夫了？」

「說什麼呢？」

臭小子得意洋洋。「果然，我說對了。放心吧，姊夫肯定也惦記咱們，等不到中午就會上路，最晚下午便回來。」

程家興回來得比東子說得還早，剛過午時，他就進縣裡了。

他抱著閨女趕牛車，還拉了半車蔬菜，說是劉棗花大清早下地摘的，足有兩大筐，說以後送鹹蛋黃時，也能順便捎點菜。

何嬌杏聽了，想起她剛進門的時候，笑了起來。因為鋪子開著，何嬌杏沒有太多工夫跟男人說話，只能一邊做事、一邊問。

其實不用她問，程家興自己就說了。

自家跟東子的事全辦妥了，還聽說兩件喜事。

「爹說四弟妹有了。朱小順找了我聊幾句，他媳婦何小菊也懷上了。」

何嬌杏聽了，點點頭，家裡添丁是好事，很替他們高興。

沒過幾天，程家富坐車來縣裡，怕路上沾了灰，臨出門前點過數，把做好的鹹蛋黃裝進罈子。

除了鹹蛋黃之外，還有些菜，分成兩堆裝進籮筐。下了車，他把兩筐東西綁好，用扁擔挑著，朝程記走去。

鋪子開在什麼地方，程家興是說過，但程家人進縣的次數實在很少，程家富沒把握自己能一次找對，路上還跟人打聽。

長榮縣可比紅石鎮大太多了，光長街就有好多條，還有錯綜複雜的小巷，程家富又不認識字，找到程家興說的那條街，也不知道哪間鋪子是自家兄弟開的，得一間間看。

看到不停收錢和包燒餅的東子時，他才長長舒口氣，加快腳步往店門口走，還喊東子。

東子看過來，程家富卻被排隊的客人拽住了。

「你這人講講規矩，以為認識東家的舅子，攀攀交情就能插隊?!」

「就是，你從鄉下來的吧?沒看到排得這麼長的隊伍?大家都等著買，誰會讓你?」

這狀況是程家富沒想到的，趕緊解釋，讓人鬆手，又喊了東子一聲。

「東子，你跟他們說，我是來給老三送東西，不是買東西！怎麼說實話都沒人信?!」

看他急成這樣，東子非但不同情，甚至有點想笑，不過還是幫忙解釋，說這是程家大哥，的確不是來買燒餅的，客人們才鬆開手，放程家富進了店裡。

程家富進去後，卸下籮筐，拿汗巾在頭上抹了一把。明明才三月分，還沒到熱的時候，他卻出汗了。

程家興聽見外面有吵鬧聲，走出來看。「喲，大哥來了。」

程家富點頭，說他要的鹹蛋黃做好了，後面的話還沒說出來，就被程家興連人帶東西拽進去。

「娘，您看看誰來了？」

黃氏正陪孫女玩呢，聽見這話，從樓上下來，看到穿著粗布衣衫的大兒子。

木樓梯咯吱作響，程家富抬起頭，瞧著一段時日沒見的親娘，也笑開來。

「娘在縣裡怎麼樣？習不習慣？身體好嗎，沒病沒痛吧？」

「之前老三回去沒跟你說？我好得很。」

「我們都怕三弟是不想讓家裡牽掛，才揀著好的說。現在親眼看過，心裡才踏實。」

黃氏懶得跟他說，讓程家富辦正事去，該點數就點數，該收錢就收錢。

這時，何嬌杏也來打招呼，程家興倒水給程家富喝，道：「大哥出門前點過吧？報個數便成，誰還挨個兒去數？」

黃氏覺得不行，兄弟是兄弟，生意是生意，扯到錢，怎麼仔細都不過分。

「娘沒明白我的意思呢！我們信得過哥哥跟嫂子們，再說回頭做成蛋黃酥，哪怕現在不點，晚點也能知道數目，何必費這個事？翻來翻去，怕碰壞了蛋黃。」

何嬌杏跟黃氏說著話，程家興端了涼開水來，程家富咕嚕喝下兩大口。

「娘放心吧，我還能在這種地方占三弟的便宜？眼下棗花她們還不熟練，今天送來的不多，只有兩百顆，我們家一百，二弟家也是一百。等之後上手，應該能多做點。」

程家興拿銅錢結帳，又把往來的車錢給程家富，才問：「找到供鴨蛋的人家了嗎？」

「我跟二弟把十里八鄉跑遍了，鄉下養鴨子的是沒有養雞的多，但每個村還是有。聽說只要是鴨蛋，隨時送來都收，給的價錢也不虧他們，自然肯賣。」

程家富又跟程家興說，雖然天天做鹹蛋黃，但天天送來有點困難，田裡跟家裡還有活計，耽誤不起。

「我跟二弟商量了，你看隔天送一回行不行？我和二弟輪流過來，這樣比較不耽誤。」

兄弟已經幫他很多，程家興還能虎著臉說不行嗎？點點頭，帶程家富到外面吃飯，包了幾個燒餅給他，才把人送走。

程家富拿著錢跟燒餅，樂顛顛地回去了，走之前再看了生意紅火的程記一眼，準備回去跟家裡仔細說說，尤其是上午來時被當成插隊的人逮住的經歷，忒新鮮了。

送走程家富後，程家興去糧店買紅豆。既然鹹蛋黃到貨了，明天就能做蛋黃酥。

另一邊，東子也跟熟客說了，愛吃蛋黃酥的明兒趕早。

「明天有賣？」

「應該能開兩、三爐。」

「之前不是說沒辦法做嗎？現在可以了？那以後是不是天天都有蛋黃酥？」

東子撓撓頭。「也不一定，但應該經常會做，就是量不像燒餅那麼大。想買便早點過來，若下午才上門，肯定沒有。」

「可惜你們不幫人預留。」

東子說沒辦法，剛從鄉下出來做買賣，鋪子裡沒個識字的人，誰留誰多少，不寫下來，哪記得住？再說，開了這先例會很麻煩，不如全部排隊，先到先有。

因為東子提前說了，次日店門一開，排隊的人立刻就來。惦記好些天的客人在蛋黃酥出爐後嚷嚷著，你三個、我五個，兩百顆蛋黃酥，不到半天就賣完。

黃氏看見，把自家留的幾顆貢獻出來也不夠，生意真是紅火啊！

當初東子說要跟程家興學做買賣，程家興說包吃包住的話，給的工錢不會多，他還是毅然離開家，跟他們進了縣裡。

一個月後，何嬌杏卻塞了一兩銀子給他。

東子哪裡敢接，拚命搖頭，要何嬌杏收回去。

「讓你拿，你就拿著。發這筆錢，不光是我的意思，你姊夫也答應。」

東子還是猶豫。「過年時不就說好了？我跟著學點生意經，阿姊管吃管住，不必給錢。」

「這不是工錢，是看你勤快機靈，幹的活多，算是獎賞。出來一個月，鋪子掙了不少，哪能當真一文錢不發，我又不是刻薄地主。你拿著，回去能替爹娘和家裡人買點東西。」

何嬌杏都這麼說了，東子也知道他們大概掙了多少，這才安心收下，還跟她撒嬌。

「阿姊，妳真覺得我做得好，能不能另外給樣獎賞？」要是有尾巴，他鐵定甩起來了。

何嬌杏被這姿態逗得發笑。「剛才還說不要錢，轉身就得寸進尺了。說吧，想要什麼？」

東子嘿道：「我想吃阿姊做的辣條。」

「那要推磨、揭豆皮，太麻煩了。做個香辣肉絲還可以。」

香辣肉絲啊！說起來，東子都能回想起那麻麻辣辣的滋味，口水都要滴下來了。聽何嬌杏鬆口，立刻去割瘦肉、買配料。

程記打烊之後，何嬌杏關上門幫他做。店門是關了，但左右還有鄰居，肉絲的香味飄散出來，饞哭聲和罵娘的聲音就沒停過。

伴著這些聲響，何嬌杏將東子指名要的獎賞煸炒出來，東子早洗乾淨小罈子等著了，待肉絲出鍋放涼，就跟寶貝似的，裝進小罈子裡。

他替其他人留了一份，孰料程家興說饞了再向他要，何嬌杏剛出鍋就嚐過，興趣不大，黃氏則擺手讓他趕緊收起來，還提醒他千萬別在冬菇面前吃，孫女也是個饞嘴孩子，惹著她怕不好哄。

東子心裡憤憤不平，覺得他們過分了，一點也不尊重香辣肉絲。

在心裡為這一小罈肉絲抱過不平後，他把罈蓋蓋上，小心收起來。想想阿姊跟姊夫吃過太多好吃的，覺得不稀罕，這樣挺好的。

沒人搶，就這一罈，他能吃好多天了。

隔天，東子裝了半碗肉絲放在櫃檯。燒餅跟蛋黃酥一出爐，他先招呼客人，等賣光光了，就把肉絲端出來，用筷子挑著吃兩口。

排隊的人一直聞到香味，看東子吃起來，終於有人耐不住，伸長脖子盯著碗裡的香辣肉絲，問這又是啥？

「肉絲啊，你沒看過？」

「怎麼那麼香？」

這個香字一出口，立刻讓住附近的客人抱怨起來，說這算個屁，昨晚的味道才濃，隔幾戶都能聞到，家裡孩子聞著香味，鬧了一晚上。

有熟客非常好奇，問東子能不能分他兩絲嚐嚐？

看在對方常來照顧生意的分上，東子大方挑了兩絲給他，不是虛的，是實實在在的兩絲。

那人一嚐，完了。

只見他滿臉悲壯，沈聲問：「這真不是你們之後打算要賣的新吃食？」

「當然不是，這算什麼新東西？幾年前我阿姊就賣過，生意好極了。」

「你都說生意好，那現在怎麼不賣了？接著賣啊！」

東子想了想，告訴他，就這麼個小店，哪做得了那麼多東西？現在已經很忙很忙了。

「可以變通，把燒餅停兩天。」

他說完，一群人怒目而視。

「你要吃肉，上別家買去，居然想讓程記不賣燒餅？你瘋了吧！」

那熟客縮了縮脖子，道：「現在程記不是隔天做一回蛋黃酥，不做時，做肉絲不行？開門做生意的，怎能不聽聽客人的？我就想買這肉絲，滋味別提了，真是一絕。」

程記門前一直挺熱鬧，從開門到打烊，門口都有少不了人，可這會兒也太吵了點。

剛才，程家興說累了要歇會兒，逗閨女去了，何嬌杏便讓黃氏看著烤爐，出去瞅瞅。

東子覺察到後面有人出來，以為是程家興端著新出爐的燒餅，轉頭一看，不是啊！

「阿姊，妳怎麼出來了？」

何嬌杏掃了一眼，沒看見鬧事的人。「我聽外面鬧起來，還以為出了什麼事。」

東子嚼著肉絲，擺擺手。「沒事，我在跟熟客說話。」

烤爐那邊離不開何嬌杏，她說完便要進去，卻讓饞起來的客人喊住。「老闆娘，等會兒。妳兄弟吃肉絲吃得這樣香，就沒想過多做點擺出來賣？」

何嬌杏順著他指的方向看去，便瞧見東子那小半碗肉絲。

「東子分給你們嚐過了？喜歡這個？」

其實也沒什麼好驚訝的，當初說要開店，他們夫妻商量過，程家興也覺得香辣肉絲可以賣，這肉絲是以口味取勝，只要煸炒的手法不外洩，就能一直賣下去。

話雖如此，他倆都覺得這個不合適打頭陣。

開了鋪子，就得把生意做起來，要有人氣。香辣肉絲的價錢貴了點，哪怕再香，也吸引不來太多客人。兩相比較，就把香辣肉絲往後延，先賣同樣能香飄半條街的脆燒餅。

之前賣了一個月的燒餅，又做出蛋黃酥，現在客人還說想要香辣肉絲。雖然不全按著他們打算的來，但何嬌杏想了想，覺得開門做生意，還是儘量滿足客人，便讓他明天過來。

熟客沒想到這次老闆娘這麼好說話。「明天就有嗎？」

何嬌杏點點頭。「做一鍋，看看好不好賣。」

晚上，程家興知道這件事後，手重重拍上小舅子的肩膀。「你真是會給杏兒找麻煩。」

東子不明白。「其實我早就想問，那年在小河村，香辣肉絲賣得最好，姊夫跟阿姊怎麼沒再做過？阿姊做過的零嘴，能讓人反覆惦記的，香辣肉絲要算一樣。」

未來的安排，程家興只跟何嬌杏商量，不太跟其他人說，這會兒東子問起來，才答了一句，何嬌杏會做的東西多了去，不是非要一下全拿出來，慢慢來吧。

「那我今兒個是不是給阿姊添亂了？」

程家興聳聳肩。「也沒那麼嚴重。現在店裡已經很熱鬧，打響了名號，這些陸續都能拿出來，只是怕累著杏兒。」

東子說，做香辣肉絲很快的，除了最後的煸炒要何嬌杏親自動手，前面切肉、煮肉、壓碎的活兒，他都能做。

「香辣肉絲放涼了更好吃，咱們是不是先炒出來，放一夜，第二天再賣？跟以前一樣，拿筷子挾，算好了分量，用油紙包？」

看東子這樣有幹勁，程家興應了聲，先這樣賣賣看吧！

第五十四章

這日，輪到程家貴送鹹蛋黃，一過來就發現店裡生意更好了，路上便聽人說起程記的香辣肉絲。快到店門口時，吆喝聲更大，什麼燒餅三個加肉絲一碗，賣三十文錢。

煸炒出來的香辣肉絲鬆鬆的，一點也不壓秤，裝一碗大概只有二兩重，但賣的卻是一斤肉的價錢，哪怕算上配料，利潤也非常大。

這麼貴的東西，客人們還搶著要，程家貴挑擔子進去時，聽到客人說，程記的香辣肉絲比什麼都下酒，一碗肉絲配上一碗酒，慢慢嚐、細細品，半天就打發過去，日子過成這樣，舒服極了。

「老闆娘還有什麼拿手絕活？」

「說到下酒菜，第一就是花生，鹽煮、油酥都香，抓一小把，能喝下半碗酒。」

「聽說老闆娘也會做花生？」

東子讓程家貴自己抬起隔板進去，他忙著收錢、裝東西，嘴上還要回答客人的問話。

「是啊，我阿姊會做好幾種口味的花生，不說鹽煮、油酥，還有魚皮花生、怪味花生、掛霜花生跟麻辣花生。」

「你別光說，讓老闆娘做出來賣啊！」

東子聽了，把頭搖成博浪鼓，堅決不幹！

「你看到了，我們店總共才幾個人，已經忙成這樣，還賣花生？」

同樣是下酒菜，花生的利潤哪能跟肉絲相比？而且，現在天不熱，肉絲放兩、三天沒問題，不會變味；花生容易受潮，要是賣不完，全得自己吃，根本放不到第二天。不管怎麼看，做花生都不划算。

東子也明白，做生意經常要上新貨，畢竟再好吃的點心，也有膩味的時候；但除非把好賺的全上齊了，不然應該輪不到花生這種不方便存放的吃食。

對客人來說，同樣是下酒，買花生比香辣肉絲划算多了。可開門做生意要想想回報，不能總是想著良心，如果幾樣下酒菜同時出來，有了選擇，香辣肉絲還能像現在這麼好賣？開什麼玩笑。

東子心想，之前勸阿姊跟姊夫賣肉絲，是因為有掙頭。這會兒客人想攛掇他賣花生，他才不上當呢！

程家貴沒在店裡待多久，東西送到，結了錢，跟黃氏說幾句話，便趕著回去。程家興讓他多坐一會兒，他都不肯，只道趕回去還能做點活。

如今二房的事情真不少，不光有田地，還養許多家禽、家畜，又要做鹹蛋黃。做鹹蛋黃，每隔一天結一次帳，手裡慢慢又有了些錢，不過也是真累，鄉下的活兒比做買賣苦得多。

程家貴來得快，去得也快，走出去之後，還回頭看了一眼，暗暗感慨，程家興這生意做得可真好啊！

香辣肉絲賣起來後，每天的進帳比前段時日還多，程記不聲不響地成了這條街上最旺的鋪子之一。

至於生意慘澹而被程家興留意的鋪面，在程記斜對面那個終於撐不下去，決定把鋪子租出去。

何嬌杏讓程家興去打聽租金多少，輪到程家富進縣裡送鹹蛋黃時，向他提了一句。「之前大嫂說想進縣裡跟我做買賣，我想到一個生意，看你們願不願意做。」

大房的事，很多得由劉棗花做主，程家富決定不了，便在店裡多留了一會兒，讓何嬌杏說清楚些，好回去告訴劉棗花。

看他這樣，何嬌杏心裡有數了，開口讓劉棗花來一趟。「能不能說明白是一回事，大哥傳話過去，大嫂有疑問，你也回答不了；不如請她親自過來，我當面和她分說。」

程家富想想也是，回去告訴劉棗花，下次輪到他送鹹蛋黃時，就帶她去。

結果，劉棗花根本等不到那時候，把包括做鹹蛋黃在內的活兒全扔給程家富，次日便風風火火地跑去縣城，一路找到程記去了。

她看見店門口排出來的長龍，喊了好幾聲我的老天爺啊，看見何嬌杏，先是一番恭維，便說到正事。

「昨兒家富回去，說縣裡有合適的鋪面了，問我們要不要租下來。我想著，開門做生意得先知道賣什麼，我一個鄉下婆娘，沒能耐也沒見識，心裡沒一點成算，這事還得三弟妹指點指點。」

跟劉棗花說話，越直接越好。

何嬌杏就明說了。「我想好了，從現在起，這吃食能賣到秋天，但冬天可能沒人吃。」

「那是什麼？」

「鉢仔糕。」

「鉢仔糕？沒聽過啊！」

何嬌杏說她這邊有現成材料，可以做來嚐嚐。「不過，咱倆得說明白，我不是白白教人掙錢的大善人。這手藝傳給妳，仔細點，別讓人學了去，買賣能做很久，慢慢起家。」

劉棗花知道，很多行當都有師傅帶徒弟，見面分一半的說法。她不是不懂規矩，就明明白白說了。

「三弟妹教我手藝，掌掌舵、支支招，生意我來做，利潤咱倆均分，但要扣除本錢，這樣行嗎？」

話是劉棗花自己說出來的，何嬌杏聽著也覺得很有誠意，點點頭，便教她做鉢仔糕了。

一番折騰後，缽仔糕蒸好了。

等放涼時，何嬌杏提醒劉棗花，記得訂製裝缽仔糕的小缽，空閒時削點竹籤備著。

等何嬌杏把當前的活兒安排妥當，缽仔糕已經涼了些，可以吃了。

做的時候，劉棗花心裡還有些狐疑，蒸出來的吃食，能有多香、多好吃？可是看何嬌杏拿筷子戳起來，軟彈軟彈的樣子，心中又生起期待。她試著咬了一口，眼睛立即一亮，用不著廢話，這買賣能做。

「好吃，這在熱天裡肯定好賣，真虧妳想得出來。」

「這不過是最普通的。妳先把手藝練好，做熟了，我再教妳翻些花樣。」

劉棗花咬著缽仔糕，頭點得跟小雞啄米似的。缽仔糕要不了多少本錢，一個賣一文錢也是賺。天熱起來，其他點心吃著膩，這個爽口，肯定好賣。

妯娌倆一通商量，決定先把鋪面盤下來，貼點錢整修一番。裡面得有兩、三個灶臺，配上大鐵鍋及蒸籠，還要有地方放盛缽仔糕的小缽。

見識過程記門口排成的長龍之後，劉棗花想著等自己的生意做起來，是不是也能見著這樣的盛景？想到會有這麼多客人來，三、五十個小缽都嫌少。缽仔糕要吃涼的，一邊蒸、一邊放涼、一邊賣，得訂製兩、三百個才夠。

劉棗花出來時沒帶太多錢，但不妨事，先打算好，安排妥當，之後便能一次準備完。何嬌杏又把要用的材料和蒸製手法說了一遍，讓她記好，回去練習，千萬別讓人套了方子。

黃氏看兩個媳婦嘀咕半天，問商量出什麼來了？真要讓大房出來做買賣？

不等何嬌杏應聲，劉棗花一陣猛點頭，生怕當婆婆的潑冷水，而且有何嬌杏掌舵，幹什麼不行？

「我就問問，妳緊張什麼？」黃氏打量劉棗花。「分家之後，要怎麼掙錢，你們兩口子商量好便行。可我也得提醒妳，滴水之恩湧泉相報，咱們做人要講良心。」

「娘說什麼呢？這兩年我怎麼做的，大夥沒看見嗎？」

「誰叫妳之前惹事啊？讓我不放心。老三幫兄弟不少，老三媳婦更是實心眼的，人家不計前嫌，妳的腦子可得清醒點，別等鋪子開起來，掙了點錢，又生出歪主意。」

人就不能犯錯，但凡走錯一步，不管過多久，都會被人翻出來。眼瞧大房跟三房要合作買賣，當娘的是管不著，也耐不住想說幾句。

劉棗花自然不愛聽這些，還是忍下了，又是一通反省，總算過了這個坎。

黃氏又道：「老大媳婦，妳回去找人幫忙立契，寫兩份，把如何分工跟分錢寫明白，你們蓋上手印，各拿一張。親兄弟明算帳，有個憑據，大家心裡踏實，搭夥買賣才能長久。

「還有，妳還得把鐵牛安排好，看看是留在村裡，還是帶過來。」

這些事，劉棗花早琢磨過了。「我們鐵牛不小了，哪怕玩心還是重，也能當半個勞力幫忙做事。我想帶著他，縣裡有學堂，出來還能開開眼界、長長見識。」

黃氏聽完，這些盤算包准不是臨時想出來的，不知道她放在心裡多久了。

黃氏又看向何嬌杏。「要再開鋪子，我不擔心，但老大他們都出來了，鹹蛋黃能供應得上嗎？」

「這得看二嫂，要是忙不過來，那大嫂還要替我跑腿，找個人來替。」

劉棗花點頭，答應幫她問問，看時辰不早，就趕回大榕樹村了。

傍晚，劉棗花回到家，發現程家富蹲在院子裡，像是等了老半天。

程家富確實是在等她。自從三房夫妻說有鋪面後，心裡便揣著這事，今兒劉棗花又風風火火地進了縣，讓他整天幹活都沒辦法專心，想的全是生意。

對鄉下農戶而言，進縣裡做買賣真是一件遙不可及的事，說不興奮是假的，但也會有一點猶豫。昨兒他沒問得仔細，心裡不踏實，直到看見紅光滿面回村來的劉棗花，心裡的石頭才落地，覺得他們可能也要緊跟三房的腳步，進縣裡去了。

他這媳婦，別的本事沒有，但鼻子靈光得很，能嗅到掙錢的買賣，在發財的事情上，跑得比哪個都快。之前賣米胖糖跟字糖的魄力，誰也及不上。何嬌杏一指路，她能把鐵牛以後娶媳婦的本錢都壓上，膽子大得嚇人。

程家富迎上去，問怎麼樣？三房說的買賣能做嗎？

劉棗花趕路也累得很，拍拍程家富的手，讓他舀碗水來，咕嚕喝了兩口，才仔細解釋。

「我看是能掙錢的買賣，至於怎麼做，也跟三弟妹商量好了。現在先把鋪子盤下來，訂些小碟子備用，再找人幫忙立契。

「另外，我還得去趟老二家，之後咱們做不了鹹蛋黃了，看老二家全接下來，還是再找人來做。二弟妹要是忙不過來，那我去問問何小菊，若她沒興趣，就上大伯院子瞅瞅，總有看得起這個錢的。」

「只要老三還收，鹹蛋黃隨便都能找到人做，不用擔心。」程家富怕的是，他們手裡這點錢，不夠把買賣做起來。「妳打聽了嗎？縣裡的鋪子年租多少？」

「怕天黑還到不了家，我大致說好就趕著回來，哪有工夫去問？不過，我跟弟妹打聽了，那鋪子買下來也就千兩左右。這些年，咱們攢了錢，現在買不起，還租不起嗎？」

「也不能把家當全押上去，萬一做不好呢？」

劉棗花聽了，拿著碗便要上灶，不想跟程家富說了。

「決定要做，就別潑冷水，該投錢就投錢，大男人有點魄力。如今咱們有房、有地，萬一虧了，回來種田也能餬口，餓不死。你怎麼不想想，如果生意紅火，以後咱們也能跟老三一樣，吃穿隨意，凡事不用愁。三弟妹想出來的吃食買賣，老三也說能做，用得著你擔心？你比人家聰明？」

程家富拿劉棗花沒辦法，索性繞過盈虧，問到底是什麼生意？

劉棗花被他煩得不行，只好道：「我再做給你嚐嚐，這會兒沒事，你去削竹籤，以後每天要用不少，多削點放著。」比劃了長短，便把程家富打發出去了。

程家富剛出去，鐵牛又找進來。「娘，我聽到您和爹說話，我們是不是要搬去縣裡？」

「你耳力倒好。」

「那我跟你們去？」

「還沒決定。如果你聽話，我考慮看看；你不聽話，就待在鄉下，我帶七斤出去。」

鐵牛一聽，原地跳起三尺高，說當然要去。全家都出去了，光留下他？他才不要。

「那你就聽老娘的話！要是成天惹是生非，我幹麼帶你出去？吃飽了撐著，給自己找麻煩嗎？」

劉棗花說完，看天色已晚，便沒去老屋找楊二妹，打算明天再過去。

次日早上，劉棗花去老屋，跟楊二妹說，大房也要進縣裡做買賣了，以後她一個人做鹹蛋黃行不行？

楊二妹想掙錢，哪怕覺得有些吃力，還是應下來，說試試看。

「妳接得下來是最好，接不了別硬撐，要是耽誤老三他們的買賣，以後還有好事，怕輪不到妳。」

楊二妹點頭，又問劉棗花，怎麼突然要去縣裡？

「也不是突然，一年多前我就跟三弟妹商量過，現在才等到機會。」

「那妳地裡那些莊稼怎麼辦？」

劉棗花已經想好了，把田地租出去，沒什麼不好收拾的。一通說下來，最後告訴楊二妹，讓她別學周氏，踏踏實實做事，以後有合適的機會，誰也不會忘了她。

楊二妹的心思的確不一樣。她是苦過來的，覺得現在這樣就很好，看妯娌本事那麼大，有些羨慕，卻沒有嫉妒。

日子好壞，都是自己過出來的，不去跟甩開全村的三房比，只看自家，除了手裡錢不夠，還沒蓋新房之外，有田地、有家禽、家畜，她又有做鹹蛋黃的活，日子過著並不緊，在村裡算挺不錯了。

楊二妹想得最多的，不是發財的事，聽說一起進門的袁氏已經有好消息，便指望自己今年也能懷上了。

後半個月，劉棗花都在為買賣的事忙活，除了雨天困在家裡，平時進院子都找不到人。她忙著盤鋪子、布置、添置用具，還要把自家田地租出去；又去找賣鴨蛋的人家，請他們以後統統送去老屋，給楊二妹收。

楊二妹也真能幹，別家媳婦忙一會兒總要歇口氣、喝點水，說幾句話，就沒見她把工夫用在這上面，每天能比別人多幹許多活兒，割豬草、煮豬食、餵豬餵雞、打理菜園不說，還要做許多鹹蛋黃。

楊二妹嫁過來有大半年，她性子悶，跟村人的往來不比何嬌杏多，即便如此，大家對她也有些了解，撇開命格不說，光看這人，已是很不錯了。

這日，劉棗花去縣裡忙，忙完去程記坐坐，說起村裡的事。

黃氏出來一個多月，心裡有點惦記，聽她東家長、西家短，感覺還挺親切。

劉棗花也是個妙人，說著說著，連自己娘家也沒漏掉，她小妹要嫁人了，家裡讓她使使力，幫襯幫襯。

「讓我使力，她娘的還不會說句中聽的話，聽說我要進縣裡租鋪子做買賣，一個個排著隊來潑冷水，說縣裡鋪面年租那麼貴，搞不好就要虧。」

程家興一個沒忍住，刺她一句。「她娘不就是妳娘？」

何嬌杏拍他一下，讓他別打岔。

劉棗花接著說：「我就罵了，讓他們記住今天說的話，別等老娘掙了錢，又捨了老臉找上門。我不像村裡其他媳婦怕得罪人，反正想明白了就那麼回事，你要是窮，哪怕再會做人，人家也未必看得起你；你有錢了，他心裡再不痛快，當著你的面，還是得裝孫子。」

劉棗花把鄉下那些事說得差不多了，轉頭問何嬌杏，問縣裡有什麼新鮮的事嗎？

「新鮮事啊！聽熟客說，附近縣裡抓著騙子，他打著在世華佗的名號，坑了不少人，家興哥說，搞不好就是當初騙了二房的傢伙。只是，人已經被關進牢裡，沒辦法去認。」

「被騙的又不是老二，是周氏，就算在我們縣裡被抓到也沒用，周氏都改嫁了，老二也沒親眼見過那死騙子。」

程家興聽妯娌倆這麼說，插了句嘴。「衙門應該會帶當年被騙的人去瞧瞧，要真是他，案子就算破了，不過銀兩肯定追不回來，頂多是讓騙子多受點罪，得了安慰。這件事，大嫂聽歸聽，回去別跟二哥說，現在他跟二嫂過得好好的，不要提這些舊事添堵。」

劉棗花看他。「老三還不知道我的性子？」

程家興無言。「正因為是妳，才多這句嘴。妳逮著誰都能說幾句，我不打個招呼，妳回去看見二哥，鐵定一下子便說了。」

劉棗花就是個道地的碎嘴婆娘，這兩年沒少在何嬌杏跟前嘮叨。何嬌杏拿她當新聞臺使，想知道村裡的事，問劉棗花準沒錯。

有時程家興嫌劉棗花煩，但架不住媳婦跟她相處得好，可能是因為何嬌杏不愛出門，認識的人少，身邊沒個話嘮，容易閒得無聊，劉棗花替她解了不少悶。

劉棗花嘴皮子索利，講起家長裡短，跟茶館說書似的，精采。

第五十五章

等劉棗花回去，程家興想起本來要跟何嬌杏說的事。

「剛才我出門買東西，遇見香飴坊的王二少爺，說了幾句。」

何嬌杏不明白。「香飴坊的東家不是府城的人？怎麼會來縣裡？」

「料想是當爹的把各縣生意交給不同的兒子管。我猜底下人傳話，說了蛋黃酥的事，店裡的蛋黃酥賣得好，擺在糕餅鋪裡也合適。」

「那他跟你提了？」

程家興搖搖頭，說互相客套幾句而已，提到燒餅和蛋黃酥，王二少爺也只是恭維。

「之前字糖方子流出去，他行事總會保守些。而且，我們開了鋪子，跟他算是半個同行，再買方子不容易。」

最近何嬌杏忙著，沒怎麼出門，便問程家興，縣裡沒人學著做蛋黃酥嗎？

「肯定有人仿，但還沒成功吧，我去其他糕餅鋪看過了，沒人賣。」

以程記目前的規模，還不配當香飴坊的對手，生意再好，也僅開了一家店，只賣兩、三樣吃食。

不過，香飴坊能做大，相中商機的本事定比一般人好太多，哪怕來的只是少爺，經由幾次來往，也覺察出程家興前程遠大。

這種人，要麼早早扼殺，或者儘量交好。

打過兩回交道，王二少爺知道程家興的主意太多了，他媳婦「動手」的功夫還特強，是不可能扼殺得掉的。

那就，打好交情吧！

這日，王二少爺請程家興去聽戲，在戲園子裡吃茶，閒聊了一通。

夥計聽在耳中，心中了然，沏上茶，躬身退開。

程家興這才起了話頭，問王二少爺，字糖買賣如何？

王二少爺沒詳說，只道還成。

一聽這話，程家興便確信，即便年前方子流出去，香飴坊還是在掙錢，從他手裡買那方子，絕對不虧。

接著，輪到王二少爺問他，怎麼拖了一年，才把鋪子開起來？

「去年有很多事，忙不開。」

兩人都是會說話的，當然不會追根究柢問對方忙些什麼事。王二少爺換了話頭，問程家興脆燒餅和蛋黃酥是今年想出來的？怎麼能想到這許多花樣？

「不是我琢磨出來的，真想知道，得問我媳婦。我聽她說過一點，蛋黃酥是從月餅變過來的。」

程家興提到月餅，王二少爺腦子裡浮現出本地月餅的模樣，這相差太多了吧？

「可能因為我家裡就是做這個的，從小沒少吃糕餅，都膩了。你們鋪子裡那三樣，最合我胃口的是香辣肉絲，我曾讓灶上的人學著做，糟蹋不少材料，就是做不出那個味道，還是得上程記買來吃。」

程家興就笑，問他買著吃不好嗎？花點錢，能省多少心。

王二少爺嘆口氣。「我是不缺那幾個子兒，是你不打算把買賣做去其他地方，等回了府城，我上哪裡買去？」

聽起來像在閒嗑牙，其實話裡藏著話。王二少爺有試探的意思，想看程家興是怎麼打算的，準備踏踏實實待在長榮縣，還是尋著機會出去？

程家興聽懂了，回說王家商號的馬車經常在各縣跑，從這裡送去府城還不容易？馬車趕路多快呢！

他委婉給了答覆，正好是王二少爺想聽的話，兩人之間的氣氛就更好了。

於是，閒聊帶刺打探了半天，程家興灌了一肚子茶水，在戲園子裡解完手才回去。

程家興回到程記時，發現店裡忙得熱火朝天。

已經快到傍晚，何嬌杏告訴東子，讓外面的客人別排了，最後兩爐賣完就打烊。

交代完，她搬張凳子坐在灶前看火，瞧見程家興進來，問他跟王二少爺說得怎麼樣？

「聽了場戲，喝下一肚子水，憋得慌。」

「你閨女都知道找人把尿，你不知道找地方解手？活生生的人，能被尿憋著？」

程家興也去搬凳子，挨在何嬌杏身邊坐下。「妳說得太誇張了。」

「別扯這些有的沒的，王二少爺請你吃茶是什麼意思？字糖方子才流出去，該不會又想買別的吧？」

程家興接過燒火鉗，換他來看火，把今兒在外面聊的話說給何嬌杏聽。

「我們跟香飴坊賣的東西沒有重疊，哪怕生意好，也不會礙著他們。我看他們眼饞蛋黃酥是真的，但也沒到非要不可的地步。有一、兩樣新貨，對他們來說是錦上添花，哪怕沒有，差別也不大。

「他聽出我的意思，早先咱們缺錢，方子說賣就賣了，現在開起鋪子，總不能還像之前那樣。既然聽懂了，他沒提方子的事，轉而問我後面的安排，是不是打算從縣裡起步，多開幾家，我說沒那樣的打算。」

「你出去半天，只聊了這幾句？其他時候都喝茶去了？」

程家興扳起手指數給她聽，不光吃茶，還有聽戲，以及相互恭維。生意人見面就是愉快，兩人都是會說話的，聊起天來簡直如沐春風。

以程家興現在的地位，還沒資格跟大商家平起平坐，真虧王二少爺看得起他，今兒出去當是交了個朋友。

王二少爺喜歡吃香辣肉絲，好像確有其事，他待在長榮縣時，經常讓管事上門排隊，程家興私下跟他見過兩回面，把他身邊人的模樣認全了。程記的香辣肉絲賣得貴，其他人大多是一碗一碗的要，王家的人過來，一次能裝好幾碗，還是自己帶罈子來裝呢！

因為招牌越發響亮，加上有蛋黃酥和香辣肉絲這兩樣新貨，開張第二個月的利潤，比第一個月還大得多。

利潤大，店裡幾個人也著實辛苦，這個月的帳目算清後，何嬌杏給來幫忙的東子發了獎賞，還跟程家興商量著，停了一天買賣，讓大家好生歇歇。

難得什麼也不用幹，何嬌杏整天陪著冬菇。程家興和她們母女待了半天，便跑到斜對面去。斜對面那家鋪子，已經讓程家富盤下來，店裡布置也改了，學程記掛了塊嶄新招牌，上面寫著五個字：美味缽仔糕。

這時已是春夏相交，天漸漸要熱起來，到了最適合賣缽仔糕的時候。找人測的開張吉日，就在三天以後。

程家興過去時，程家富正在洗洗刷刷，收拾店面，劉棗花則回鄉下帶鐵牛跟七斤過來。等鐵牛進了縣裡，還得找學堂，送他去讀書認字。

不過這次劉棗花沒能當天回來，隔天上午才進縣裡。跟她一起來的，還有個大夥想也沒想到的人，就是何嬌杏跟東子的親娘唐氏。

雖說上個月程家興回去過，還去報信，說縣裡一切都好，何家爹娘依然不太放心，尤其是唐氏，聽說程家富也準備去縣裡做買賣，最近就要啟程，問了日子，搭上劉棗花的順風車，跟她過來了。

唐氏沒去過縣裡，劉棗花又是個能說的，半路上吹了一大堆。唐氏總覺得她誇張，等到了程記門前，她才知道，那些話一點也不假，實在得很。

因為昨兒休息一天，這天來程記排隊的人比平時還多，唐氏遠遠就瞧見了。別家鋪子門前有幾個人排都算不得了，很多家冷清得可以，但程記門口排了一長串不說，還喊著要肉絲，不然就問燒餅跟蛋黃酥還有多久出爐。

唐氏一過去，就跟程家富當初一樣，被人當成插隊的，趕緊喊東子。

東子正跟客人說起斜對面要賣缽仔糕的事，這是何嬌杏安排的，讓他不忙的時候跟客人們提一提。他正說到那鋪子的老闆是他姊夫的親大哥，缽仔糕也是他阿姊琢磨出來的吃食。

熟客問他缽仔糕是什麼？好吃嗎？

東子喝了口水，正準備吹，就聽到兩聲熟悉的呼喊，轉頭一看，是老娘來了。

「娘，您怎麼來了？」

「我不放心你，來看看。」

東子跟排隊客人們介紹，這是他娘，抬起隔板把唐氏請起來，嘿嘿笑道：「我吃得好、住得好，有什麼不放心？」

「我是怕你給杏兒添亂。杏兒人呢？」

對對對，差點忘了。東子小跑進去，對何嬌杏說：「阿姊來看看，娘來了。」

何嬌杏一下沒反應過來，等她回過神，放下搓到一半的麵團就往外走。看到唐氏，立刻笑了。

「還當東子哄我呢！娘這是跟我大嫂一道來的吧？出門之前吃飯沒有？餓不餓？」

程家興已經端著涼開水出來了，請丈母娘喝，還問她想吃什麼？這條街上，想吃什麼都能買到。

「外面的客人排隊等著買東西，你倆怎麼跑來招呼我？快去忙吧！」唐氏喝著水，擺手讓他們先做生意，有話等忙過這會兒再說。

唐氏看著店裡忙完一陣，知道東子踏踏實實在做事，又跟女兒、女婿吃飯，和親家母說話，還看了外孫女，就想回魚泉村了。

何嬌杏挽著她胳膊，不讓她走，只道來一趟很不容易，不如在縣裡多待兩日，走走看看，再買點東西回去，這樣家裡人問起來，還有新鮮事可以說。

唐氏不肯，說家裡還有活，今年養了兩頭豬外加一群雞呢！

「那也不急在這一、兩天，嫂子還不會餵？」

唐氏說大媳婦也忙，她出門，家裡的活兒全落在媳婦身上，還要帶孩子，多耽擱幾天，豈不累壞人？

東子嘿嘿笑道：「娘回去時，替嫂子帶兩樣東西，她一高興，哪還跟您計較？非但不計較，還會替您多想想。我跟阿姊都在縣裡，您難得出來，多待兩天，不應該嗎？總要花點工夫跟我們仔細說說家裡的事，再了解縣裡的情況，您說是不是？」

唐氏搖頭，都入夏了，地裡活兒不少，她看過縣裡的種種，心裡踏實了，得趕著回去幫自家老頭子。

「我差點忘了，這次還有件事要說。杏兒出嫁三年，東子也該訂親了。」

何嬌杏聽到這話，問唐氏，是準備去找媒婆嗎？

「我先找有什麼用？總得聽他的意思，媳婦娶回來是跟他過，又不是跟我過。」

母女倆齊齊看向東子，眼看著躲不過去，東子撓撓頭說：「別找鄉下媒婆了吧！」

「為什麼？」

東子說他不見得會回鄉去，跟程家興學出門道，攢下本錢，可能就在外面闖。

「以後我想做買賣，寧可娶個小商家的閨女，或貨郎的女兒都好。娘請鄉下媒婆說的姑娘，怕她跟我過不了。」

唐氏生怕東子推託，說他不著急，像這樣能說出個子丑寅卯的反倒好。依他說的想想，也有道理，人跟人的想法要是完全不同，湊在一起可有得吵了。

接著，唐氏又發愁了。「要在農家說一個，以咱們家的情況，隨便挑都行；但你想娶個懂點買賣的，我不知道該怎麼選，鎮上或縣裡商家的閨女，我一個也不認得。」

這時，何嬌杏一拍大腿，道：「娘別著急，我有主意。」

「妳說！」

何嬌杏一笑，出去把婆婆黃氏找來，略略一提，黃氏立刻明白過來，說這事簡單。

「我不像杏兒他們天天在店裡忙，經常要上市集，平時也會抱冬菇出門走走，認識一些人。東子想說親，我可以放出風聲，少不了人願意。」

唐氏聽著，可高興了，拉著黃氏的手，說一切拜託。

東子的婚事，是壓在唐氏心裡的巨石，雖然還不知道媳婦在哪裡，至少能開始找了。

於是，唐氏鬆快起來，在縣裡待了幾天，替何嬌杏出點力，或陪外孫女玩，再不然就去斜對面，幫劉棗花收拾收拾。

美味缽仔糕馬上就要開張，劉棗花還沒忙完，正幫鐵牛找學堂，總得先把兒子安排好。她要操心鐵牛的事，店裡全靠程家富，但開個店不容易，程家富忙得團團轉。唐氏幫了不少忙，很多時候，七斤都是交給她，跟冬菇一起照看的。

幾天後，美味缽仔糕開張，照程家興說的，劉棗花在招牌上掛了紅綵，還放鞭炮，招來許多看熱鬧的人。鉢仔糕比程記的吃食要便宜得多，軟彈軟彈的一塊只要一文錢，劉棗花又會吆喝，不少人瞧著眼饞，都掏錢買來嚐。

劉棗花動作麻利地拿竹籤戳給客人，灶上蒸著，旁邊涼著，跟前賣著，雖然鉢仔糕一個賣一文錢，但架不住賣得快，她在腳邊放了個錢桶，一天下來，竟裝了有半桶錢。

鉢仔糕不沾丁點油葷，所以本錢比香辣肉絲、蛋黃酥這些少得多，加上賣的量大，竟然也是個很掙錢的買賣。

店裡打烊後，劉棗花帶著鐵牛提著錢桶去程記，齊心協力把銅錢數過一遍，扣除本錢，劉棗花當場給了何嬌杏一半，還說以後也像這樣，天天送錢過來。

「大嫂，妳別再提著一大桶銅錢來找我一起點了，自己在家數好，把我那一半利潤送來就是。」

「妳不怕我虛報啊？」

何嬌杏把銅錢放到一邊。「妳的鋪子就在斜對面，生意如何，我都看著呢，大概也知道是什麼數，能虛得了多少？再說，我心裡是相信大嫂的。」

看劉棗花以往的作風就知道，她看的是大錢，為掙大錢，是不會吝惜小錢的。這種人才不會為蠅頭小利留下把柄，要真虛報，哪天被發現了，還怎麼合作？

唐氏知道，劉棗花的鋪子能開起來，背後少不了她閨女的支持。做鉢仔糕的手藝，便是何嬌杏教的，還琢磨了好多種花樣，要不是這樣，哪能一開張就把買賣做紅？知道是一回事，但親眼看到一天分來這麼多錢，感覺還是刺激；又想到斜對面的鋪子只要開一天，何嬌杏他們就能收一天的錢，從沒這麼深刻感受過人跟人之間的差距。

何嬌杏是她的親生女兒，何家祖上真是積了不少德，才有這樣的閨女呢！

唐氏親眼瞧見缽仔糕大賣，這才拿著女兒、女婿的孝敬，揣著東子塞給她的銀子回去。她先進了大榕樹村，跟村人聊幾句，說程家富的生意多紅火後，才搭自家漁船過河。

回到何家，唐氏才歇口氣，幾個妯娌又圍過來，又是一通好說，得意得很。

「我出去一趟，瞧著最掛念的東子都逐漸懂事，我跟他爹能安心了。」

唯一沒想到的，就是閨女的名聲。

長榮縣裡，人人都知道程記老闆娘是個母夜叉。幸虧她只生了這麼一個閨女，要不真能愁上。

何嬌杏說，她倒覺得挺好，自從名聲傳開之後，跟前清靜，沒個惹事的人。

但當娘的想法不一樣，她如花似玉、乖乖巧巧的閨女，為什麼就成了母夜叉？又哪來這麼好看的母夜叉呢？

鄉下老家還在議論燒餅、蛋黃酥、香辣肉絲跟缽仔糕，何嬌杏已經在做其他打算。

立夏過了，眼看小滿將近，這段時日只有陰天或下雨才會涼快。

程記的生意還是很好，哪怕因為天氣熱，排隊的人比之前略少些，做出來的吃食還是能順順利利賣完，沒積過貨。

何嬌杏覺得，那是因為還不夠熱，再過一個月，不管程記，還是其他點心鋪，買賣都能涼掉大半。連不出門都汗流浹背的時候，誰會願意花錢買罪受，吃乾巴巴的糕餅跟肉絲？

是夜，程家興摟著何嬌杏，正想親熱，何嬌杏卻反手把人推倒，伏到他身上，說有事和他商量。

程家興老大不高興，抱怨道：「有什麼事非得這會兒說？」

何嬌杏順手拍他一下。「別光想著那檔子事，我有正事想跟你說。」

說這幾句話的工夫，程家興的興致也跑了，攬著她腰肢，問：「是店裡的生意？我看妳最近去前面看了好幾回。」

何嬌杏給他一個讚許的眼神。「到了這時節，只要天不降雨，熱起來怕是快得很。我在想，是不是跟二哥他們打聲招呼，收的鴨蛋用完，就別折騰了，蛋黃酥先停一停，等夏天過了再賣。」

她只提到蛋黃酥，程家興卻明白了，如果連蛋黃酥都要停，燒餅生意也得打住。程記的燒餅素來以酥脆聞名，要夠酥、夠脆，得烤得很乾，但到天乾物燥、動輒上火的時候，不管多香，看著就引不起胃口。

買賣才做了兩個月，現在關門回鄉避暑不大合適。不賣眼下挑大樑的兩樣吃食，能賣什麼呢？

何嬌杏的雙眼亮晶晶的，說有個想法，可能不能成，還要試試。

程家興摸摸她的頭髮。「妳把要的材料告訴我，我先備上，再抽一天讓東子放假，咱倆關上門做做看。」

何嬌杏笑著應下。

第五十六章

第二天，程家興把東西買回來了，鋪子門口隨即掛起牌子，說老闆娘試做新吃食，本日休息。

這幾個字還是拜託鐵牛他們學堂夫子寫的，糊在木板上，板上打了兩個洞，用麻繩穿過掛在門上。但凡認字的路過，就知道是什麼情況，不認字的問問其他人也知道了，老闆娘又有新主意，程記要上新貨。

過去這兩個多月積攢起來的名聲，讓熟客很期待新品。

次日一早，有人用過早飯，慢悠悠地轉到程記門前，發現店門口又排起隊。因為時辰尚早，隊伍還不長。

但新吃食已經擺出來了，遠遠便能看見木板上鋪了層油紙，油紙上是一顆一顆長得像大湯圓的東西，排得整整齊齊，等著賣給客人。

「這是什麼？」

東子說，這叫麻糬，口感和湯圓有點相似，卻是冷食，今天上了三種口味，黑芝麻、紅豆以及茶香味。

要是新鋪子，客人大概要觀望半天，不會輕易掏錢，可會這麼早過來排隊的，哪個不是程記的常客？聽東子介紹後，便有人招呼，每種口味都來一顆。

熟客給了錢，拿到麻糬，一捏，軟乎乎的手感忒好。一口咬下，是湯圓的口感，但更好吃些。

「剛才你說這叫什麼？」

「麻糬。」

「為啥這樣叫啊？」

東子忙著替後面的人包吃食，哪有空細細解釋，也解釋不清楚，只得道：「我阿姊說，你們要嫌拗口，直接叫乾吃湯圓也沒關係。天熱起來，燒餅生意不好做，要停一段時日，改賣麻糬，還要多上幾種口味。」

這一季的蔬果很多，不需要太多本錢就能做出多種口味。昨天試完，程家興便準備去收適合做成餡的水果，決定把麻糬打出名號來。

客人們也很驚喜，就拿今天上的口味來說，愛吃甜的有紅豆跟黑芝麻，不太能吃甜的，有茶香可以選。跟燒餅比起來，麻糬軟得多，上了年紀、牙口不好的人也咬得動，還真有不少路過的人，瞧著稀奇，買回去給老人跟小孩嚐鮮。

程記的麻糬頗受大家喜愛，不過來抗議的也不少。出新吃食固然很好，但燒餅這些也可以接著賣嘛，怎麼就停了。

不管客人怎麼說，天氣熱起來，燒餅、蛋黃酥、香辣肉絲的生意大受影響，也是肉眼可見的事；要掙錢，就不能反著幹。老闆跟老闆娘鐵了心，客人連番努力，僅僅只保住他們的下酒菜，香辣肉絲接著賣，其他的全停了。

好不容易有三樣吃食可賣，天一熱又被打回兩樣，尤其是香辣肉絲，單獨放在旁邊，擺出來給大家看的，只剩下甜口味的麻糬。

這甜食，有人喜歡，也有人不喜歡，頭幾天生意紅火，是買去嚐鮮的多，等吃過幾次，不愛吃甜的總會打住，而愛鹹口味的客人，每回路過就問程記今天出新點心了沒。

東子被他們問煩了，轉頭要去抱何嬌杏的大腿，說是不是也聽聽食客的意見？鹹的、甜的搭配著賣嘛。

於是，何嬌杏又讓他去掛牌子，短短半個月內，老闆娘再次試做新吃食。

次日，喜歡鹹食的客人滿心激動，早早就過來了。

這回出的的確不是甜食，可也不是蔥香或鹹香，而是麻辣口味，是上輩子特色小吃裡的一絕——冷串串。

何嬌杏早想做這個，以前是從家裡把吃食揹出去賣，做這個很不方便，才沒動手。現在有鋪子了，也有幫手，只須調好口味，其他瑣碎活兒，全能交給其他人做。

這裡的人口味重，好麻辣的多，天氣冷熱都不影響他們吃辣；再加上何嬌杏原是做餐飲出身，還認真學過，調出的味道別提了，好這口的買來一嚐，都得豎起大拇指，麻得正好、辣得夠味。

平時吃著沒多大感覺的素菜，往辣湯裡一滾，便感覺滋味忒好，更別提葷食。

客人們早知道站櫃檯的是東家的小舅子，不斷有人找東子搭話，說老闆娘不光會做糕餅點心，連這些都擅長？

「不管哪種吃食，只要是往嘴裡送的，我阿姊全都會做。她嫁人前，家裡要開席，都讓她掌勺，伯母跟嬸嬸們說，十里八鄉找不出手藝比她好的。小時候，我還在村裡瘋玩，阿姊就踩著凳子上灶。她有事、沒事都在琢磨吃的，好幾年才有這手藝。」

客人們當然相信東子說的。這手藝肯定是下過苦功，不可能隨隨便便就有。

但縣裡各大酒樓的廚子，誰不是做菜幾十年？哪怕學藝最短的，應該也有十年吧？不過，何嬌杏卻不輸給他們，可見於廚藝上，她的天分是極好的。她做的吃食，有一半是上輩子常做的，也有一些是只知道怎麼做，卻沒試過，摸索著也搗鼓出來了。

新出的冷串串裝在大鐵鍋裡，擺在鋪子前面賣，讓程家興看著。

說是這麼說，生意也很好，有人買一、兩串打發饞得走不動路的孩子，也有家底兒厚的，吃不過癮，轉身回家拿了大碗，一次裝一大碗回去。

程記的麻糬大賣後，東、西兩市的糕餅鋪子都十分眼饞，這很適合夏天裡待客擺盤，既好看、又好吃，這陣子天天都有大戶人家上程記採買。

香飴坊跟如意齋也派人買回去嚐，味道的確很好，聽說也叫乾吃湯圓，兩家覺得這是個方向，便開始努力試做。

他們想的是，湯圓是用水煮出來的，既然是乾吃，應該得蒸。於是麻利地搓好湯圓，裝進籠屜裡蒸，結果，得到的東西和想要的完全不一樣。

想也知道，麻糬做起來不會那麼簡單，就像程記斜對面的美味鉢仔糕，因為生意好，也招人眼紅，但大家知道那家老闆是程家興的大哥，沒人恐嚇威脅，可意圖偷師的沒少過。

有人伸長脖子往廚房裡看，有人尋著機會去恭維劉棗花。失敗之後，還有偷偷約程家富去吃酒的，想著把人灌醉，總能套出話來。

家裡富裕起來之後，變著法子來坑人的沒少過，程家富心裡警覺，才沒著了道。方子沒套著，那些人又想看看他們買什麼材料，如此也能慢慢嘗試著做出來。這條路也沒走通。程家興早想到了，店裡用的和自家吃食的材料一起買，亂七八糟一大堆，結果誰也不知道哪一樣是哪一樣的材料。

這招程家興用著好，也教給程家富。鉢仔糕賣了半個多月，眼紅他們進帳、想跟風的人，還是沒學出樣子來。

而香飴坊的王二少爺，本來打算回府城避暑，剛吩咐人收拾好東西，還沒啟程，鉢仔糕跟麻糬便相繼販售了。

冷串串不會礙著他的生意，但另外兩樣很讓他眼饞，尤其是麻糬。這段時日，大戶人家招待客人，十回有六、七回都擺這個，好看不說，逐漸熱起來的時候，吃也不覺得膩味，尤其是茶香味的，入口非常清爽。

王二少爺無奈之下，只得打消回府城的主意，又使人跑了趟程記，再請程家興聽戲。這回程家興沒赴約。程記賣著三樣吃食，忙得熱火朝天，哪有那麼多工夫讓他出門？再說，天熱起來，與其往外跑，還不如老實待在店裡呢！

天氣越來越熱，溽暑將至。

這日，看程家興在鋪子門口揮汗賣著冷串串，何嬌杏問他。「四弟的木工活做得不錯吧？有沒有空幫咱們做個手搖式風扇？」

這年頭只有蒲扇，哪有三片葉子的風扇？

程家興不明白，何嬌杏費了很大力氣解釋，為讓他聽明白，還用農人踏的水車舉例，說是利用手搖，讓風扇葉子跟著轉起來，可以生出挺大的風。

程家興夠聰明，聽懂她的意思，便在腦中琢磨，想像出風扇的大致輪廓，覺得有空得去找程家旺，跟他說說這主意，看能不能把風扇做出來。他也想知道風扇能帶出多大的風，比蒲扇厲害多少，說不定還能賺一筆錢呢！

程家興想得很美，唯獨沒空出門，他實在等不住，停了一天生意，搭別人的馬車去程家旺住的小鎮。

程家旺在後院做工，聽師傅說有人找他，便出來看。

「三哥？你怎麼來了？」

「我想跟你訂個東西。」

「你說，我聽著。」

「三言兩語講不清楚，你倒碗水來，讓我潤潤喉嚨，咱們坐下慢慢說。」

用不著程家旺，袁氏聽到說話聲，就去倒了水來。

程家興的目光瞄過她的肚皮，接了碗，仰頭灌下半碗涼開水，才跟程家旺說起手搖式風扇的主意。

程家旺是匠人，很快便弄懂了，現在需要畫出草圖，把各部分畫出來，然後一點點調整，記下最成功的樣子，以後要大量做就容易了。

可這事說起來簡單，做起來難啊！

程家旺道：「三哥，你真敢想。我平時就打打桌椅，現在卻要我做這麼精細的東西。」

「除了你，家裡其他人沒這手藝。我都說到這分上了，你不想試試看？要真做出來了，說不定能靠這個發財。

「哪怕大戶人家有家僕打扇，但才多大的風？咱們這個風扇，只要把葉子做大點，轉起來，風肯定大。在酒樓、茶館或戲園子裡擺上幾臺，客人涼快了，生意能好不少。家裡待著熱，只要手裡有點閒錢，誰不願意找個涼爽地方待著？」

程家興不愧是生意人，那張嘴真的能說，本來程家旺就躍躍欲試，聽他說完，更覺得前途一片光明。

他搭上程家興的肩膀，道：「三哥跟三嫂太會想了，我做出來掙了錢，分你們一半。」

程家興拍開他的手。「別靠過來，我熱著呢！先別說怎麼分錢，把東西搗鼓出來再說。哪怕以後同行買去，拆了做出仿貨，這也是你發明的，第一個賣，大家總會覺得你的東西最好，名聲響亮，以後要做別的東西都容易。」

這是有感而發，每次程記上新吃食，都能順利賣出去，正是因為客人相信何嬌杏的手藝，讓程記在短短幾個月內打響名號，說他們賣的東西就是好吃、就是新鮮。

程家興跟程家旺說完，留下來吃完午飯，便趕回店裡去了。

程家興回到程記時，已近傍晚。何嬌杏知道他去做什麼，見著人就問談得怎麼樣？

「我跟老四說清楚了，他答應試做看看。」

何嬌杏深知術業有專攻的道理，既然把能說的都說了，做不做得出來，就看程家旺的能耐。在她的印象裡，程家旺聰明手巧，可以期待。

夫妻倆正在說風扇的事，黃氏湊過來，問道：「老三，你今天是去老四那裡？有沒有見著老四媳婦？她顯懷了嗎？」

程家興說，看著是胖了點，還不是那麼明顯。

「氣色怎麼樣？」

「還行吧，沒看出什麼不好。娘，您問我真是問錯人了，我做哥哥的，哪方便打聽弟媳的事？只跟她打了個照面，其他時候，都在跟老四說要緊事。」

黃氏覺得，添丁就是家裡最要緊的事，至少比掙錢要緊，不過程家興說得也沒錯。

她盤算著，之前老大媳婦跟老三媳婦生完，自己都幫她們坐了月子，等老四媳婦生了，不知道該不該去？

按說當娘的得一碗水端平，可這回情況不同，袁氏跟前有她娘家人照看，做婆婆的哪怕心裡牽掛，也不好硬往前湊。說是去幫忙，說不定人家還不自在，覺得麻煩。

黃氏思來想去，決定等袁氏懷孕的月分再大些，過去看看她，也傳個話，讓程家旺有需要說一聲，不說只當用不著她幫忙。

黃氏想清楚了，打算繼續幫東子物色對象。這段日子，她尋著機會便放出風聲，問相熟的人，有沒有合適的姑娘家。

娶媳婦這件事，不挑不選容易，但凡有點要求，就得有耐心，慢慢看了。

過了好幾天，幫東子說親的進展不大。或許有人私下來看過，卻沒有出聲；也有人聽說程記老闆的小舅子在看對象，主動湊上來，卻未必是良配。

說親一看本人，二看家裡。縣城的姑娘，容貌大多比鄉下人出眾，可壞在家人心思歪了，看上的不是東子，而是程記的生意。

許多人看來，東子最好的就是有這樣一門貴親，他卻沒打算吹噓這一點。東子的臉皮厚歸厚，還是分得出輕重，知道何嬌杏出嫁以後，就是程家媳婦，雖然跟娘家往來，不過娘家人應當知道分寸，不能什麼事都去麻煩她。

現在東子跟著他們學做生意，也是出一份力、拿一份錢，沒想著要占何嬌杏的便宜，心裡想著，等把縣城摸熟，知道該做什麼買賣、怎麼做能掙錢，便另找個生意，自立門戶。

他想求個能跟他吃苦奮鬥的姑娘，不是天天盯著何嬌杏、指望人家提拔的。既如此，那些奔著程記來的，全要不得。

黃氏忙活一通還沒個譜，心裡有點著急。一來不好跟唐氏交代，二來只有當娘的才明白當娘的心，東子雖比何嬌杏小幾歲，但現在的年紀已跟她當年議親時差不多了。

這時代的人待男子相對寬容，哪怕歲數大點也可以說親，不像姑娘家，過了十八歲就不好嫁。即便如此，能早訂下，誰願意拖？成親才是開始，媳婦娶進門，後面事情還多著。

黃氏看東子，就跟看自家後生一樣，才會急人之所急。

黃氏替東子的親事忙活，何嬌杏他們則把心思分在三處，顧著生意、閨女，還有程家旺那頭。

這陣子，程家旺休息得很少，經常天黑了還點著油燈做事，要趕完木匠鋪安排的活計，擠出工夫，才能琢磨手搖風扇。雖然現在還沒什麼進展，但這東西會比蒲扇、摺扇方便很多，尤其能造福酒樓、茶館跟戲園子。

想到這裡，他才咬牙堅持下來，告訴自己不要著急，慢慢來。這一夏是來不及了，可做出來後，遲早能掙錢。

這日，聽說程家興來了，程家旺說出遇到的困難，讓他不要著急，又把已經做好的部分拿給他瞅瞅，問了意見，回頭再改。

半個月後，程家興抱著希望再上木匠鋪，才打了照面，程家旺就把人拽進他的小房間裡。那小房間是為了製作手搖風扇特地隔出來的。

程家興邁過門檻，進去就看到風扇的雛形。

「一開始很不順利，我怕糟蹋太多材料，先做小的，等搖著能轉出風了，再做大些。」程家旺說得飛快，還講了這些天遇到的困難和解決辦法。

程家興聽完，不知道該說什麼，只能對他豎起大拇指。術業有專攻，於匠活上，程家旺還是厲害。

程家旺一邊說、一邊把他做的小風扇遞給程家興。那風扇看著只比成年男人的巴掌大一點，大小不太夠用。

程家興關心的倒不是尺寸，接過來搖了幾下，扇葉轉得挺猛的。

「老四，是不是要做個罩子？轉這麼快，別把指頭削了。」

程家旺說，罩子還要想一下，看怎麼做才不影響接風。「等風扇做好，我先送兩臺給你們，大熱天做吃的，怕是熱得很。」

程家興還在把玩那個小風扇，轉上癮了，說沒那麼誇張。

「我跟你三嫂又不傻，早停了要用到烤爐的吃食，現在賣的不用一直盯著火候。知道灶裡的炭火能燒多久，定量加，別讓火熄了就行。」

剛才他過來便忙著說風扇的事，忘了自己帶了東西來，一拍腦門，拿起隨手放下的包袱，塞進程家旺懷裡。

「這是什麼？」

「我店裡的幾樣餅。最近天天都在做麻糬，麻糬是現成的，燒餅和蛋黃酥則是特地開爐做。之前過來沒帶東西，回去你三嫂說了我，說我淨會使喚人，要驢子跑，還不給人家吃草。這不，我就送草來了。」

程家興吊兒郎當地說完，程家旺笑了，打開包袱，捏了顆看起來最好吃的麻糬嚐。

「哪來這麼好吃的草啊？」

「不開玩笑，說正事。你都把風扇做出來了，剩下那點困難，趕緊解決，說不定還趕得上今年賣。這天是熱，真要說卻還沒入伏，厲害的還在後頭。」

程家旺點點頭。「我當然明白，但要全讓我一個人做，即便做熟了，也還是慢。」

「這點，我跟你三嫂說過，她覺得要想做得快、做得多，有兩個辦法。一是多拉幾個人入夥，這樣的話，進自己兜裡的錢就少了；還有個辦法，你把手搖風扇拆開，將扇葉、罩子這些東西包給其他木匠鋪，一個鋪子做一樣，做起來不會慢。你多訂些，收到貨再拼起來，可以喊三兩、五兩一臺。」

見程家旺有話說，程家興不消問，就知道他在糾結什麼。

「你是怕同行買去拆開，跟著就能搞出仿品來吧？就是想到會有這種事，我才讓你一口氣多弄些，第一筆就得掙夠本。做生意免不了這種事，別人仿由他仿去，只要記住一點，你先把名聲打響，得讓人人知道，這叫程氏手搖風扇，最先賣的是你。哪怕別人掙了錢，名頭還是你的，屆時全國用起手搖風扇，假如朝廷要表彰功勞，也少不了你。」

程家旺笑著點頭。「那之後別人問我，我就告訴他們，是我三哥跟三嫂先提的，再由我做出來。真能領賞，咱們一起得。」

第五十七章

程家興回到程記，滿是興奮地說，手搖風扇做出來了。

別說黃氏，何嬌杏也滿臉驚訝，停下手邊的活兒，問程家興試了沒有？好不好使？

「現在才做了個小的，我搖著，轉得挺快。」

「那你跟四弟訂了嗎？咱們要兩臺，店裡放一臺，也給鄉下送一臺。」

黃氏說鄉下用不著，程來喜在家的時候不多，就算在，誰幫他搖風扇呢？

何嬌杏說公公用不用是一回事，自家琢磨出來的東西，送一臺回去是應該的。

程家興聽了這話，跟著點頭。「肯定要送的，但要拿到東西沒那麼快，老四說還要再改一改，用什麼木頭，也要想想。過兩天，我再去一趟，再送點錢。」

黃氏不明白。

程家興說：「老四覺得能做出風扇，我跟杏兒占了大半功勞，等風扇賣出去掙了錢，要分我們一半。我們是出了主意，但說到底，還是老四自己克服困難做出來的，哪裡好意思白收錢？想著出點銀子，直接做成搭夥生意好了。去年成親時，老四花了不少，現在四弟妹又懷上，手裡那點銀兩，過日子足夠，但要做本錢，怕不寬裕。

「第一筆生意很重要，要是掙不夠，後面就別想，連賣圖紙都不行。同行用不著圖紙，買一臺拆開看看，便知道怎麼回事。」

何嬌杏想了想，道：「家興哥，你估算一下，長榮縣與附近的村鎮，會有多少人買風扇，這樣才知道要做多少。既然是咱們最先做出來的，第一筆錢合該咱們掙，後面做仿貨的，也得辛苦一下，運到其他地方賣。」

「那我暫時別顧著賣冷串串了，先緊著風扇。」

東子沒插嘴，等何嬌杏跟程家興商量好，才問手搖風扇到底長什麼樣子。

程家興描述了一下，說過些天就能看到，已經有圖紙，做起來不會太慢。

「等有了貨，姊夫賣我一臺，算便宜點怎麼樣？我們家人多，隨便都找得到人出力，弄一臺讓爹娘跟阿爺涼快涼快。」

「行啊，我跟老四說一聲，只收本錢。」

東子點頭，笑得可燦爛了，又道連手搖風扇都做得出來，以後是不是還能做出其他方便過日子的東西？這麼看，木匠也挺有前途啊！

天冷起來時，總有人覺得伏天好過，哪怕再熱，總不會死人；凍起來，沒棉襖禦寒，是會要命的。但真正入伏，天天出著大太陽，又不覺得熱天好過了。

這裡濕氣重，何嬌杏一點也不敢小看伏天，怕累著、熱著家裡人，天天熬消暑湯，沒空熬湯，也要泡金銀花茶來喝，又怕出汗太多，虛了身子，隔幾天便會做藥膳湯補一補。

看她煲湯，劉棗花想起當初自己小器，弄得男人栽倒在田裡的往事。現在做買賣辛苦，生怕重蹈覆轍，也跟著燒肉燉湯。

縣裡的人日子過得挺美的，不像村中，很多人入伏之後曬黑了，看著又黑又瘦。不過也有例外，鐵牛下學之後，經常頂著大太陽跑出去玩，結果曬黑了。程家興也黑了一層，他是想掙手搖風扇的錢，經常在外面跑，為買賣做準備。

「我聽說縣學放假了，讓學生回去幫忙秋收。往年這會兒，連老四都要回鄉，但今年別說老四，大哥也回不去。娘啊，我是不是捎幾兩銀子，讓爹請人幫忙？」

「咱們地裡種的，加起來只值那麼點錢，你還要花銀子請人收割，傻了不是？」

「不是花錢請人收割，是怕爹沒錢吃酒、吃肉，送點過去。」

「那別給多了，兩、三兩就夠。」

程家興瞅著黃氏。

黃氏說：「沒我看著，老頭子大手大腳，給多少都能揮霍乾淨。」

程家興嘴上應好，保證只給兩、三兩，回頭還是加了點，送了五兩碎銀，心想自家老爹一把歲數了，別讓他累著自己。

後來程來喜是怎麼做的，縣裡人不清楚，等程家旺訂的東西全到了，忙著拼風扇的時候，程來喜挑了一擔新米進縣裡，各送了兩個兒子一籮筐，順便瞅瞅他們開的鋪子，兩家各有各的客人，生意都好極了，才安心回去。

半個月後，風扇完工，程家興送了一臺回大榕樹村。

之前程來喜送新米時，曾聽黃氏說，程家旺跟程家興搭夥做手搖風扇，馬上就要掙大錢了，但他以前壓根兒沒聽過手搖風扇，想像不出是什麼。

現在，他才知道天底下有這麼方便的東西，可惜家裡人太少，用這個還不如自己打扇。

聽說程家旺替他爹做了個怪模怪樣的風扇，不費多少力氣，便能搧出比蒲扇大許多的風，村裡沒事的人，全跑來看熱鬧。

大家圍著看稀奇還嫌不夠，想搖兩下。於是，你兩下，我兩下，把風扇當成玩具，玩著還挺新鮮的。

程家興說：「這個要五兩銀子呢！」

「這樣貴？」

「你嫌貴，人家酒樓、茶館、戲園子的老闆不嫌貴，大戶人家也不嫌，捧錢求著買，只要能馬上拿到貨，加錢也行。」

窮人不理解這些，對他們來說，手搖風扇再好，若要花五兩就不會買。有了這錢，幹啥不行？熱就熱一點，實在熬不住，用蒲扇搧幾下就是。

程家興也不指望大家懂，第一批已經全賣光了，生意好著呢！

真要說起來，光是縣城和附近村鎮，用不著這麼多風扇，裡面定有倒賣商人，看準這能掙錢，準備囤貨拉去府城。府城裡的有錢人更多，能抬高價錢賣掉。另外，還有木匠同行咬牙買回去，想拆開偷學，好仿來做。

大好的買賣，卻只能掙這一筆，想想挺心疼的。幸好兄弟倆早預料到，第一批做出五百臺，兄弟各分得一千多兩，也算發了筆財。

程氏手搖風扇在長榮縣大大出了名，甚至經由商人之手，一路轉賣到了府城。

起初聽說一臺要五兩，也有人嫌貴，是咬牙買的。等他們把風扇搬回去，裝在店裡，指派夥計握著手柄搖起來，帶出來的風真能照顧到幾桌的客人。

自從有了風扇，能吹到風的位置總是更容易坐滿。本來因為暑氣太重、顯得有些慘澹的生意，也慢慢好起來。之前還嫌五兩太貴，等發現到有多好用，手搖風扇已經賣斷了貨。

這幾天，程家兄弟一出現就有人找他們，趁著做仿貨的還在拆解風扇，程家興又替程家旺應下幾筆大買賣，都是要拉去外地賣的。

以前有人說，程家旺頂多跟袁木匠一樣，在鎮上開個木匠鋪，日子肯定比鄉下人好過，卻比不上程家興。

誰能想到，他會跟程家興合作賣手搖風扇，木工也沒白學，錯過的生意，這回全補上了，一口氣掙到上千兩。

好在程家旺沒當大家的面說這個，只在抽空回鄉、塞錢給程來喜時略提了提。照村裡人的眼光來看，這一夏他算是發了財。

程來喜問他。「那你之後怎麼打算？也去縣裡置辦鋪子，還是待在鎮上？」

程家旺說他還沒考慮這些。「要仿製出能拿出去賣的風扇，也要費些工夫，至少眼下會做手搖風扇的只有我，所以又接了幾筆買賣，想乘機再掙點錢。等別人學會了都賣起來，我再想後面的事。」

看兒子們這樣有出息，程來喜高興極了，送走程家旺後，湊到風扇前看了又看，念叨著，程家興跟何嬌杏能想出這種東西，腦子真好，等他倆生了兒子，不知道能聰明成什麼樣。

因為賣風扇經常要到處跑，牛車不太方便，程家興便把他那頭牛牽回鄉下給程來喜用，另外置辦了一輛馬車。有馬車後，從鄉下到縣裡花的時辰少去大半，來回變得更容易。

夏天日長，傍晚時街上還有人行走，程記也晚些打烊。

這天最先發現程家興回來的是店裡的客人，東子聽到動靜，轉頭一看，招呼道：「姊夫回來了？今兒又有好幾家過來打聽手搖風扇，我說你不在，將他們打發回去了。」

程家興站著跟東子說兩句，就要進去沖涼，出去跑了一天，滿身臭汗。

等他洗乾淨出來，何嬌杏問他，明天還去不去賣風扇？

程家興捧著放涼的綠豆湯慢慢喝，感覺舒服了，才說明天不出門。「最近這一批，到今天全賣光了，我又幫家旺應了幾筆買賣，先讓他趕貨，我要好生休息幾天。最近是真累，好在掙了不少錢。」

黃氏道：「老四總說跟袁木匠比，手藝還差得遠，讓我一直很擔心他，生怕折騰到最後，一事無成。這買賣做得好，現在我不擔心了，有了這些錢，幹啥不行？」

「真要說手藝，他是趕不上他師傅，但咱們做手搖風扇，不是憑手藝，是用腦子賺錢。早幾年我就說過，光使力氣，即便餓不著，一輩子也就那樣，要發財，得動腦子。」

話是沒錯，但黃氏見不得他得意，撇撇嘴。「這還不是你媳婦想出來的，得意啥？」

別看黃氏總在嘴上嫌棄兒子，那是看他夠得意，想著再誇，人能飄上天去，才損幾句。嘴上是損，心裡其實滿意得很，覺得自家能從鄉下出來，在縣城裡有鋪子，生意做得這樣好，掙這麼多錢，都是兒子有本事。

現在的日子，早三、五年她都不敢想。當初家裡全部積蓄才二十多兩，如今她哪裡還把二十多兩放在眼裡？

黃氏心裡很向著兒子，接著又聽何嬌杏說這回最大的功臣是他們兩兄弟，臉都要笑爛了。看程家興這陣子的確黑了、瘦了，就要去燒肉燉雞，替他好生補補。

「對了，前幾天你不是順便給你爹捎了臺風扇回去？老頭子怎麼說？」

「爹說我是傻子，一臺五兩，不拿去賣錢，往家裡搬幹什麼？說幾十年都熬過來了，不用這個。」

黃氏扠腰。「那倔老頭，他碎唸，你就該把風扇搬走。」

程家興笑了一聲。「爹那麼說，是瞧著過來看熱鬧的多，在等人家誇他。我都看穿了，能拆他的臺？」

說著，他又想起當時的場面，村裡其他人不同意了，說程來喜得了便宜還賣乖，嫌兒子笨，那跟他們換呀！

不光自己樂，程家興說給他老娘跟媳婦聽，三人笑了開來。

笑完了，程家興想起來，沒看見閨女啊！「冬菇呢？我回來半天了，怎麼沒瞧見？」

「睡午覺呢！」

程家興聽了，便上樓去看看。

黃氏隨他去了。這陣子，程家興忙得成天不見人，冬菇轉頭想找爹，十回有八回找不到，幸虧她是個好哄的。

黃氏想著，又跟何嬌杏說：「他搗鼓風扇掙了不少，冷串串再停幾天，讓老三歇歇吧！」

何嬌杏應下，日子寬裕之後，本來就沒有把家裡人往死裡逼的道理，真要說，錢哪有掙完的時候？會累成這樣，還是程家興覺得做少了不划算，到處跑著賣風扇，累得不得了。程家旺負責趕貨，也不會比程家興輕鬆。

之前聽程家興說，就掙這第一筆，結果出去賣著，又收了別的訂金，又接下好幾筆買賣，累成這樣，能怪誰呢？

婆媳倆商量著，這幾天把冬菇交給他，讓他在家歇著，陪陪閨女吧！

結果，事情又有新的發展。

手搖風扇鬧出來的動靜太大，長榮縣的縣太爺聽說了，也讓人弄來一臺，試過覺得放在家裡用處不大，放在人多的場合，真可以救命。

得知這風扇是一對姓程的兄弟做出來的，別的地方還沒有，準備當成新鮮事寫進文書呈到府城，順道送幾臺風扇過去，便叫程家興到縣衙來。

這縣令是個不求有功、但求無過的地方官。最近兩年，府城多出好幾樣新吃食，像是逢年過節各家都會買的字糖，聽說就是長榮縣的農家婦人想到的；還有前陣子送到府城的麻糬，同樣出自長榮縣。縣令揣摩上意，覺得知府沒把糕餅點心放在心上，但風扇卻不一樣。

縣令身為一方父母官，每天都有不少案卷要看，只給了程家興一刻鐘，問了問話，褒獎一番，讓他回去把事情辦妥，盡快把風扇運來，之後要送去給知府大人。方方面面都照顧到了，就是沒跟程家興提錢的事。

程家興做事多圓滑啊，能為點小錢去得罪父母官？

哪怕程家旺那裡還有好多臺要趕，他也一口答應下來，又告訴縣令，會這門手藝的人尚且不多，每臺風扇都要他學木工的兄弟親手拼好，兩、三天怕是趕不完，請再多給幾日。

看在程家興懂事的分上，縣令給了他五天時間。

程家興臉上帶著榮幸之至的表情，樂呵呵地出了縣衙，直到走遠，才在心裡罵了一聲——他娘的，真是土匪。

縣令說送幾臺過來，原以為五臺差不多，結果還沒出衙門，卻被師爺喊住，要他送十臺來。聽就知道，多出來的，衙門直接徵用。

如今衙門裡只有一臺風扇，僅供縣令涼快，怎麼夠呢？

程家興不好跟師爺掰扯，只在心裡罵了他娘，順帶安慰自己，這玩意兒要不了太多本錢，白送十臺還可以接受。

聽縣令的意思，會在送去府城的文書裡提一提程家兄弟，知府大人用著好，說不定有賞賜。哪怕沒有，過了他的手，手搖風扇就出名了，到時候需要的人多，即便有仿貨，哪能滿足全部的客人？程家旺總能一直賺錢。

要在長榮縣裡安安穩穩做生意，不能得罪父母官。出了長榮縣，這縣令與許連屁都不算，但在本地，卻是天理。

程家興盤算了一路，回去時發現，店裡的生意竟然歇了，大家都在等他。

「站著幹什麼？坐下說吧！」

幾人紛紛坐下，程家興伸手將冬菇抱進懷裡，把事情講了一遍。

「縣令要我在五天之內送十臺風扇到衙門，他們要運往府城，給知府大人瞧瞧。等會兒我得趕車去木匠鋪，讓老四先趕出來。」

聽說只是問話，要他們送風扇去，黃氏才鬆口氣。「知府是大官，會稀罕這個？」

「娘別小看了風扇。我聽說，如果天氣熱起來，京城那邊的貴人們，第一有冰盆擺，第二可以去山莊避暑。府城不能儲冰，自然沒有賣冰的鋪子，有錢人家靠丫鬟打扇，窮人家只能硬撐。

「靠人打扇，能搧出多大的風？多搧一會兒都手軟，有了風扇，能好過多少。我去衙門時，發現縣令也在用風扇，等知府大人也用，有錢人便會打聽來買，即便賣不到五兩了，也有錢賺。

「而且，人生在世總得幹出一、兩件大事情，祭祀祖宗時才好拿出來說，給子孫後代留點吹噓的本錢。我跟老四搗鼓出手搖風扇，無論後面怎麼改，只要還有人用，都得提到祿州長榮縣的程家兄弟，這是我們最先做出來的。」

原本黃氏只想到這是個掙錢的生意，聽程家興這麼說，頓時振奮起來。

「那你們兄弟可得好好做。我跟老三媳婦去市集轉轉，看看要做什麼好吃的。你趕緊去老四那裡，把事情說清楚就回來。」

於是，程家興趕車出門，何嬌杏放了東子半天假，讓他上街逛逛，才抱起閨女，鎖上店門，跟黃氏去市集了。

天熱起來，挑著擔子賣菜的小販都趕在清晨做生意，這會兒街道兩邊的鋪子還開著，擺攤的卻不多。

幸好，黃氏不是為買菜來的，上藥鋪抓了一帖補藥，想做藥膳雞，又去切了兩塊豆腐，還買了點能放得住的食材。

程記的買賣離不開何嬌杏，哪怕進縣裡好幾個月，何嬌杏也很少出門，看著兩邊的鋪子，眼生得很；倒是黃氏，一路走著都有人和她打招呼，目光全往何嬌杏身上打量，看夠了就問，這是她媳婦？

全家上下最讓黃氏得意的，就是三兒子跟三媳婦，有人問起來，她能一口氣說一大堆。

「這是老三媳婦，平時鋪子裡忙，沒工夫出來。今兒休息，我領她出來轉轉，順道買點東西回去。」

「那妳之前說要娶媳婦的人，是她兄弟？」

「是啊，他叫東子。」

「看妳媳婦生得俏，她兄弟也不差吧？」

黃氏笑了一聲。「怎麼，妳還沒見過嗎？他天天都在鋪子裡看櫃檯呢！」

「大熱天的，程記的客人還是不少，我路過都看不見櫃檯的人，只看見圍在外面的那群客人。聽說這陣子縣裡賣的風扇也是你們家做的，可程記不是吃食鋪子嗎？」

說到這個，黃氏又來勁了，說三兒子是開店賣吃的，但四兒子卻是木匠。

看她們一時半刻聊不完，何嬌杏打了聲招呼，說去對面布莊看看。

黃氏由她去了。

跟黃氏說話的婦人，看著何嬌杏抱閨女進了布莊，瞧她那模樣、那姿態，真看不出是鄉下出來的，比縣裡人還像縣裡人。

何嬌杏在布莊裡待了一刻鐘，出來時，手裡拿著好幾塊布，都是適合伏天穿的好料子。接著又去旁邊的裁縫鋪，定了樣式，說了尺寸，讓他們做好送來程記，交貨時結算工錢。

聽說是程記老闆娘，裁縫鋪的人連聲答應幫她趕工，三、五天就能做好。

何嬌杏道了聲謝，再出來時，黃氏也跟人家聊得差不多了。

「老三媳婦，妳去扯布請人做衣裳啊？」

「難得出來，順便做了。」

「你們做就做，我就算了，能穿的多了去。」

「哪有嫌衣裳多的？真穿不過來，就把舊的拆了當抹布使。一件衣裳，還能穿個五年、七年不成？」

黃氏瞪她一眼。「妳怎麼也跟老三學著鋪張浪費。」

何嬌杏笑了。「以前家裡窮，如今寬裕了，還小器這個？我聽家興哥說，早年娘吃了許多苦頭，現在您兒子有點本事，還不趕緊享福？」

黃氏指著何嬌杏，跟一旁的婦人說，看看她這樣子，氣不氣人？

婦人恨不得跟黃氏絕交。今兒帶媳婦出門，根本是來炫耀的吧？

婆媳倆跟婦人道別，又買了幾樣東西，回去時順道送了塊豆腐給劉棗花。劉棗花問多少錢，何嬌杏沒跟她算，看店門前排著好幾個客人，讓她先忙，抱著閨女回去了。

另一邊，程家興已經找到程家旺，說了縣令的交代。日子趕得很，但衙門要的東西，不做還不行，程家旺只得往長遠想，心道打出名氣對他有好處，便答應下來。

有好東西拿去孝敬官老爺是各地傳統，知府大人早在幾天前就收到風扇，試過就離不開它了。跟送孝敬來的商人打聽風扇來歷後，正嫌棄長榮縣令沒眼力，有這樣方便好使的東西，不知道立刻送來，就聽說長榮縣衙來了人，送了五臺風扇過來，頓時樂得眉開眼笑。

第五十八章

這陣子，天天有人來程記打聽手搖風扇，看見擺出來賣的麻糬，也順便買來嚐嚐。大熱天的，店裡生意非但沒往下掉，還有起色，也是托了風扇的福。

之前程家興幫程家旺接了好幾筆生意，忙到現在還沒做完，結果府城那邊又來了人。他怕趕不出來毀了信譽，不敢再隨便答應，只得領著人去鎮上，讓他們當面跟程家旺商量。

要說賣風扇，程家興靈光得很；說到做風扇，他就是門外漢，能供多少貨，得聽程家旺發話。

程家旺暗驚，早半年他不過是個名不見經傳的木匠學徒，現在卻是圈子裡的知名人物，連師傅袁木匠也說出類似長江後浪推前浪的話，單看手藝，女婿比他還差點，但加上腦袋，前途可比他廣闊多了。

現在是做師傅的停下桌椅、板凳那些活，帶著手底下的人跟徒弟做工，一起掙手搖風扇那筆大財。

程家興帶人過去時，木匠鋪裡忙得熱火朝天，正在趕工。

馬車還沒停下，他就看見鋪子外面新立了塊木排，上面寫著風扇專賣。

程家興一露臉，做工的人立刻嚷嚷起來，說程三爺來了。

程家旺親自出來相迎，看見好幾個跟著程家興過來的人。

「這是從祿州府來的客人，想訂手搖風扇。」

聽說是來訂風扇的，程家旺已經高興不起來了。這些天忙得暈頭轉向，想起以前窮的時候，覺得只要能掙錢，苦一點、累一點算什麼？真趕上這樣的機會，才知道那太累人，也不容易。

程家旺大概問了他們要多少貨，聽完腦子裡又響起嗡的一聲，好在面上端住了，讓鋪裡的人替客人沏茶，讓他們等等，他跟程家興商量看看。

兩兄弟進了裡屋，程家旺再也撐不住了，嗚的一聲，差點哭出來。

「三哥，這麼多，我們怎麼接得了？做到出伏都做不完啊！」

程家興拍了拍他的肩膀。「也不是沒有解決的辦法。咱們做不完，可以像之前那樣，把扇葉、罩子那些包出去請別家做，你負責拼，大不了分點利潤給他們，還是有賺的。」

「你說得容易，現在哪有人肯接這個活？寧可多拆幾臺學著做。」

程家興看了他一眼。「做風扇你是行家，但賣風扇還得聽我的，我說行就一定行。你想想看，現在打出名聲的是我們，遠道而來訂貨的都知道。我們接生意容易，可人手不夠做不完；其他鋪子有人手，卻沒本事做，合作發財才是正道。

「要是你做你的風扇，我做我的風扇，什麼時候能做出來還不知道；做出來以後，為了搶生意，總有人帶頭降價，與其辛辛苦苦做出來賤賣，還不如跟我們合作，我們拿大頭，他們分小頭，全有得賺。都是開鋪子做生意的人，應該明白這些道理，那為什麼不跟我們合作？人能跟錢過不去啊？」

本來覺得肯定不行的事，經程家興一說，竟真能試試。

程家旺點頭答應下來。

程家興吹個口哨。「現在風扇剛問世，各方搶著要，加上別家還做不出來，只有咱們能接下生意，還能再抬一抬價。」

然後，程家旺眼睜睜看著程家興出去，衝客人搖頭嘆氣，說能做的人實在少，恐怕供不了那麼多臺。

於是，急著要貨的客人就加錢了，尤其是想捐風扇給府學、藉此逢迎巴結的人，更要求程家興把他要的排到最前面，價錢好談。

做學問是天大的事，耽誤不得。熱成這樣，誰能靜下心來讀書啊？

這個夏天，手搖風扇賣瘋了。

程家興想出的好辦法，打著「正宗手搖風扇」招牌的袁家木匠鋪，果然找到一些同行，停下手邊的活兒，幫忙做扇葉、罩子、握把這些東西，晝夜趕工，合作掙錢。

大頭還是程家兄弟拿的，其他人也分到不少，兩個月的利潤竟抵得上往常兩年。

搶生意的人慢慢也出現了。附近用得起風扇的幾乎都添置了，最近要的都是送出去的。

這得搭上商號，利用他們跟那些人談生意，利潤是讓掉得多。

那些大老闆還能累死累活掙點薄利？到這時候，能把風扇賣到各地的他們，才是拿大頭的。木匠鋪這邊是不會虧，可若跟之前程家的收益比起來，這生意算做垮了。

還沒出伏，程家興已經收手，程家旺也說這幾個月太辛苦了，想好生歇口氣。

袁氏嫁給程家旺時，怎麼也想不到，她男人還沒自立門戶，就幹出一番大事來。這三個月，他們攢下三千多兩，搖身變成鎮上的有錢人家。

袁氏是鎮上人，家裡又是開鋪子的，有了錢想到的不是買田、買地，反而想仿效何嬌杏他們，拿多出來的錢去置鋪面。

她跟程家旺說了，程家旺也很樂意買間挨著程記的鋪子，只是現在累過頭，暫時不想出去走動，打算歇個月餘再說。

程家旺在休息，程家興也在自家店裡當鹹魚，跟何嬌杏商量後面的生意。

暑氣還沒過，但也熱不了太久，到了秋天，麻糬是能接著賣，但也該上新吃食。

「妳不是之前就在琢磨，琢磨出啥？說出來，我幫妳想想。」

何嬌杏說也沒什麼，再過一陣子就是中秋節，賣月餅吧。

程家興想了想，道：「我還記得妳說過，咱們的蛋黃酥就是從月餅變來的，那是不是又要賣蛋黃酥？」

何嬌杏搖搖頭。「上新的。你賣風扇的這陣子，我琢磨出新式月餅。」

「哦？怎麼個新法？」

「我說了，恐怕你還是不明白，就別問了，先替我跑趟木匠鋪訂做一組模具。」

這裡吃的月餅，外面是一層層酥皮，咬著會散開掉渣，做出來之後，會在餅皮上蓋代表商號或口味的紅印。這種月餅徒手就能做，不太需要用到模具。

何嬌杏想做的不是這個，而是在後世流行起來的冰皮月餅。

趁著大家的目光全被風扇吸引時，她已經改良了作法，又囤下不少材料，只剩模具還沒有打好。

「咱們家的月餅不蓋紅印，直接用模具印上花紋字樣。我用筷頭蘸墨大致勾了幾筆，你找人照著畫，加點好看的吉祥花紋，還得有程記的招牌。有圖樣了，就送去木匠鋪訂做。」

做這種模具，程家興便沒去麻煩程家旺，直接在縣裡訂。木匠鋪說盡快做，但不保證三、五天能拿到，請他至少等一旬再來。這種帶浮雕的模具比打桌椅、板凳費力，精細活多，手一抖，就要重來。

但程家興哪來的好耐性？過沒幾天又跑一趟，把已經做好的那個拿回來，攛掇何嬌杏做個冰皮月餅來試試。

有模具在手，何嬌杏做了紅豆餡的，自己覺得還湊合，可其他人卻深感驚豔。

黃氏看得目不轉睛，問這是月餅？月餅能做成這樣？

這時，冬菇趁大家不注意，伸手一抓就要往嘴裡塞，幸好何嬌杏反應快，奪了下來，往閨女臉蛋上一掐。

「是小豬變的嗎？怎麼拿到什麼都能往嘴裡塞？這可不是給妳吃的，妳消化不了。」

冬菇癟嘴就要哭。

看她哭鬧，豈不得想法子哄一哄？還不滿兩歲的孩子，能跟她講大道理不成？

可是店裡現有的吃食都不適合拿來哄她，何嬌杏想想也頭疼。

於是，程家興又被使喚著跑了另一間木匠鋪，也是做模具，但這回不是糕餅用的，何嬌杏想做些棒棒糖來哄閨女。普通的糖塊怕噎著她，棒棒糖底下有根棍子，方便大人拿著讓她舔，嘴裡有甜味，就不至於看什麼都饞。

要做出小孩子喜歡的棒棒糖，小花、小太陽、小魚模具都是不錯的樣子。

程家興訂好模具，何嬌杏準備一下，次日熬了一小鍋糖，調出橙子味，插好竹棍，等糖塊變硬，再用自製的糯米紙包好。這會兒天還有些熱，糖放不太住，只給冬菇留幾根，剩下的全送去斜對面給鐵牛吃。

有了棒棒糖，程家興成功降服了冬菇。

這日，劉棗花趁著送錢過來時提了提，再過一陣子，缽仔糕怕就不好賣了。秋天興許還成，入冬後誰會買呢？大家都想吃點熱的。

「三弟妹，妳說，我是少賣點，還是收了買賣回鄉下，等開春再出來？或做其他的？」

何嬌杏想了想，提議收了缽仔糕，再請木匠來把鋪子改一改。冬天的確應該賣點熱食，而最適合的是，麻辣燙。

說到吃麻辣燙，最好是客人們在檯前坐一排，老闆當面煮，煮好伸手就能送到，這樣老闆跟客人都能說說話，吃起來有氣氛。

劉棗花一聽，這行啊！冬天啊，可不就是養肥膘的時候？冷起來人餓得快，胃口好，正好做吃食生意。

「那老三能不能把馬車借給我用？賣麻辣燙，經常要回村收菜。」

「不光素菜跟肉，還得做些丸子，以及豆腐、豆乾、粉絲、粉條之類的。不能煮麵食，會壞湯底。」

劉棗花聽著，覺得緊張，她要學的還很多。

想著掙了錢能五五分帳，何嬌杏沒為難劉棗花，說清早過去幫忙做鍋底，至於丸子、粉絲那些怎麼做，也教給她，讓劉棗花好好幹，要她別小看了麻辣燙，這個在冬天裡比什麼都好賣。上酒樓吃幾口菜就冷了，麻辣燙卻是邊吃邊煮，吃多久都是熱呼呼的。

掙錢的事上，劉棗花從不出差錯，缽仔糕還賣著，就已經在為麻辣燙做準備，不光使喚程家富去木匠鋪「綁」來程家旺幫她改鋪子，還跟村裡人打過招呼，讓他們多種點菜，她要收不少。

時節已是初秋，一直以來冬夏更長，春秋較短，想著天氣就要轉冷，劉棗花忙得很，總感覺時間不夠用。

幾日後，缽仔糕生意在中秋節前停了，程家旺跟程家富忙著改店裡的布置。劉棗花便帶七斤去了斜對面的程記，把閨女扔給黃氏照看，幫忙揉麵做月餅。

這一年的中秋節，程記的月餅大大出了風頭。

他們提前十天開賣，不費什麼力氣，就搶了東、西市的糕餅鋪生意。冰皮月餅勝在新鮮，白白的、略有些透明的餅皮看著很是誘人，但口味其實偏甜。不過對愛吃月餅的人來說，也稱不上缺點。

總之，這年買月餅的人，都會先上程記，看排隊的人太多或者貨不夠，才改道去香飴坊或如意齋。

對尋常人家來說，沒買到程記的新吃食，不是多大的事，可富戶不這麼想，他們之間存著攀比心，縣裡最新鮮的東西，他們都要有，還要立刻有。像冰皮月餅，要是沒買到，還擺出老式月餅招待客人，便惹人笑話了。

攀比不是好風氣，卻能讓商人得利。託這些人的福，程記的月餅供不應求，名聲傳出去，不說附近村鎮，連府城也聽說了，還有人特地差人趕車，天不亮就來排隊，上百個地買。

這下，程記靠著月餅，又賺了一筆。

到了秋天，南方還無甚感覺，北邊就涼得太快了，暑意剛消，秋風便蕭瑟起來，出門滿地都是枯葉，掃也掃不乾淨。這般秋景也持續不了多久，秋風便逐漸轉為凜凜寒風。

同樣是中秋節，長榮縣的人還在穿單衣，京城人已換上夾棉的薄襖。

這時，風靡祿州府的手搖風扇，經過長途跋涉，抵達了京城。和風扇一併呈上的，還有地方官員的文書，裡面說了不少事，風扇也算一樣。

試用過後，這位大人又琢磨一番，想著京城裡許久沒有新鮮物事，這聊勝於無。遂尋了個機會，把風扇呈到皇帝面前，本以為只能博個新鮮，沒想到竟引得聖心大悅。

起初，皇帝也沒覺得風扇有多好，試用之後，甚至覺得不如冰盆。

巧的是，戶部尚書人在御前，見識過風扇的妙用之後，震撼不已，說這是造福一方的好東西。

冰取出來，不久就會融化，商人只會在當地囤貨做生意，不會傻到從北邊往南邊運。是以，南方諸省根本沒人用冰盆，大富之家則選涼爽地方建別院，熱起來時過去避暑。除此之外，就只能讓丫鬟打扇，那手搖風扇可不是造福一方？

而且，每年都有一段要熱不熱的時日，搖風扇就比打扇涼快。哪怕在京城，用得起冰盆的又有多少？不說大臣府上，宮裡貴人的冰炭供應都有數，天熱起來，冰經常不夠用，有了風扇，便可解決這些麻煩，畢竟冰會融化，風扇不會。

皇帝邊聽邊頷首，再看這風扇，眼神鄭重起來。聽完來龍去脈，當場誇起程家兄弟，說他們雖是鄉下出身，腦子卻很靈活，能想到做風扇解暑，強過工部許多巧匠。手搖風扇做工尋常，想法卻是獨一無二。

於是，皇帝指了個巧匠給程家旺當師傅，省得埋沒他的才能，還要他傳授製造風扇的技藝，甚至加以改良，讓風扇也能造福北邊。

工部養著一批匠人，其中有不少木工，朝廷常興土木，建行宮、造園林，都要用到他們。這些人稱不上官，算是工部下屬的小吏。

別看這些匠人賺的錢不多，和開木匠鋪的同行比起來，地位卻高太多了。

這獎賞對皇帝來說不算個屁，不過是上下嘴皮子輕輕一碰，但對程家而言，是祖墳冒青煙了。

這時，程家旺還在替劉棗花整理鋪子，順帶打聽這條街上有沒有願意出手的鋪面。袁氏想買鋪子，他也覺得捏著錢沒多大意思，得置辦些家產。

他無論如何也想不到，做了手搖風扇，竟能一口氣混到工部去。

很快地，叫程家旺上京的消息從府衙送出，傳到長榮縣。

縣令聽說以後，震驚了，沒想到鄉下小子會有這般造化。上面吩咐，要程家旺立刻準備，與上京的官員一同啟程，帶著證明身分的戶籍文書，進工部衙門報到。

衙門的人找不到程家旺，跑去程記問程家興，說朝廷找人。

程家興想不出程家旺怎麼跟朝廷扯上關係了，還是伸手指指斜對面，說人在那裡。接著，除了人在鄉下的程來喜和程家貴，其他人全知道了，因為做出造福百姓的手搖風扇，朝廷要獎賞程家旺，讓他入工部，跟巧匠學藝。

程家興暗道可惜，以後要做模具，得找別人了。

程家富一臉驚嚇，不敢相信兩個弟弟搗鼓那個風扇，居然入了皇帝的眼。其他人還羨慕著，程家旺卻皺了皺眉。「我只是出力，這主意是我三哥跟三嫂出的，獎賞怎能落到我頭上？」

程家興聽了，面不改色地偷踢他一腳。「皇上要賞你，你就謝恩。我又不是學木工的，還能把我塞進工部？」

程家旺趕緊謝了皇恩，才說他不好意思。

「既然不好意思，上了京城好好幹，幹出個人樣來。咱們程家世代種田，你是第一個走出去的。」

衙門的人走後，過來看熱鬧的人連聲恭喜，程家旺還恍惚了一陣。最近半年的經歷對他來說，好像作夢。

對有身分、有地位的人來說，當工匠是自甘墮落，哪怕替朝廷做工，也不值得羨慕。

可程家是什麼出身？祖宗八代全是莊稼漢，往前數個兩百年，也沒出過大本事的人。這等身分，能飛入京城，進工部衙門，那叫時來運轉、飛黃騰達。

程家旺一上京城，只要努力把手藝學好，以後子子孫孫都不用愁。這一行是憑手藝吃飯，父親傳兒子，兒子傳孫子。

而且，這年頭出趟遠門很不容易，不全是因為車馬不便，還有朝廷的有心控制。做買賣的人，可以往返附近，但要出祿州府，就需要衙門同意。如果身分高些，弄張路引不難；平民百姓說不出個一二三來，想走出去不可能。

在這樣的背景下，程家旺奉命上京，多讓人羨慕呢！

恭喜、羨慕程家旺的人裡，最鎮定的當屬何嬌杏。這種因為有突出表現被上頭看中、送去訓練的事，後世還滿多的，人才本該這般優待。

至於嚮往京城，上輩子她見過很多拚命要往大城市跑的人。真說起來，外面好，本地也不是那麼差。大地方繁華，好做生意；小地方清靜，好過日子。

她心裡這麼想著，也沒掃大家的興，聽他們樂得差不多，才開口提醒程家旺。

「老四，你是不是該趕回去跟四弟妹商量？四弟妹懷著身孕，怕不方便趕路。朝廷讓你收拾收拾就上京，大概只能先把她留下來生產，等孩子大一點再去京城。這樣你只能自己先走，置好房舍，再來接她。

「你倆成親才一載，這就要分隔兩地，四弟妹恐怕不會好受。你早點回去，將好消息告訴她，也說點中聽的哄哄人。」

剛才只顧著高興，大家全忘了這點，還是何嬌杏將心比心，想到袁氏。

程家旺能有這般造化，家裡人都很替他高興，但袁氏的心情，恐怕相當複雜。

哪個女人願意跟自家男人分隔那麼遠？真等到孩子能跟著搭車趕路，至少也要一歲，不然誰敢隨便往外帶？起碼要分開一年多。

這段時日，程家旺獨自待在京城，難保袁氏不多想。

易地而處，換成是程家興要出去那麼久，何嬌杏也會常常惦記，怕他在外面遇上麻煩，假如對他不夠信任，還要擔心他跟別人好上。

這種心情，只有同樣做人家媳婦的才能體會。

何嬌杏說完，程家旺點頭，立刻準備回木匠鋪。

程家興見狀，趕馬車出來，又包了些月餅，說送他一程，兩人便往鎮上去了。

第五十九章

送走兄弟倆，何嬌杏等人回到鋪子裡，又說了幾句。

黃氏的意思是，這次是不是該回村開席，熱鬧一番？

何嬌杏跟剛過來的劉棗花紛紛點頭，是應該這樣。

「開席事小，老四這一走，幾年未必能回來，甚至可能就在京城裡定居。娘得想想，是跟去京城裡過好日子，還是留在老家？」

這還用想？

「老四做木工，用不著我照看，有他媳婦幫襯就夠。我啊，要不是老三太能折騰，也不會搬來縣城，像我們這種人，待在鄉下更自在，出來拘束得很。」

黃氏知道，假如不是程家興的買賣做得好，即使有錢，縣城裡的人未必看得起她。要是一窮二白，連找人說話都不容易，縣裡尚且如此，進了京城，怕是更不好過。

再說，小吏賺的錢，沒有做買賣的多，她幫不上程家旺的忙，還多個人吃飯，不如安心跟著程家興，幫他做生意。

剛才顧著高興，劉棗花本來很羨慕的，這會兒聽財神爺說了幾句，才看到背後的麻煩，又想想袁氏的處境，不禁感慨。

「懷孕的偏偏是四弟妹，要是二弟妹，不就皆大歡喜了？」

這麼說也沒錯，但黃氏還是橫她一眼。「妳在我跟三媳婦面前嘮叨幾句，我懶得說妳，如果害妯娌之間生了好歹，我非收拾妳不可。」

「娘說什麼呢，我有那麼缺心眼嗎？您放心，回頭看見四弟妹，我肯定好好勸她，讓她放寬心，把肚裡的孩子生下來，別想那些有的沒的。」

話分兩頭，程記這邊婆媳閒嗑牙時，程家興跟程家旺也進了鎮。

回到木匠鋪後，程家旺把衙差說的話一字不差地告訴袁木匠，袁氏也聽見了。

身為領他入門的師傅及岳父，袁木匠很高興，拍著程家旺的肩膀，接連說了三聲好，慶幸自己先看出程家旺踏實聰明，早早把女兒嫁給他。

手藝被朝廷褒獎，並納入工部，是許多工匠的冀求。女婿年紀輕輕有這造化，可見不是等閒之輩。不指望他進京後能隔著千山萬水幫襯這邊，只要讓大夥知道他袁木匠的徒弟兼女婿被朝廷讚賞了，家裡的生意能不紅火？

袁氏往前走了幾步，問：「叫你立刻上京？那我怎麼辦？出遠門得乘馬車，那樣顛簸，我懷著孩子，怕受不住。」

「我想過了，妳就待在這裡生產，等孩子一歲多，再帶過來吧！現在妳要是跟我一起去，別說趕路吃苦，到了京城也沒辦法安頓。」

「那豈不是要分開一、兩年。」袁氏沒說得那麼明白，也能看出她的不捨。可就算再捨不得也不成，上面說了，要程家旺收拾好就動身，稍微耽誤幾天還好，拖幾個月就不行。而且現在已經是秋天，越往北走越冷，挑在這時候出門，萬一半路生產，又要坐月子、奶孩子，哪受得住？

程家旺把道理說明白了，其實不用他說，袁氏也能想到，依然壓不住心裡的擔憂和不捨。

本來，袁氏算是下嫁，她是鎮上姑娘，家裡還開了個木匠鋪，程家旺只是來學手藝的鄉下小子。撇開感情不說，兩人在一起，她腰桿子硬，心裡沒虛過。

現在情況有了變化，靠著手搖風扇，程家旺發達了，掙了大錢不說，還要上京城做工。他一發達，袁氏既高興、又擔憂，怕男人見的世面大了，眼光跟著高起來，往後看不上她。哪怕程家旺平時待她很不錯，可她本來就不漂亮，懷孕後更是圓了幾圈，又挺著大肚子，看不出身材，這模樣比誰也比不過啊！

程家旺要入工部是大喜事，衙門的消息傳過來之後，程家兄弟各領著媳婦回了鄉下，開席請鄉親吃酒、吃肉，慶祝程家旺飛黃騰達。

辦席是個累人的活，如今何嬌杏她們都沒了親自動手的心，程家興說請鎮上食肆的人來忙活一天。程家旺覺得不錯，但沒得請人吃席還要哥哥張羅，堅持由他出錢。

手搖風扇大賣，程家興知道他手裡有錢，哪會和他爭這個，還道：「是該吃你個夠本，你這一走，不知道幾時能回來。以前你在鎮上當學徒，咱們兄弟相處的時候就不多，想著成親後各過各的倒也尋常，真沒想到……」

程家興說著，何嬌杏掃了他一眼。

「把事情安排好再慢慢說吧！食材備上，廚子請來，也別忘了花生瓜子、糕餅點心。對了，還要打酒，你趕馬車去辦吧！」

何嬌杏正使喚人呢，程家旺打斷她。「三嫂，我去吧！」

「你別爭這活，跟爹娘和長輩說說話吧！平時在家的日子就不多，都要出遠門了，還不抓緊工夫陪他們？」

訓過他倆，何嬌杏回頭跟黃氏商量，自己也想乘機回趟娘家，帶冬菇過去看看。

黃氏自然不會阻攔，又把買魚的活託給她，讓她順道請何家人，明兒過來熱鬧熱鬧。要是農忙時候，能不能把人請來，真不好說。幸虧這會兒已是深秋農閒，大家要不趕著蓋新房，要不趕著娶媳婦，還有準備出去打短工補貼家用的。何家人打魚，不太出門做工，不耽誤吃席。

何嬌杏笑道：「娘這麼說，我娘家那頭能來兩、三桌人呢！」

如今家中富裕，黃氏哪裡會怕來的人太多？讓他們別客氣，了不起多借兩張桌子。

「上回親家母拜託我留意東子的親事，我打聽了些人，正好和她說說。」

這時，劉棗花抱著七斤從旁邊經過，黃氏也招呼她一聲。「老大媳婦，妳也回娘家看看。辦完席，妳又要進縣裡做買賣，下次回來，恐怕要等年前。」

說起來，程家和劉家之間也有些不愉快，可世面見多了，當初賣花生的事也是劉家倒楣，沒真的害到他們。興許也因為劉棗花個性霸道果決，劉家說錯話、做錯事，惹她不高興了，不管是不是娘家，照樣翻臉，這事也就過去了。

這會兒，黃氏開口說了，劉棗花便撇撇嘴，出聲應下。

之前她說要進縣城盤鋪子做生意，娘家排隊來潑冷水，生意還沒開張，就觸她霉頭。後來忙著掙錢，她還沒來得及以鬥勝公雞的姿態回娘家顯擺呢！既然婆婆讓她回娘家瞅瞅，正好回去得意得意。

就這樣，兩個媳婦兵分兩路。

何嬌杏抱著冬菇去魚泉村，探望娘家人；劉棗花抱著七斤，幾彎幾拐地走到劉家門前，刺激人去了。

程家旺正要上他大伯家邀人明天來吃席，看見兩位嫂子這般姿態，又是一陣感慨。

「三嫂這人，我從沒看明白過；至於大嫂，進門許多年，本以為看明白了，這會兒瞅著，又未必是原先想的那樣。」

程家旺嘆口氣，又發自肺腑道：「咱們家能興起來，嫂子們厥功至偉，且不說三哥這頭腦得有三嫂的手藝支撐，就說大哥，要不是大嫂敢闖敢拚，現在還在鄉下種地。嫂子們真是，個個都不簡單。」

程家興要出門了，聽見時還應他一句。「你媳婦呢？」

「袁氏啊……她跟嫂子們沒辦法比，是個普普通通過日子的。」

程家興似笑非笑地盯著他，把程家旺看得頭皮發麻，不再說什麼，趕著馬車出門。

路上，程家興心想，袁氏是怎樣的人，這兩年能看出來，本來沒有契機，但現在有了。前兒晚上，他跟何嬌杏偷偷談論過，何嬌杏猜到袁氏的擔憂，卻覺得她不會亂來。

他倆能成好事，是袁氏先看上程家旺，讓袁木匠生出撮合之心，哪怕本是程家旺高攀，可現在他本事大了，袁氏哪會做傻事惹他不高興？

做生意，程家興的頭腦的確更好；妯娌、婆媳這些事，何嬌杏比他敏銳。男人家想事情不一樣，當媳婦的，才能明白彼此的心思。

何嬌杏剛到河邊，就瞧見在漁船上忙的堂哥，招了招手。

何家堂哥看到她倆，趕緊把船靠到岸邊。「東子說了程家旺的事，還道你們都回村了，準備辦席。家裡就想著妳會回來一趟，只沒料到來得這樣快。」

「怎麼？不高興見我？」

「說啥胡話？家裡個個都很惦記妳。前兩天阿爺打著十斤重的大嘴巴鯰，本來打算拿去鎮上賣，聽說妳回來，就不賣了，留給妳吃。」

東子早程嬌杏一步回來，揹了一大背簍的禮物，不光有他攢錢買的，還有何嬌杏讓他捎的布料、蜂蜜之類等物品。即便他空手回來，家裡人也高興，更別說了帶那麼多東西，難怪讓何三太爺稀罕得把難得打到的鯰魚都留下了。

聽說有十斤重，何嬌杏腦子裡浮現好幾種吃法，道回去就收拾，讓堂哥中午來吃飯。

一會兒後，母女倆下了船，時隔數月，冬菇再次來到魚泉村，還是看哪兒都新鮮。馬上就要滿兩歲的小姑娘，嘴皮子已經很索利了，尤其她在縣裡長大，家裡又開鋪子，接觸的人多，比養在鄉下的會說話，摟著何嬌杏的後頸，還不忘記問，這是上哪兒去呀？為什麼爹爹不一起去？爹幹什麼去了？

何嬌杏知道小孩子好奇心重，愛問為什麼，耐性也好，一一答了，還不忘教她，說待會兒見了人別躲，好好打招呼。

「可我不記得了。」

「不記得什麼？」

「不記得他們的樣子。」

太久沒見就會這樣，別說其他人，剛回來時，冬菇差點連親爺爺都沒認出來。人小嘛，記性好，忘性也大。

何嬌杏沒說她，只道待會兒教她喊，又囑咐她。「那邊小孩子多，待會兒有許多兄弟、姊妹跟妳玩，妳別欺負他們。」

「好姑娘不欺負人。」

這話別人聽了恐怕會信，何嬌杏卻不信。

自家這個被程家興教成了女土匪，什麼都吃就是不吃虧。不過冬菇有一點好，雖然霸道，但凡她的東西，誰都不准拿，有人偷拿，打得過就打，打不過便告狀；可要是別人的東西，她再眼饞也不會碰，頂多偷偷告訴程家興說想要，哄當爹的替她搞來。

總之，冬菇跟程家興像極了，不主動生事，但別人鬧事，也不會跟人家客氣。

另一邊，程家興趕車出門，拉回不少東西。兄弟幾個幫忙卸貨，程家興在旁邊喝水歇氣，程家旺問了價錢，拿銀子給他。

說好這回由程家旺請，程家興沒跟他客氣，接下銀子，又問：「你三嫂回來沒有？」

程家旺說還沒。「三嫂很久沒見娘家人，大概是留下吃飯了。你中午吃過沒有？要不要讓娘替你熱飯菜？」

「在鎮上吃了幾口，倒是不餓。你別管我，趁還沒走之前，多陪陪爹娘跟你媳婦。」

程家興打發了程家旺，瞅著沒其他事，跟家裡說了一聲，去蠻子跟朱小順家看看。

今年他幾乎都待在縣裡，回來過幾趟，卻沒久留，只有這次清閒一點，正好轉轉，跟從前一起混的兄弟說說話。

以前還沒成家時，大家天天混在一塊兒，各自娶了媳婦後，都在忙生計，真有些時候沒好生聊聊了。

程家興出去蹓躂一圈，回來已是傍晚。

何嬌杏也到家了，何家來了好幾個人，幫忙送魚。

那些活鯉魚是裝在水桶裡抬過來的，真費了不少力氣，這會兒何家男丁都在院子裡歇息。楊二妹燒水，拿大碗泡茶，一人端上一碗。

何家男丁邊吃茶邊跟程家旺說起上京的事，瞧見程家興，才停下來同他打招呼。

「堂妹夫在縣裡混得好啊，幾個月不見，人更精神了。」

「東子說你們賣了燒餅、蛋黃酥、香辣肉絲、麻糬、冷串串，最近在做月餅生意。那月餅我也吃了，我不愛吃甜的都覺得挺好，難怪買賣紅火。」

「這次辦完席，你們還出去嗎？是要把買賣做到年前？以後就不種地了？」

程家興說，冬天留在鋪子裡比在鄉下閒著好過，鋪子裡總生著火，待著暖和。這回再去，該把月餅停了，打算繼續賣燒餅，那個伏天裡賣不動，冬天卻是生意好極。

程家興說這話時，自然而然地看向何嬌杏，想聽她怎麼說。鋪子裡賣什麼，多數時候還是何嬌杏決定的。

何嬌杏想了想，接過話頭。「不只燒餅，肉絲也可以賣，這兩樣不膩人，有批客人特別喜歡，入伏之前，生意一直很好。不過咱們都是甜鹹搭配，間或還要上個新吃食，這兩天我琢磨看看。」

何家男丁點頭，暗嘆會做生意的就是不一樣，腦子果然靈光啊！

趁著娘家兄弟們歇氣的工夫，何嬌杏跟程家興說：「有件事，我差點忘了告訴你。」

程家興問：「什麼事？」

「關於你閨女的。」

提到閨女，程家興轉頭看了一圈，問冬菇人呢？

「出去鬧了半天，回來犯睏，在裡屋睡呢！」

「她幹什麼了？」

何嬌杏滿是無奈，深深地看了程家興一眼。「她跟人打架了。」

程家興差點跳腳，快步進屋，盯著睡熟的冬菇看了好一陣，確定她沒受傷才出來。

「是誰啊？誰欺負她?!」

「你知道了，還要去替她討公道不成？」

程家興理所當然地點點頭。「那當然，我可是她爹。」

「算了吧，你閨女沒吃虧，人家倒是受了大罪。」

上午，何嬌杏抱著冬菇進了何家院子，先帶她認人打招呼，便跟女眷們說起話來，把冬菇交給何家的孩子頭，讓他們帶冬菇玩，又交代他們不許去井邊跟池塘邊，別跑太遠，聽到喊吃飯就回來。

就這樣，大人們聊自己的，一群孩子出去玩了。

魚泉村就這麼大，加上孩子們喜歡去的地方都是那些，就撞上趙家的孩子。

何家和趙家的大人一直處得不甚和睦，孩子自然也是。前幾天，趙家孩子將何家孩子從田埂上擠下水田，大人來後，嘴甜地賠了不是，等大人一走，又是一副小人得志的嘴臉。

何家這群小崽子就很氣，這回碰上他們，沒動手，嘴上嘟囔幾句，說遲早要修理回去。

光是這樣，還不至於打起來，是趙家孩子忽然在何家人裡看到生面孔。別瞧冬菇矮矮胖胖的，卻比誰都白嫩，穿得也非常好，是最舒服的料子，最時興的樣式，手腕上還有亮晶晶的銀圈。

趙家孩子眼尖，想扒她的銀圈，摸是摸到了，但還沒扒下來，膝蓋上就挨了冬菇一腳。

不滿兩歲的冬菇，一腳把五歲孩子踹翻了，撲上去坐在人家肚皮上，按著人打。

不知道是力氣大，還是被程家興養得太胖，冬菇一屁股下去，就讓趙家孩子感覺到不能承受之重。

幹架都是那個套路，打得過便打，打不過就罵。趙家的孩子罵冬菇，她就從旁邊摳了泥巴，糊進他嘴裡。

其他人全看懵了，等回過神來，兩邊就打了群架。

等大人們聽到動靜趕過來，剛才打人打得最歡的冬菇第一個站出來告狀，指著躺在地上、慘不忍睹的那個，仰頭對何嬌杏說：「是他，他想搶我的銀圈圈。」

這一句讓何家人占了上風，出來偷、出來搶被逮住，挨打活該，非但不同情，還讓人搖頭，說趙家上梁不正，下梁也歪了。

不過，冬菇真不愧是程家興跟何嬌杏的閨女。親爹以前是地痞，親娘是母老虎，兩人生的閨女，兩歲就能跟人幹架，把五歲大的孩子打趴了。

何嬌杏說，冬菇沒傷著，可糊了滿手泥巴，身上也髒髒的。又瞅了瞅程家興，涼涼地問他，踹膝蓋、坐肚子、往人嘴裡糊泥巴的招數，冬菇是跟誰學的？

程家興也想知道她跟誰學的。

「該不會是之前周大虎婆娘往董小力嘴裡塞尿布的事，被她記住了吧？」

何嬌杏能信這鬼話？

「那會兒她才多大？能知道個啥。」

程家興擺擺手。「冬菇沒吃虧就行。至於趙家的，小小年紀不學好，挨打活該。」

這下子，何家男丁總算知道冬菇那身匪氣是怎麼養出來的了。眼看聊也聊夠了，歇也歇夠了，便告辭回去。

程家興送了幾步，請他們明天來吃酒。

第六十章

這次程家人回鄉，真的很精采，不光冬菇一戰成名，劉棗花也揚眉吐氣了。

劉棗花很會記仇，進縣城做生意之前，娘家人非但不幫她，還個個潑她冷水，那會兒家裡妹子正好要嫁人，還指望她拿錢去添嫁妝。

劉家人誰不知道誰？能指望啥？真要能指望，當初花生米的事就不會鬧成那樣。事後劉棗花回想，也知道自己做得不對，可錯的不光是她，黑鍋卻全讓她揹了。

進了劉棗花荷包裡的錢，哪有那麼容易被套出去？她一文錢都沒給，風風火火地進了縣城，連著賣了一季的缽仔糕。

缽仔糕雖不像手搖風扇那麼生財，每天也能收一筐銅錢，扣除本錢跟分給何嬌杏的那一半，還是掙了。這一年的租金早已賺回來，後兩年的租金都有了。

劉棗花回娘家，給劉家人添了半個時辰的堵，說個痛快，才趕回來吃午飯。

黃氏被冬菇打架的事分了心，吃晚飯時才想起劉棗花，上她家院子去問，今兒跟娘家人說得怎麼樣，請到了人嗎？明天會來幾個？

「愛來不來，管他來幾個。」

看她毫不在意，黃氏又問她回去說了什麼啊？還勸她，人活著都有犯錯的時候，血脈至親還是要互相體諒，現在跟娘家人鬧得太僵，日後想修好，怕是不容易，上點年紀後，說不定要後悔。

劉棗花梗著脖子，說她瘋了才把自己送上門給娘家啃，讓他們嚐到甜頭，那還得了？

「不是送錢回去，是讓妳別那麼橫。年初二要回娘家，妳就老老實實割肉回去走動，別扔了人情。不說像老三媳婦跟她娘家的親熱，面子上還是要過得去。」

對於程家這四房媳婦，村裡一直閒話不斷。一言不合便要動手的是何嬌杏，惹毛了她，能斷人胳膊跟大腿。可哪怕她是母老虎，又凶又惡，成親三年多還沒生兒子，大夥還是羨慕程家得了她。何嬌杏既漂亮也有本事，對上門找碴的人是不客氣，待家人卻相當好。

至於劉棗花，氣性沒何嬌杏大，卻是真愛財，臉皮厚又豁得出去，也真小心眼，愛記仇。

劉家人跟何家人比起來，是差了十萬八千里，但多數人家都是這樣的，給女兒一口飯吃，養大她，讓她嫁個好人家，就算仁至義盡。之後女兒在夫家如何，娘家人是不太管的，受了委屈也是勸忍，誰家不是這麼過呢？

因為很多人都這麼做，劉家人自然不覺得有錯。劉棗花有錢了，指望她回頭提攜兄弟，也是理所當然。

他們都聽說了，缽仔糕的生意很好，兩口子天天忙得暈頭轉向，經常顧不上一雙兒女。

劉家想送人去掙點錢回來，但劉棗花寧可自己累癱，也不願意請他們。

不只如此，他們走之前，打算把家裡的田地全租出去，劉家人想接過來種，劉棗花說勉強少算點錢，不許拖欠，兩方就談崩了。

劉家人說起這些都是氣，指責劉棗花刻薄，說她鑽進錢眼裡去了，一點都不相信人，說了手頭上不寬裕，緩幾天給，卻覺得娘家人會耍渾不認帳。

劉棗花點頭，既然談錢就不要扯感情，要租田賃地便拿錢來，拿不出來，哪個大爺會租啊？拖幾年還是交不出租金，再上門去討，是不是要倒打一耙，說外嫁女發了財，還計較這麼幾文錢，把娘家人往死裡逼？

最後，大房的田地最終也沒租給劉家人。劉棗花安頓好家裡去縣城後，劉家人狠狠批了她，在村裡說了不少閒話。

這些事，黃氏不會幫忙勸，只叫劉棗花想想清楚，不後悔就成。

隔天，程家大開筵席，請鎮上大廚來燒菜，桌上裝肉的碗都疊起來了，儼然一副酒管喝、肉管吃的架勢。

何家來了些人，而劉家人哪怕被劉棗花氣得不輕，也到得整整齊齊，不願意錯過這樣好的菜色。

吃飽喝足後，程家旺把該交代、該安排的說好了，又給黃氏塞了一筆不小的錢，這才收拾行囊，跟衙門的人上京。

至於袁氏，幾番猶豫後，還是決定留在娘家生產、坐月子，不給當婆婆的添麻煩。

袁氏不用她照管，黃氏樂得清閒。她也只有一雙手，真要去陪袁氏，就顧不上程家興那邊，便繼續待在程記幫忙了。

程記的月餅生意停了，這回開門後又賣起燒餅，讓喜愛鹹口味的客人十分驚喜，這燒餅就是百吃不膩，一停幾個月，重新開賣後，生意好得驚人。

做脆燒餅的手藝，黃氏基本已經看會了，多數的活兒都能幹，便先替何嬌杏挑起烤燒餅的大梁，讓她琢磨新吃食去。

何嬌杏想起上輩子風靡全國的肉鬆餅，想做做看。

肉鬆不是後世才有的吃食，以前的古人就吃了。但這裡不是原來的時空，沒聽說有人嚐過肉鬆，絕對是新鮮貨。

何嬌杏是第一次做肉鬆，反覆失敗好幾回，才炒出一盆。有了肉鬆，要做肉鬆餅就容易多了。

第一爐肉鬆餅是午後做出來的，何嬌杏拿給黃氏、程家興跟東子嚐。且不說在廚房裡忙的人覺得如何，顧櫃檯的東子啃了一口，臉上明晃晃浮起兩個字——真香！讓熟客回想起他當初吃香辣肉絲的樣子。

別看程記開張沒一年，鋪子也不大，卻已經有塊金字招牌。哪怕東子手中的肉鬆餅，乍看其貌不揚，聞起來還沒有熱燒餅香，還是有人忍不住吞起口水。

程記老闆娘從沒讓人失望過，她就沒賣過難吃的東西。

有人試探著問：「這是店裡的新品？怎麼賣啊？」

什麼時候開賣、價錢多少，都不是東子說了算的，應付不了，便喚程家興出來。

他也很期待呢，這肉鬆餅的滋味，準能大賣啊！

程家興聽到東子喊人，便出去了，把嘴饞的胖閨女交給何嬌杏。

要是其他東西，何嬌杏不敢隨便給閨女吃，但肉鬆不一樣，鬆鬆軟軟，既不費牙，也好消化，拿勺子就能餵。

冬菇已經兩歲，除了很不好消化的吃食，普通的食物煮軟了都能吃。

看閨女饞肉鬆，何嬌杏餵了兩勺，還問黃氏。「咱們這個是不是胖了點？以前不覺得，前陣子回去辦席，看見朱家幾個差不多大的孩子，比她矮，比她瘦，甚至瘦兩圈的都有。」

是沒錯，不過胖點沒什麼不好，黃氏說：「他們拿什麼跟我大孫女比？看看冬菇，不到兩歲，就能把五歲孩子按在地上揍。」

何嬌杏無言。「娘還誇她？」

「哪裡是誇，不都是實話？冬菇胃口好就讓她吃，她能跑能跳，吃得多也不要緊，一會兒就餓了。再說能吃是福，吃飽百病不生。說到這個，冬菇都兩歲了，妳跟老三怎麼想的？是不是給她添個弟弟？」

冬菇含著肉鬆，含含糊糊地道：「添弟弟？」

何嬌杏伸出食指，點點她的額頭。「沒跟妳說話，吃妳的去。」餵完兩勺，便不給了。

冬菇有點失望，倒是沒鬧，只說明天也想吃，後天也想。

就這樣，程家的肉鬆餅在眾所期待下賣起來，生意同樣好得嚇死人。

這一年，程記出了許多新吃食，賺了許多錢，也出了許多風頭，而之前那些地痞，怕惹上母夜叉，哪怕眼饞，都克制著沒來鬧事。

現在，何嬌杏展露出來的本事越來越大，做出來的美食越來越誘人。當利益夠大，就會有人鋌而走險。

這回來的不是收保護費的，都是俊俏小哥。

他們想出曲線救國的套路，打算先結識程家興，稱兄道弟後，再宴請程家人，正大光明地接近母夜叉，色誘她，以達到挖程家興牆角的目的。

領命出來的，皮相大多不錯，為了家裡生意，犧牲非常之大，最年輕俊俏的才十五、六歲，比成親三年、閨女兩歲大的何嬌杏小了足足半輪。

接著，陸續有商家少爺前來結識，隔幾日就約程家興吃酒、吃茶，全推掉不合適，便選著赴了幾趟約。

這其間，有人把話頭往何嬌杏身上帶，程家興並不太接話。

看這招不靈，又有人藉著家中開席，遞帖子請程家興，還讓他攜夫人同行，說店面開了快一年，大家跟老闆娘還不熟，即便家中生意再需要她，也不能天天把人綁在店裡，總要帶出來走動走動吧！

甚至有人調侃他。「程老闆還怕夫人飛了不成？」

程家興知道別人怎麼想，懶得解釋，哪裡是他拘著何嬌杏，是何嬌杏不愛出去。用她的話說，從前跟村裡人說話都得想想再出口，現在碰上商戶人家，哪個不是玲瓏心肝？不更得反覆思量。

何嬌杏不笨，但要讓她說話之前想五、六遍，沒問題了才張嘴，實在累人，寧可把這些心力用在冬菇身上，或者拿來琢磨吃食，何必勾心鬥角呢？

話雖如此，何嬌杏也跟著程家興去過兩回，老老實實地跟女眷坐在一起，多數時候聽，被問到就答，沒搶過話，更別提亂看、亂走。

除此之外，何嬌杏還認真品嚐過大戶人家常用的糕點。像這時節，家家戶戶都愛吃桂花糕，這和豌豆黃、綠豆糕有些相似，一捏就散，入口即化，滋味還不錯。

她吃著，想起前世另一款叫水晶桂花糕的點心，做出來晶瑩透亮，能看見一朵朵綻放的桂花，賣相比這款更好些。

雖然何嬌杏只是區區一間小店的老闆娘，但手藝實在很好，以至於誰都不敢輕視。見她嚐著桂花糕便走神兒了，對面女眷就笑了聲。

「何姊姊愛吃桂花糕？我這盤也端去好了。」

聲音怪正常的，表情也不作偽，可話卻有些諷刺。這不，旁邊也有其他人在笑，還有人跟著調侃起來。

「我也吃膩了這個，老闆娘喜歡，一併端去。」

何嬌杏擦了擦手，道：「不是愛吃，只是想到還有另一種做法。」

本來閒談有些無趣，大家聽她這麼一說，立時精神不少，追問要怎麼做？可及得上縣裡時興這款？

何嬌杏哪能說出作法，不過略提了模樣，還道兩種口感相差很大，不好比較，各有各的滋味。

「那何姊姊什麼時候作東，請我們吃上一回？」

「這恐怕不成，我在縣裡只有鋪面，沒置宅院。要真想嚐嚐，我做好了，諸位遣人上程記取。」

回去後，何嬌杏買了糖桂花，做出水晶桂花糕。分量不多，幾塊便足以讓那些女眷嚐出好滋味。

之前有人說燒餅是普通百姓的吃食，味道再好，也不適合拿出來擺盤招待客人，模樣難登大雅之堂。

但水晶桂花糕不一樣，不只好看，也引人胃口，遂有人蠢蠢欲動，想讓程記也賣這個。何嬌杏拒絕了，那是為了回禮做的，眼下燒餅跟肉鬆餅賣得紅火，忙不過來，不打算再做水晶桂花糕了。

做其他行當還好，同樣賣吃食的，看著程記的生意，深感扎心。

他們出一樣新吃食，最少也要當招牌賣個一、兩年，哪有賣幾個月就叫停的？老天爺還讓何嬌杏不斷想到新主意，這太不公平。

不知是對程家興死心塌地，還是不解風情，總之曲線救國的路也沒走通，便有人試著跟程家興提，說何嬌杏會得這樣多，不如賣一、兩樣作法，給大家留條活路。

程家興一樂。「我們剛開始賣，就有許多人買去嚐，也試著做了，沒一個成功嗎？」

聽著諷刺，但他也沒說錯。

蛋黃酥簡單些，有人仿出類似的，但鹹蛋黃、豆沙跟酥皮配起來，哪怕外形看著挺像，吃起來總是不對。至於麻糬以及後來的冰皮月餅，就只有兩個字——沒轍。

大家也發現了，何嬌杏特別擅長做透明而軟彈的點心，這裡的傳統點心，以綠豆糕、蝴蝶酥之類的見長，各家師傅看了、嚐了，還是雲裡霧裡，翻來覆去也做不出相同的。

技不如人，不承認又能怎麼辦？便有人想跟程家興談買賣、談合作。

要合作，是另一種麻煩。

先說方子，既然不缺錢，程記不會賣；想合作，得先信任對方，不然鬧翻豈不是遲早的事？可他們跟縣裡這些商戶，哪來信任可言？一時之間，程家興沒想到合作掙錢的可能，便把這事告訴何嬌杏。

何嬌杏能有什麼辦法？吃食買賣在後世好做些，可以密封拉長保存期限，現在則是放幾天就壞，想靠手藝掙錢，定要把方子守好，方子一洩，憑什麼立足？

何嬌杏覺得現在這樣已經很好，要是做大，就家裡這幾個人，恐怕有心無力，折騰不好，還可能落得一場空。

合作的事，就這麼被擱置了。

天氣漸冷，何嬌杏又忙起來，除了顧著自家買賣，劉棗花的麻辣燙也開始賣了。那鍋底是何嬌杏幫忙調的，還有擺出來給客人加的油辣子，也是她抽空跟劉棗花一起做。

美味缽仔糕的牌子，暫時拿下來，現在掛的是美味麻辣燙。

麻辣燙太香，一生火，味道就往外飄，沒幾下便把路人招攬過來，而且劉棗花原就是個會吹牛的，要哄人進店裡吃並不難。隨便點幾樣菜，煮好一碗，麻麻辣辣吃下去，發點汗，太舒服了。

吃麻辣燙的樂趣，不光是吃，改好的鋪面更方便大家閒嘮，吃起來格外帶勁。

說實話，劉棗花挺累的，天不亮就要起來熬鍋底、備料，從開張忙到打烊，煮煮煮，難得有個休息時候。

但要說方便，也是有的。麻辣燙賣起來後，早上蒸鍋米飯，到了時辰熱一下，再煮碗麻辣燙，就能當一頓吃，省了煮三餐的麻煩。別人來吃一回麻辣燙，少則得花十來文，自家人吃只算成本，不值什麼。

客人被麻辣燙的香味招過來，吃飽了正好去斜對面買點肉絲或肉鬆餅，兩家互相帶著，生意好極了。

劉棗花賣起麻辣燙後，何嬌杏拿到手的錢又多出不少，一天天忙起來，錢進了兜裡花不出去，攢起來就快了。

另一邊，上半年唐氏就在催東子成親，但要找個能跟他同心協力、將日子過好的媳婦，並不容易。

東子說出要求後，黃氏幫忙放話，倒是有願意嫁的，可他沒瞧上。磨蹭到這會兒，還沒有著落。

東子不著急，天天站櫃檯，高高興興地賣肉鬆餅，有空便在縣裡轉悠，看哪些鋪子生意好，什麼行當有本錢就能入。

附近這幾家，生意最好的，除了程記，就是美味麻辣燙。東子特別羨慕麻辣燙，起初聽說時，還不覺得那能掙錢，照何嬌杏說的，麻辣燙不就是弄個辣鍋煮菜，還是一鍋亂煮。真正嚐過，他才知道那滋味，冷天裡真是吃了還想吃，天天都惦記。別說外面的客人，連挨著做買賣的也受不了那香味，日日有人上門。東子經常聽到，有人喊劉棗花煮兩把粉絲。劉棗花煮好，伸長脖子喊一聲，人家便拿錢跟大碗公去盛了。

麻辣燙在長榮縣大賣時，冬菇兩歲了。家裡沒精力替她過生日，那天只是早早打烊，依照她的口味，做了幾樣菜。

劉棗花也來幫忙，大夥熱鬧一番。身為長輩，黃氏還說了兩句，意思大抵是，如今程家的日子算是很不錯了，人窮起來，掙錢是第一要緊事，手裡寬裕後，得多想想其他的。

劉棗花剛給鐵牛和冬菇分了雞腿，問是什麼事？

黃氏沒好氣地看她一眼。「比如安宅置業、添丁進口。」

哦，重點是添丁進口。程家四個兒子全成了親，卻只有鐵牛一個孫子，除此之外，就是冬菇和七斤兩個孫女。如果是剛成親，還無可厚非，但劉棗花嫁來十年，何嬌杏三年多，這便顯得少了些。

何嬌杏應了一聲，讓婆婆別著急。之前程家興說不急著要，轉眼冬菇兩歲了，倒是時候再懷一個。

劉棗花跟著點頭。「我們七斤還這麼小，再說店裡生意好，正是該努力掙錢的時候。」

說句實話，賣麻辣燙比賣缽仔糕辛苦，麻辣燙要準備的菜色太多了，還得熬湯底、備油辣子，又要有人守著煮，有人洗碗筷。

別人看她生意好，每天掙那麼多，其實真的累。開門前兩、三個時辰就要準備，打烊後一時半刻還歇不了，得收拾清洗。

開這樣一間鋪子，還要顧著七斤，劉棗花都感覺頭大，經常是看鐵牛回來了，就把七斤塞給他照看。現在再生一個……她不太想，至少現在不想。

劉棗花覺得，比起老三、老四，自家算窮，哪怕有點積蓄，還得再拚一拚。還沒到而立之年，哪有嫌錢多想鬆快的？

黃氏聽完她的話，哼了一聲。「錢錢錢，妳是鑽進錢眼裡了。」

「娘，我知道您盼著家裡多幾個孫子，我這不是已經生了鐵牛，輪不到催我呀！這會兒您怎麼還有空惦記我跟三弟妹？算算日子，四弟妹差不多該生了吧？」

平常忙著買賣，沒人刻意去算袁氏臨盆的日子，劉棗花這一提醒，黃氏想起來，的確該生了。

「不知道她這胎是男是女。」

摸著良心說，雖然黃氏也喜歡孫女，還是盼著袁氏生兒子。不光是因為男丁延續香火，也覺得生了兒子後，袁氏心裡踏實，能安分一些。

興許老天爺聽到黃氏心中所求，真應了她的心願。半個月後，袁木匠讓他新收的學徒來程記帶話，說袁氏生了，是個胖兒子。

學徒把話傳到，就要趕回去，卻被程家興喊住。黃氏想去看看袁氏，他準備趕馬車陪老娘去，順便捎帶學徒一程。

傍晚，母子倆回來了，說的確是個胖小子，又道袁家人把袁氏母子照顧得很不錯。袁氏還打算從人牙子那裡買個小丫鬟來服侍，暫時不用婆婆擔心了。

第六十一章

冬月間，天氣越來越冷，這陣子程家興不太往外跑，常常在烤爐邊一坐，就是半天。

他可以躲在廚房裡烤火，東子還得守著櫃檯。櫃檯邊冷，何嬌杏拿錢替他做了兩身厚實棉衣，還託人帶回幾個銅湯壺，有了這個，哪怕守櫃檯也不那麼難熬。

只要不遇上下雨天，程記跟麻辣燙的生意都好。冬天一下雨就陰冷，出門還容易打濕棉鞋，出來走動的人就少，生意也差，沒有春秋來得穩定，經常是一天好、一天壞。下雨天開市比平時晚，趕集日的生意又非常好，忙都忙不過來。

快到年尾，豬肉價錢已經漲了兩文，所以肉鬆餅也貴了點，但買的人還是多，尤其是那些知道老闆來路的，隔三差五便有人問東子，是不是要回鄉過年？生意做到哪天？打聽清楚了，好算著時間來辦貨。大過年的，能少了花生瓜子、蜜餞點心？反正都要買，比起早先吃膩的那些，肉鬆餅更深得人心。

香飴坊跟如意齋還是把心思放在字糖上，逢年過節，那個最是好賣。

他們還從何嬌杏身上學到一點，哪怕口味改不了，樣子可以變一變，讓客人看著新鮮。

年尾兩個月，正是糕餅鋪掙錢的時候，縣裡幾家店都卯足了勁。

何嬌杏他們打算掙完這筆，提前幾天回鄉下，三合院太久沒住人，得好生收拾一番。

夫妻倆還在商量回去之前應該買些什麼，最好是備上年貨，直接拉回去。結果，大榕樹村又傳來新消息。

劉棗花做麻辣燙買賣，每隔兩、三天要回村拉一次菜，最近回去，聽說楊二妹有喜了。

黃氏問她，楊二妹去鎮上看過大夫沒有，大夫怎麼說？她的身子怎麼樣？

「她的話不多，能跟我提一聲就不錯了，哪會仔細分說？這些事，二弟妹一概沒提，想來是沒啥毛病。倒是老二，要我問娘，今年打不打算殺年豬？要殺就留一頭，不殺索性全賣，說二弟妹顧不上了，現在肉價好，喊一聲就有屠戶上門來收。」

黃氏轉頭看何嬌杏。「老三媳婦，妳說呢？」

何嬌杏道：「咱們回去過完年，又要出來做生意，倒是不必做臘肉。至於過年吃的，上屠戶家買更方便些，就別讓二哥留了。他養豬不容易，怕殺了又不肯收我們錢，豈不是讓二嫂白忙一通？」

何嬌杏一提，幾個女人便想到一處去了。

出來做買賣累歸累，卻能掙錢。二房則是靠種地餬口，養家禽、家畜補貼家用。養豬不容易，真要殺來分給家裡人吃，還不收錢，肯定心痛。

「那不殺了，回去買肉吃。」

後來程家富回村收菜，順便帶話，說他們商量好，今年不殺豬，讓程家貴全賣了。

兄弟倆一聊起來，差點忘了時辰，還是程家貴想起來，問程家富是不是留下吃飯再走？

程家富一看天色，哪敢再逗留，趕緊拉起蔬菜，準備回縣城。

程來喜看他這就要走，哼了聲，讓他們別磨蹭到臘月底，早點回來。分開一整年，這會兒還不聚聚？幾個兄弟也該坐下來吃幾碗酒，說一說心裡話。

程家富答應，回到縣裡，告訴黃氏，程來喜想她得很，問了好幾遍啥時回去。

忙的時候無暇去想這些，這會兒聽他說起，黃氏也惦記起來，恨不得現在就回去。以前老困在鄉下，便想出來看看，可時日久了，又很想家。

臘月中旬，程家興就在準備過年的東西。臘月二十後，店裡停了買賣，放不住的食材已經用光，放得住的裝好囤起來，拉上年貨，分批回村。

劉棗花拚著多賣兩天，把吃食清空，才告訴常客要回村過年，最快要正月十五後才回來，請大家到時再來捧場。上馬車前，她還在跟客人說吉祥如意，恭喜發財。

整個冬天，劉棗花一門心思全在生意上，真沒怎麼關心村裡。回去之後，也沒立刻去串門子，而是先鋪好床，沈沈睡了一覺，睡舒服了，這才起來打掃收拾。

她吃飽了，先去老屋看看懷著孩子的楊二妹，瞧她氣色挺好的，跟她說了幾句，又到何嬌杏跟前轉一圈，最後才沿著村道走走逛逛。

她在縣裡忙慣了，這一回鄉，除了清掃屋子，竟然沒有別的事情做，挺不自在的。

村裡那些婦人瞧著，不覺得她是不習慣，分明是來顯擺的。

「劉棗花，生意做得不錯吧？麻辣燙很好賣？」

「當然好賣，三弟妹手把手地教我熬湯底，還有一起做的油辣子，那個香啊，隔半條街都能聞到，遠遠就把客人拉來了。」

「那妳這一冬賺了多少？」

劉棗花說她沒做帳，人家問大概數目，道幾十兩總是有的。

「之前挑擔去賣也掙這麼多，開店後才這個數，不是哄人吧？」

看她們不懂行，劉棗花解釋道：「賣麻辣燙跟賣麵條、包子和燒餅一樣，是天天都有、細水長流的生意，不是逮著年節賣新鮮的。今年冬天賣了，明年還能賣，後年依舊能賣，這是長久的生意。」

再說，不是總共進帳幾十兩，是扣除本錢之後，跟何嬌杏五五對分，還得幾十兩，這就不少了。程記那鋪面也才值一千兩，一冬能賺那麼多錢，劉棗花可是拚了命的。

先是村裡人問買賣的事，說著說著，變成劉棗花反問她們。

劉棗花愛跟人閒聊，之前沒空，這回全補上了，等該知道的都知道以後，又顛顛地跑去三合院找何嬌杏了。

正好，程家興烤的番薯熟了，何嬌杏拿了一個，用草紙包著掰成兩半，分一半給劉棗花。

劉棗花接過來，先啃了一口。「還挺甜的。」

「爹種的，當然好吃。剛才大嫂不是回家去了，怎麼又過來？有什麼事？」

劉棗花說她沒回去。「我進村裡轉了一圈，跟人說說話。」

「哦？村裡又有什麼新鮮事嗎？」

「何小菊給朱小順生了個兒子，妳知道吧？」

「那不是前陣子的事？」

劉棗花看她已經知道了，又說起別的。

「我還聽說，今年過年，周氏可能要回來。周家人說她過得好，也有了好消息，大概是想回來掙點臉面，好叫村裡的人別看低了她。」

周氏改嫁到魚泉村附近的清水鎮，何嬌杏聽娘家人說過，在鎮上見過她。現在周氏嫁的人家，家境還可以，卻是打著娶的名義買下她，兩家不算結親。

本以為她不會再回來了，可能是因為有喜，她男人高興，才讓她回家看看吧！

現在程家跟周氏兩不相干，本來不必太在意這件事，偏偏楊二妹有了，就怕鬧不好，横生枝節。

何嬌杏在心裡打了個轉，想著是不是跟程家興說一聲，可程家貴一直待在村裡，不管消息真不真，恐怕早就知道，心裡應該有數，倒是不必多嘴。

不等何嬌杏主動提，等劉棗花一走，程家興便放下冬菇過來。「大嫂打聽到什麼了？」

何嬌杏笑道：「你知道她是找我閒話的？」

程家興臉上明晃晃寫著四個字：要不然呢？

「剛剛才來過，沒一個時辰又折回來，抓著妳說得眉飛色舞，還不是聽說了新鮮事？」

何嬌杏笑了笑，說了周氏要回大榕樹村的事。

程家興的反應比她想的淡得多。「要是早個一年多，二哥興許對她還有些心思，如今恐怕是沒有了。我聽爹說過，現在這個二嫂，人勤快，不鬧事，也很關心二哥。媳婦掏心掏肺，哪怕二哥是塊石頭，也該焐熱了。」

何嬌杏點頭。程家貴跟周氏原先是兩口子不假，分開之後，她嫁了人，他也娶了媳婦，已經是橋歸橋，路歸路。

正月，何嬌杏帶冬菇去朱家，正跟何小菊說話，就有人從門前路過，說周氏回村了。因為這件事，鄉下又熱鬧了一番，除了議論周氏，大家也偷瞄著程家貴和楊二妹，想看他們有什麼反應。

楊二妹還是老樣子，從她臉上，任誰也看不出什麼來。

至於程家貴，聽到周氏的名字，微微愣住，回神說過得好就好，生個孩子，往後有得靠。

村裡人看熱鬧時，何嬌杏從朱家院子回來，站在三合院裡往周家方向看，沒湊過去。

她正遠眺著，身上裹得嚴嚴實實、頭上還戴頂小帽子的冬菇，邁開胖乎乎的小短腿走過來，仰頭瞅著她。

何嬌杏發現，蹲下身看她，問：「怎麼了？」

「娘，我餓了。」

「是餓了，還是嘴饞了？」

冬菇想了想，說嘴饞了，要吃東西。

何嬌杏站起來，牽著她往廚房去，看看弄什麼吃的。

她還沒弄好，劉棗花就來了，說起周氏的事。

「三弟妹，妳沒看到，周氏跟以前大不同，變了好多。她說自己過得還行，我看是吃了苦頭。」

何嬌杏豎起耳朵聽，手上拿著乾柴，掰斷了往灶爐裡塞，幫閨女做吃的。聽了一會兒，才問一句。「以前大嫂與她不睦，過去沒吵起來吧？」

「妳說怪不怪，原先每回遇到她，都忍不住想跟她作對，兩年沒見，今兒看她那樣，竟然沒什麼想說的了。要不是她瞧見我，一雙眼瞪得跟杏核似的，我還懶得跟她搭話。」

「因為差得多了吧！」

劉棗花猛點頭。「可能是。我就感覺犯不著跟她計較，有失身分！」

程家貴聽說周氏進村，本來有事要出門，便改了期，老老實實地待在家，哪兒也沒去，生怕出門就撞上前妻。

即使已經各自嫁娶，碰上還是尷尬，他也擔心被村裡那些長舌婦瞧見，又亂傳話。哪怕楊二妹話不多，真聽到自己男人跟之前的妻子牽扯不清，恐怕還是會難過。

當年的是非對錯，程家貴不想再論，走到今天，只想過好自己的日子，不願再生枝節。

去年，程家貴跟楊二妹拚了一把，手裡又攢下些銀兩，本應該趁勢繼續努力，但楊二妹懷上了，今年他們頂多養養雞，豬恐怕顧不上了，畢竟田裡還有活，土地是農戶的根。

程家貴又想到，去年楊二妹託人送東西給娘家，今年還沒回去呢，便問：「要不要上妳娘家報個喜？」

楊二妹先是搖頭，過一會兒才說：「跟我姨娘說一聲吧，我娘就算了。」怕程家貴誤會，又解釋。「不是小心眼恨著他們，我不回去，娘還好過些；我回去，她又該想起爹了。」

程家貴點頭，想了想，帶楊二妹去三合院，請何嬌杏跟她做伴，便揹著東西上金桂村。

楊二妹懷孕的事，還是要跟楊家人說一聲。她不方便，他跑一趟是應該的。

初八這日，劉棗花的娘家小妹也跑來了。

當初她出嫁時，還指望劉棗花出點錢替她添嫁妝。劉棗花沒出，她堵著氣，還在心裡咒過，希望劉棗花在縣裡的生意趕緊涼掉。

結果，幾個鄉下人隨便做的吃食，竟在縣裡賣得極好，她沒親眼看見，也聽說劉棗花賺了很多，村裡人都說，她掙的銅錢要用籮筐來裝，用牛車來拉。

劉家小妹心裡非常嫉妒，卻沒想著跟劉棗花楚河漢界地劃個明白。

劉棗花跟村裡人抱怨，說麻辣燙賺錢歸賺錢，但做吃食生意太累人了，開門前幾個時辰就要忙起來，打烊後還得慢慢收拾，該涮的涮，該洗的洗，又有一兒一女要照顧。

劉家小妹聽說之後，心念一動，想出個法子，抽空跑去程家富家找人。

她到時，鐵牛正把文房四寶鋪在堂屋的大方桌上，寫著夫子交代的功課，聽到聲響，便出去看看。

「小姨來了？」

「我找你娘。」

鐵牛沒想那麼多，指了個方向，好心地說，現在劉棗花應該在三房那裡。

「我娘沒事就愛找三嬸嬸說話，如果也不在那邊，妳去大榕樹下看看。」

劉家小妹一路找去三合院，果真看見坐在院子裡的劉棗花，往前趕幾步，正想喊聲姊。

劉棗花也看見她了，本來滿面紅光、笑咪咪地跟何嬌杏說話，臉瞬間拉長不少。

何嬌杏也注意到有人過來，跟著看過去。「是來找大嫂的？看著有點像妳娘家妹子？」

劉棗花抱著七斤站起身，向何嬌杏招呼一句，去會會小妹了。

劉棗花走到劉家小妹跟前，直接問了。「妳來幹什麼？」

劉家小妹說有點事。

自己娘家都是些什麼人，劉棗花能不知道？便撇撇嘴，道：「有話就說，沒話就滾，杵在這裡，壞我的心情。」

劉棗花張嘴便這樣不客氣，要不是有求於她，劉家小妹就要開罵了，忍了又忍才開口。「妳不是盤了鋪子做買賣嗎？聽說生意很好，忙不過來。妳雇我怎麼樣？我去縣裡幫忙，跟何家人幫何嬌杏那樣。」

「我沒錢，請不起人。」

劉家小妹一咬牙，道：「沒關係，包我三餐就好。」

劉棗花本就在懷疑她，聽到這話，越發覺得不對勁。

「這麼折騰，妳不圖錢，圖什麼？別說姊妹情深？鬼才信。」

要是一句實話都沒有，這事就談不成了。

劉家小妹想了想，道：「以後我想跟你們一樣做買賣掙錢，可我不會，想藉機跟妳學。」

劉棗花盯著她，看了又看，搖搖頭。「我看妳不是想跟我學生意經，怕是想跟我學做缽仔糕、麻辣燙，學會後也找地方開店。別說我店裡不缺人手，哪怕缺，能用妳這種包藏禍心的，妳當我傻？」

在掙錢的事情上，劉棗花的腦筋轉得很快，這不，才幾句話，就扯下她妹子的遮羞布。

說到這分上，再遮遮掩掩就沒意思。

劉家小妹說：「我學會了，不在縣裡賣，在鎮上開家店，能影響得了妳的生意？到時候，咱們姊妹一起掙錢不好嗎？妳非要看我窮才高興？」

劉棗花才不信她的話，只知道方子捏在自己手裡才安全，被人學去，不說影響生意的事，還得提心弔膽，生怕哪天不當心，方子被流出去。要是人人都知道怎麼做，那還掙個屁。

事情到底沒談成，劉家小妹氣沖沖地走了。

她倆說話時，何嬌杏有意避開，見人走了，才進院子。看劉棗花在生氣，便問怎麼了？

「她眼紅我生意，要來偷師，被我拆穿，罵回去了。」

類似的事已經遇過太多，都不消問。何嬌杏稍稍勸了幾句，讓劉棗花少生氣，不管人家怎麼算計，一口說死別答應就成。

劉棗花跟何嬌杏說完，回去還不忘記提醒程家富，家裡跟買賣有關的事，都得跟她商量，她點頭才作數，讓程家富不要隨便答應別人的要求。

程家富反問她。「是不是出事了？怎麼突然這樣嚴肅？」

「有些人眼紅咱們的利潤，變著法子想來偷師。」

程家富嘆口氣。「我就讓妳別出去吹噓，還不是妳得意忘形。」

「以前他們看不起咱們，現在咱們過得紅火，不能顯擺顯擺？我是故意的，想氣死他們。反正你記得我說的，別管是誰，閒聊我不管，說到買賣，你就把嘴閉上，不該講的別講，不該應的別應。咱們好不容易才把生意做起來，要是搞砸，全家喝西北風去。」

看男人點頭，劉棗花又道：「如果他們請你去吃酒，千萬別喝醉，當心被人套話。」

每到這時候，劉棗花就很羨慕何嬌杏。

她娘家個個都是看好處做事的，相比起來，何家的人情味要濃得多，哪怕也想學做生意，至少沒擺出那副討人厭的嘴臉。

當初劉棗花想進縣城，是直接開口，跟何嬌杏談好錢，才請動她幫忙。

假如劉家小妹也能這麼光明正大，劉棗花還不至於臭罵她。說得比什麼都好聽，結果打的是偷師的主意，真倒人胃口。

「回來十幾天，我都待煩了，恨不得回縣裡開店賺錢去。」

程家富說，他跟程家興商量過，過了十五就走。

「那不是還要等上七天？」

「七天而已，轉眼就過了。妳要等不及，削點竹籤，或做苕皮、苕粉絲、粉條，這些都能放得住。」

劉棗花這才應了。

第六十二章

這日，何嬌杏抽空去找東子，問他今年是不是也要去縣裡，要的話，說好時間便動身。東子應下。

何嬌杏又問：「你跟我們學做買賣，前一年也看得差不多了，還沒打算自己單幹？」

東子聽了，耍起無賴。「阿姊嫌棄我啊？不想用我了？」

他說的是玩笑話，何老爹跟唐氏聽到卻緊張起來，問臭小子是不是乾拿錢，沒好好做事，被親家母跟女婿嫌棄？

氣氛陡然不對，何老爹站起來，就要請家法來收拾小兒子。

何嬌杏連忙擺手。「沒這回事，我身為東家，巴不得你幹下去，可我不光是程記老闆娘，也是你的親姊姊，得為你考慮。

「你聰明，該知道的應該都知道了，只差下本錢、盤鋪子，用得著到我店裡消磨？」

「話不是這麼說，光會做生意不成，還得知道要做什麼。」

東子也認為自己不傻，卻不覺得自己格外聰明，學手藝是不慢，但要立刻想出財路，就太為難他了。

如果何嬌杏還沒嫁，還可以找她幫忙出主意；可她嫁了，外人看來，便不是何家閨女，而是程家媳婦，娘家人不好再隨便麻煩她。

而且，何嬌杏已經扶了程家富一家，還要讓她幫他做生意，著實太為難人。

東子臉皮不夠厚，始終沒開口去求何嬌杏。

兩姊弟同在一個屋簷下生活十多年，何嬌杏自是了解他，就說：「你在我鋪子裡學手藝，也是想做吃食買賣沒錯吧？」

東子點頭。

何嬌杏看著遠處，想了會兒，問東子準備拿出多少本錢試水溫？

東子扳起手指數，能拿出來的，肯定盤不下縣裡的鋪子。

「我想著，先像姊夫當初那樣，挑擔出門，或者找地方擺攤子賣。這都好辦，就是還得想想賣什麼。」

「花生怎麼樣？」

東子沒反應過來，何嬌杏便解釋給他聽。「我會做好幾種口味的花生，但多放一天就受潮，價錢也抬不起來，我跟家興哥商量之後，覺得不划算，程記不會賣的。」

何嬌杏說的是真心話，可東子也知道，哪怕他阿姊跟姊夫看不上的買賣，好好做，也是很掙錢。當初揹去小河村賣的魚皮花生，雖比不上後來的生意，也賺了好些銀子。現在他們覺得不划算，是因為眼界高了。

東子不由激動起來，聲音拔高了些。「阿姊肯教我做花生米？」又說他也像劉棗花那樣，掙了錢，給何嬌杏分成。

何嬌杏不願意收。叫別人看來，女兒嫁出去就是夫家的人，跟娘家只不過是親戚關係，可她不那麼想，爹娘還是爹娘，該孝敬；兄弟還是兄弟，有餘力，能幫就幫一點。

而且，何嬌杏還有個心病，因為是從末世穿越來的，早幾年日子過得特別佛系，守著青山綠水過日子，能吃飽便滿足。

她這麼想，遇上的爹也是做事穩當、不肯輕易冒險的人，結果就是她空有手藝，卻沒幫家裡掙什麼錢。反倒是成親之後，因為程家興愛財，她被迫上進。後來又生了冬菇，當娘後想法變了很多，人也積極起來。

現在她跟程家興挺有錢了，有他們帶著，夫家的日子越過越好，反倒是娘家，還是老樣子呢！

何嬌杏看著從小住到大的房舍，心裡不大好受，覺得自己上進得晚了些，有點對不起老爹、老娘。

她存著彌補的心思，這才不肯分成，瞅著東子學到些生意經，準備教他兩、三種花生的作法，讓娘家人賣花生掙錢去。

她有提攜東子的想法，不是一、兩天了，跟程家興商量過幾回，他便撂下話，讓她想好去做就是。夫妻一體，程家興總是支持她的。

程家興都這樣說，何嬌杏就想出花生米的買賣，在這裡，不管魚皮花生、麻辣花生、怪味花生，或者甜口味的花生黏都好賣。有這幾樣，再配上一顆靈活的腦袋，賣花生也能攢起家當。

「回頭你好好跟我學，學會了，自個兒做買賣去，別在我鋪裡混日子了，沒啥意思。」

「要是我挑擔賣花生去了，以後誰幫阿姊顧櫃檯呢？」

「請個人還不簡單？反正只顧櫃檯，不怕他偷學手藝。」

唐氏想起一件事，道：「妳看四房的堂弟小魚怎麼樣？妳四嬸說，東子出去一年，變化不小，若有機會，也想讓小魚出去長長見識。」

小魚是何家四房兒子的小名，比東子還要小兩歲。

雖然何嬌杏跟他差了好幾歲，但說起來是堂姊弟，都是姓何。何家子弟的為人，她也信得過。

「四嬸捨得，我求之不得。」

唐氏便叫東子去請何小魚母子過來，聽說有機會跟著何嬌杏見見世面，母子倆毫不猶豫就答應了。

何嬌杏說，若沒有其他事，正月十六出門，要是改期，會讓程家興去河邊傳話。又把站櫃檯每個月可以拿多少錢告訴她四嬸，還道進了縣裡，可能不光是那點活兒，臨時要做點雜事，喊著就得去。

「這些我再跟小魚說就好，阿姊省點唾沫。」

何小魚母子有眼色，事情談好便不再多待，東子送他們出去後，繼續跟何嬌杏閒嘮。兩人又說到做買賣上面，何嬌杏說花生價錢便宜，在鎮上就好賣，不用非得進縣，哪裡人多去哪裡，有人才有生意。

「你好好學，學會了也多練練，練成了好生做。阿姊把看家本事教給你了，不掙錢，別來見我。可別想著搞砸了，再讓我幫你出主意，真到那一步，看我不打斷你的腿。」

何嬌杏只是這麼說，東子便往後縮了一步。聽著這話，他就腿疼。

何老爹大力拍他肩膀，說不用何嬌杏出手，他敢胡搞瞎搞，當爹的就先收拾他。

說得差不多了，何嬌杏留下吃完飯，才回大榕樹村。

到家後，何嬌杏把東子的決定告訴程家興。

程家興早有準備，不覺得意外。

看他那麼鎮定，何嬌杏道：「你沒有想問我的嗎？」

程家興搖搖頭，忽然想起一件事，道：「娘沒讓東子先把媳婦娶進門，解決終身大事再出門？這就由他做買賣去了？」

「娘是有那意思，被東子頂回去了，說要是買賣做得好，掙了大錢，不是能娶個更好的媳婦？他還反過來勸娘別急，甚至扯出咱們二哥，說二哥成親早，不也還沒當爹？凡事冥冥之中自有定數，著什麼急？」

程家興點頭，這也有道理，便沒多問了。

正月十五這天，程家人一起吃了頓飯，惦記起遠赴京城的程家旺。

「聽說京城的冬天冷得很，最冷的時候，撒尿都能結冰，老四秋天出門，到了京城，不正好是冬天？不知道他是怎麼過的，有沒有受凍？」

話是程家富說的，說著便擔心起來，菜也吃不下，酒也不想喝。

程家興道：「老四走之前說過，等他安頓好，會想法子送信回來。」

這麼說，連程家貴也不放心了。「過了幾個月，信怎麼還沒送到？該不會真有事吧？」

冬菇啃了根燉爛的大雞腿，看她滿手都是油，何嬌杏拿帕子替她擦了幾下，聽程家貴這麼說，便安撫大家。

「從咱們這兒到京城，有幾千里路，要捎信回來，哪有那麼容易？他請人寫了信，只能託給南北跑貨的，或託給要回鄉的學子，不管是哪種情況，都得隨人家方便。」

會這麼麻煩，還是因為程家兄弟身分低，沒本事讓人特地跑腿。這話不需要明說，大夥心裡有數。

黃氏唸了程家富幾句。「過個節也不想想好的，說點高興的。」

程家富撓撓頭，就是過年過節才想起這些，忙的時候還想不起呢！

「娘啊，四弟妹生了兒子的事，老四知道嗎？咱們是不是該想辦法捎個信？」

說到這個，黃氏也沒主意，不由看向程家興。不光是她，全家人都看過去了。

程家興說：「不知道老四在何處落腳，沒辦法捎信。」

「不是說到工部做事去了？」

「朝廷年年興土木，工部不知道養了多少匠人，平日不上衙門，是聽上面安排，該學藝的學藝，該做工的做工。真要寫信，得等老四先寫回來，知道他在哪處安家，才好捎去。」

兩個哥哥聽了，齊齊搖頭，感嘆程家旺可憐，還不知道袁氏幫他生了個胖兒子。

劉棗花聽了半天，咕噥一句。「有什麼可憐？老四揣著銀票走，帶了至少上千兩，隨便都能找間小院子落腳；至於四弟妹，雖然男人不在跟前，不也買了丫鬟伺候？

「我聽說，袁木匠那鋪子，現在生意紅火得很，附近村鎮都知道，他帶的徒弟手藝好，被朝廷看中，招去京城做工。徒弟這般能耐，師傅手藝不是更好？還說朝廷本來也看上他，但他年紀大，不好奔波，才留在鎮上。得了這個名聲，想打桌椅、板凳的人都愛找他。」

劉棗花很是能說，一念叨起來沒完沒了。程家富在桌底下踹她一腳，也沒讓她打住。

黃氏把端著的飯碗重重一放。「吃還堵不住妳的嘴？」

行吧，閉嘴就閉嘴。

雖然閉上了嘴，劉棗花依然覺得四房是天降好運，如果她是袁氏，便高興死了，哪需要誰去可憐？啃鹹菜、喝白粥的去心疼吃大魚大肉的，有沒有搞錯啊？

一時之間，誰都沒說話，飯桌上有些沈悶。

何嬌杏為了熱絡氣氛，調侃了句。「老四真捎信來，咱們還看不懂，要找人來讀。」

黃氏問：「老三不是偷偷在學認字？」

說到這個，何嬌杏含笑地看程家興一眼，點點頭。「是，但學得說不定還沒有鐵牛快。」

程來喜正一口一口喝著酒，聽了便放下酒碗，問程家富，鐵牛在縣裡學堂怎麼樣？聽得懂嗎？跟得上嗎？

不等程家富應聲，吃著雞肉、喝著湯的鐵牛立刻從長凳上跳起來。

「跟得上，我跟得上。」

他挨著他爹坐，這一跳，差點掀翻凳子。程家富一個踉蹌，好不容易穩住，手上端的酒碗卻是一晃，撒出不少酒來。

程家富碗放下碗，拍他的後腦勺。「坐就好好坐，突然跳起來幹什麼？」

鐵牛搗著頭，還能幹什麼？不就是怕留在鄉下嗎？在鄉下是自由些，沒人盯著他，能滿坡亂竄；但也不好，要真留下來，以後上哪兒混好吃的？

在自由和嘴癮之間，鐵牛毫不猶豫選擇了嘴癮。隔段時日，程記就要上新貨，上之前，何嬌杏會送一點到斜對面，給他們嚐嚐。

別看劉棗花收拾人時不手軟，其實很疼兒子，得了好吃的，都給他留著。何嬌杏送來的吃食，她跟程家富只嚐一口，剩下的全進了鐵牛的肚皮。

聽兒子大言不慚地說跟得上，劉棗花不客氣道：「我也沒指望你讀出什麼名堂，抓緊工夫把字認全，再去學算帳，學好了跟我做買賣。」

程來喜沒送兒子去讀書，可他知道，很多讀書的人是為了考秀才。他問劉棗花，是不是沒打算讓鐵牛考？

「爹問他，讓他自己說，他有那本事考秀才？」

鐵牛猛一陣搖頭。「我不考，考秀才有什麼用？」

「怎麼沒用？秀才見了官不用下跪，還有朝廷補貼米糧。若能考上秀才，一輩子吃穿就不愁了，哪怕別的都幹不成，還能回鄉辦學堂，帶幾個學生，幫人寫信、立書契……」

都快說完了，程來喜才想起來，現在家裡情況不一樣了。若像以前一樣，出個秀才是很好，但現在幾個兒子把日子越過越好，當秀才的好處對他們來說，雞肋了些。遂硬生生補了一句，說鐵牛不想考就不考，能認字也很好，出去做買賣要會認字，才不會被騙。

鐵牛又挾了一塊紅燒肉，笑嘻嘻地說：「三叔不識字，也沒人騙得了他。」

「你三叔多聰明，你拿什麼跟你三叔比？」

鐵牛成功轉移了全家人的心思，大家暫時忘了待在京城的程家旺，轉而笑起他來。

桌上有幾個活寶，這頓飯吃得還是開心。吃完後，三兄弟單獨說了幾句，才各回各家歇息了。

當天夜裡，黃氏跟程來喜說到半夜，他們夫妻幾十年沒分開過，現在卻分隔兩地。程來喜自認幫不上程家興的忙，一不會做吃的，二不會帶小孩，不如在鄉下看著老二夫妻，守著老大和老三家的田地、房子。

他不好走，黃氏不好留。縣裡很多事需要她，尤其是兩個媳婦忙起來時，兩個孫女便要託給她，有時還要進廚房幫忙。

老夫妻捨不得分開，黃氏說有空時跟程家興夫妻商量，看攢的錢夠不夠在縣裡置間宅院，哪怕小一點也好，只要有個落腳處，程來喜想大家了，也能過來待幾天。

程來喜卻說她，讓她別為難兒子跟媳婦，鋪子才買了一年多，又要置宅，錢是大風颳來的嗎？

黃氏知道他的意思，念叨幾句，囑咐他照顧好自己，才各自睡下不提。

次日，程家興帶著妻女跟老娘進了縣城。

別家鋪子過完年，初三、初四就開門，晚一點的，初七、初八也開了，拖到十五還沒動靜的不多。二十幾天沒買到程記的吃食，常客都饞得很了。

下午，程家的馬車停在緊閉的店門前，還有另一輛馬車停在斜對面麻辣燙的店門口。那是程家富在鎮上車行租的車子，光程家興那一輛車，實在沒辦法載那麼多人。

瞧見兩輛馬車停下，附近幾家鋪子的老闆都探出頭來，跟他們打招呼。

「程老闆回來了？這次關門關得久，前兩天還有人問我，程記幾時開門呢！」

「喲，這年輕人是誰？之前站櫃檯的小舅子呢？」

程家興挨個兒回話，說小舅子東子是來學做生意的，學得差不多，自己去闖了，就不過來；又指著何小魚，說這也是舅子，比東子還小兩歲。

何嬌杏抱冬菇下車，開門看看店裡，空了二十多天，蒙了些塵，便把閨女交給程家興。

「家興哥，你帶冬菇去外頭玩會兒，我跟娘收拾收拾。」

何小魚還在看稀奇，聽說要收拾，趕緊上前幫忙。

何嬌杏讓他別瞎忙了，先把行李拿上去放，再鋪好自己的床。

「你收拾好，也出去轉轉，認認路。你應該是第一次進縣裡吧？」

「堂姊真不要我幫忙？」

「不過稍微收拾，哪用得著你？想出力啊，以後有的是機會。」

何小魚這才點頭，拎著行李上樓了。

哪怕在南邊，冬天還是很冷，程記最暢銷的吃食就是熱呼呼的燒餅，以及風靡長榮縣的肉鬆餅。

尤其是肉鬆餅，年前囤了貨的還好，有些客人沒來得及囤貨，程記就關門了，搞得他們這陣子天天想。縣裡有個大戶人家的少爺，特別愛吃肉鬆餅，聽說東家回鄉過年，還鬧過，差點逼得管家到鄉下找人幫他做。

後來沒去找人，卻派了個家僕，天天到程記門口看，念叨好多回，年早過完了，怎麼還不出來做買賣？是不是嫌錢太多？

今日，程家馬車搖搖晃晃進了縣城，家僕一聽說，立刻匆匆忙忙趕來，還沒走到店門口，就遇見被何嬌杏趕出門的程家興。

程家興牽著冬菇，在街上閒晃打發時間，順便把缺的食材訂好，準備這兩天重新開店。

家僕連忙停下腳步，叫道：「程老闆，你總算回來了。前些時候，我們少爺就想吃你家的肉鬆餅，可大過年的，我上哪兒去買？」又問他開始做生意了沒？

程家興擺手。「還在收拾店面，準備準備，過兩天才開。」

「你看能不能……」

話還沒說完呢，程家興就說不能。

家僕語塞，氣呼呼地說：「你沒聽我說完，怎麼知道不能？」

「還用得著聽完？你是不是想讓我行個方便，單獨開一爐？二十多天都忍過來了，哪在乎這一、兩日？再耐心等等吧！」

「我們多出點錢，你開一爐，又不麻煩。」

程家興回嘴了。「怎麼不麻煩？年前我把店裡那些材料用得差不多，這會兒要重新準備全了，才能做生意。我還有事，勸你也別去店裡了，買不著。」

程家興跟人說話時，冬菇轉頭看風景，等她爹把人打發了，才仰頭問：「那是誰呀？」

看她仰著頭怪費勁的，程家興抱起她，掂了掂，說是店裡的客人。

「哦，客人找爹幹什麼？」

「買肉鬆餅。」

冬菇眼睛一亮。「爹啊，我也想吃。」

「那爹帶妳去買配料，回去讓妳娘炒肉鬆好不好？」

真虧那家僕已經走遠了，要不得多鬱悶？剛才某人說一時半刻開不了店，這就變了。

這還不算，程家興用臉去蹭閨女肉乎乎的臉蛋，問她還想要什麼，全買。

休息二十多天，程記一開店，熟客們又在門口排著隊了。

倒是斜對面的程家富夫妻遇到一點小麻煩，縣裡竟然開起兩家麻辣燙鋪子，其中一家跟他們一樣，是租鋪面，另一家是擺攤。

起先劉棗花還不知道，是聽隔壁說的，拿錢讓鐵牛買了一碗回來，吃了兩口，便稍稍放心。

「他這個湯底沒我們熬得好，油辣子也是，光是一股辣味，吃著不香。」

劉棗花嚐過後，剩下的全進了鐵牛的肚皮。鐵牛是家裡第一貪吃人，舌頭也刁，一口就分出高下。

「咱們家的好吃，可人家賣得便宜，我看吃的人還不少。」

劉棗花伸手拍了拍兒子的腦袋。「那是因為咱們還沒開門，才便宜了他們，等咱們重新開張，客人慢慢就回來了。」

要是以前，知道別家便宜、自家貴，劉棗花也會緊張。做了半年生意後，想法變了，看看程記，賣的吃食有哪樣便宜？生意照樣好，客人排隊等他們開門，求著多做。要是東西好，客人真不在意貴一些，能天天出來吃麻辣燙的，也不缺這幾文錢。

不過，被兩家新開的麻辣燙一激，劉棗花熬湯底、炒辣椒、剁肉糜、搓丸子時更用心，動作更快，正月十八就開門營業。

前兩天，生意的確不像年前那麼紅火，可劉棗花熬的湯底實在太香，從外面經過的人，聞著那味道，都忍不住直吞口水。

窮的話，只能強忍著，有點錢的，哪肯虧待自己？以前吃過的都來回味，沒吃過的也來問店裡招牌是啥，讓劉棗花煮一碗來嚐嚐。

於是，劉棗花一文錢也沒降，光憑香味，硬生生把客人搶了回來，生意逐漸回到年前的的樣子了。

第六十三章

縣裡食客就那麼多，同樣做麻辣燙的，東家好了，西家肯定要受影響。另外兩家能不知道劉棗花做的麻辣燙好吃？他們就是覺得好，才會入行。本來覺得，不就是個辣鍋？這會兒他們才明白差距，同樣是麻辣鍋底，口感卻差不少。

劉棗花那邊關門時，食客們能上別家吃點，她一回來，只要不缺錢的，誰還願意湊合？解決不掉程家富跟劉棗花的店，口味又不能更好，生意眼看要黃，盤了鋪子那家，硬著頭皮苦撐；至於支攤的，聽說搬去了鎮上。縣裡有個劉棗花比較，買賣難做，去別的地方總行。

搬去鎮上這家，忙了十天半個月後，歇了一日，買了最近賣得紅火的怪味花生回縣裡，跟人吹噓，說以前小看了附近村鎮，鎮上還是有些有錢人，逢集日尤其熱鬧，十里八鄉的人都會來。

「我這麻辣燙要坐下端著碗吃，比較麻煩，生意也就湊合。可那個挑擔子賣花生的，他逢集才會出來，攤子前總圍滿了人，忙都忙不開。」

「來嚐嚐，這就是怪味花生，我特地秤了半斤，不便宜呢！」

說到花生，本地有兩種吃法，一是鹽煮，二是油酥。兩種吃的都是花生本味，這怪味的不一樣，吃起來格外香，配著都能多喝二兩酒。

大夥聽他吹噓一番，揀兩顆嚐了，味道是好。

「這個花生裝一小碟，就能下一大碗酒，味道又好。你說貴吧，這能趕得上肉？賣得好也尋常。」

「有這麼好的東西，怎麼不來縣裡賣？縣裡的生意不是更好做？」

「你沒聽他剛才說的？人家在鎮上都能賣光，用得著跑這麼遠？既然能賣，賣給誰不都一樣？」

賣麻辣燙的小販跟著點頭，就是這個道理。

「跟你們說，我總覺得賣花生那人眼熟，長得很像以前在程記顧櫃檯的小夥子。」

「說不定真的是，當姊姊的會做那麼多新鮮吃食，做兄弟的能沒點手藝？」

離村之前，何嬌杏已經把做花生的手藝教給東子。東子聰明，學得快，這就練好了，做起生意來。

這消息，何嬌杏尚不知情，程家興也只聽她說了教手藝的事，不曉得買賣已經開張。

縣裡面的人不知道，鄉下的卻都聽說了。

起初聽說東子賣花生，大夥不以為然，後來才知道他賣的不是一般花生，怪味花生極受客人喜愛，跟當年的魚皮花生差不多，他挑著擔子趕集賣，生意好得很。

隨即有人猜測，以前沒聽說東子有這手藝，該不會是何嬌杏教的？還跑去程家問。

程來喜搖頭說不知道。

「你不問問？萬一真是你媳婦教的呢？」

程來喜回答。「是又怎麼樣？」

「不怎麼樣，但她不該先想著夫家嗎？你們老二還在種地、養豬，這生意給他做多好。」

「老二想做買賣，應該自己找老三說，哪怕老三媳婦教她兄弟，也輪不到別人說嘴。她的手藝，愛教誰就教誰，真有誰能出聲反對，只有老三，老三沒說話，關你什麼事？」

程來喜心裡有數，分家之後，由著幾個兒子自己當家，極少對他們指手畫腳。何嬌杏夠厚道，訂親之後就很向著程家興，成親之後，更是幫著掙下不小的家業。這樣好的媳婦，還去挑剔她，那是不想過安生日子了。

做人要知道滿足，還得講講良心。無論怎麼看，何嬌杏沒有任何一丁點對不起程家的地方，說她寧可幫扶娘家兄弟，不幫夫家二哥，這是人說的話嗎？

程來喜不吃挑撥離間這套，遂有人找上程家貴，趁他去菜園或挑水時，抓住他一通好說。

「程家貴，你怎麼不說話？你大哥和四弟都沾了程家興的光，按說該輪到你，為何讓東子插了隊？」

程家貴想錯身過去，人家攔著不讓他走，非要聽他說兩句，他只得說，說各有各的活法。

「我膽子小，做不成生意，老實待在鄉下也挺好。前兩年，老三也帶過我，但凡是那塊料，早做起來了。」

如今程家貴想明白了，錢這東西，夠用就成，眼下最要緊的也不是掙錢，而是守著楊二妹，讓她平平安安生下孩子，才是最最重要的事。之前就是為了做生意，鬧來鬧去，周氏才會走歪路，落了胎。有前車之鑑，他還能走上那條老路？

程家貴盤算過，踏踏實實勞作就能吃飯，心情平和了很多。

人得認清現實，不能總想著一飛沖天。有多大本事端多大的碗，能耐不夠，就安分些。

不過，這些事，對程家貴還是有那麼些影響，走神兒的時候多了。

程來喜看出他心裡有事，抽空問了一句：「老二，你怎麼了？看著老心不在焉的。」

程家貴搖頭說沒事。

「哄別人就算了，還哄你老子？到底遇上什麼事，你說來聽聽。」

程家貴停頓了下，看向他爹。「那您聽了，別多心。」

「我多什麼心？」

「就是，有些人在我跟前說了些閒話。」

「是不是說老三媳婦的？說她胳膊往外撇，寧可把做花生的方子給她娘家兄弟，也不給你？你聽進去了？」

剛吃完飯，程來喜剔了剔牙，接著道：「這個家是分了的，何家那頭對老三媳婦也好，當初嫁妝辦得就體面，閨女嫁出來之後，也沒撒手不管，逢年過節還送魚來，兩家的往來走動一直不少；反倒是你，沒給兄弟幫什麼忙，拿什麼跟人家比？」

程來喜說得程家貴心裡慚愧，頭低下來。

想想也是，村裡很多人瞧不起劉棗花，覺得她是個見錢眼開的狗腿子，可對何嬌杏來說，劉棗花是實實在在幫她的忙，給她送錢的。

大房請人幫忙，都說現實的話，做買賣就談利益，總不會讓人白白出力。

相比起來，二房扯兄弟感情的時候多，感情這東西，頭兩回還好用，次數多了就不好使。剛分家時，程家興對他們熱心極了，都替他著想，可現在程家興和程家富更親近，跟二房卻淡了很多，說起來，分家還沒幾年呢！

程家貴嘆口氣。現在回想起來，覺得這幾年做錯了許多事，眼皮子太淺了些，很多時候只看到眼前，耗去了不少情分。

程來喜大概知道程家貴是怎麼想的，不再管他。這些年發生的事，他能翻出來，仔細想想也好，腦子長著又不是做擺設的，多用沒壞處。

東子在縣裡跟程家興夫妻混了一年，耳濡目染下，真學到不少，選擺攤的地方、拉客人都有一手，加上花生原就是便宜下酒菜，肯定有人買，只要不做太多，要賣光並不難。

天氣還沒回暖，這段時日雖有些農活要做，但忙著相豬崽的人更多，各鎮逢集熱鬧，東子便挑著他的花生到處趕集，今天在這個鎮，明天去那個鎮，小買賣做得紅紅火火。

他掙了錢，就在鎮上兌成碎銀，每天往錢箱裡扔一顆、半顆，一段時間之後倒出來數，竟然已經積了不少。

於是，東子拿錢替阿爺打酒，又給爹娘做了春衫，想到能掙這錢，全靠何嬌杏，是她願意幫扶，才有他的今日。

這麼想著，東子坐不住了，跟自家老爹商量著，下河打了幾條大魚，拿木桶餵養；又想到年前家裡做了臘肉，何嬌杏家沒做，是買新鮮肉吃，遂站上板凳，從房梁上取幾掛下來，再割些新鮮蔬菜，收拾好了，便拉到程記去。

東子坐車到了程記，本以為能看到店門口排成長龍的隊伍，卻發現沒開門，門板上掛了塊眼生的牌子。他不識字，料想應該是程家興請人寫的，告訴客人，今天沒做生意。

看不懂沒關係，東子讓車伕等會兒，去了斜對面的麻辣燙鋪子。

不用問，走進去就看見何嬌杏的人了。

何嬌杏抱著冬菇，正跟劉棗花說話，看著和過年時差別不大。冬菇坐在她腿上，拿著吃食啃。

最先看見東子的是冬菇，她是側坐，臉正好朝外，啃完東西吮手指時，不經意歪頭一看，就瞅著眼熟的人。

她呀了聲，道：「小舅舅來了。」

何嬌杏順著她胖手指的方向轉頭看去，果真瞧見站在外面的東子，抱著懷裡的小胖豬站起身，走到店門口。

「不是做生意去了？怎麼跑到縣裡來，還拉了一車東西？」

東子手癢，接過大胖外甥女掂了掂，回道：「我歇一天，給阿姊拉點吃的來，也跟妳說說那生意。」

「那行，回店裡說吧！」

何嬌杏跟劉棗花說一聲，跟他們回自家鋪子去了。

東子抱著冬菇，又問姊夫人呢？小魚上哪兒去了？今兒怎麼沒做買賣？

何嬌杏打開門，跟東子一起把馬車上的東西卸下來，搬進店裡，看他拿錢打發了車伕，才逐一回答。

「我婆婆想去看四弟妹，你姊夫趕車陪她去。至於小魚，今兒不做生意，我就放他一天假，讓他出去轉轉，他比你還小兩歲，天天被拘著，不嫌我煩？」

「小魚做得怎麼樣？」

「起初有點手忙腳亂，現在也適應了，我看還成。店裡就是老樣子，你想都想得到，沒什麼可說。花生賣得不錯吧？能高高興興幫我拉這麼多東西來，是掙了錢？」

東子撓撓後腦勺，嘿嘿笑了兩聲。

瞧他這樣，準是掙了錢，何嬌杏也替他高興。娘家有個兄弟能耐好，家裡的事，便能多擔待。

東子說賣花生是長久的生意，總有人吃，想著還是該像劉棗花一樣，給何嬌杏抽成。

「我說了不要。」

東子道：「那姊夫怎麼想？一樣是拿阿姊的方子做生意，程家富給抽成，五五對分，妳不收我的，怕是不妥。」

「我的東西，我說了算，再說你姊夫也答應。這種事原就是看心意，哪有受人脅迫的？」何嬌杏說著，替東子倒了碗水。「其實，我還沒嫁人的時候，就應該利用手藝了，要是早早做起來，家裡不會還是現在這樣。」

東子咕嚕喝水，聽到這話，趕緊放下碗。

「話不能這麼說，要不是姊夫闖出做吃食買賣這條路，咱們未必會往這頭走。咱們爹娘，還有大哥，都是踏實安分的人，不愛冒險。」

東子知道，外面有些說閒話的人，但早幾年，除了自家人，沒人說他阿姊好，程家興能一眼相中，合該他發。至於他阿姊，沒有任何地方對不起娘家的。

「妳別聽外面那些鬼話，咱們挺滿意現在的日子，雖然跟阿姊家比不得，這幾年也攢了錢，買了好多畝田地，過得很好。妳別想那些對得起、對不起的。」

「我沒想，只是覺得爹娘生養我不易，現在嫁了，每年能回去兩趟，卻不方便送很多孝敬，越過公婆又是麻煩。你賣花生米的錢，不用給我抽成，充作給爹娘的孝敬，帶他們好好過日子。爹娘跟大哥是老實人，你鬼主意多些，以後凡事要靠你，你擔著些。」

何嬌杏這樣說，東子才沒堅持要塞錢給她。

嚴肅的問題說完了，東子接著喝水，又跟何嬌杏吹起牛，說他如今在魚泉村可是個人物，走到哪兒都有人招呼。

「那有沒有媒婆去找娘啊？」

東子猛點頭。「有啊，怎麼沒有？娘還認真地聽，天天念叨我，我都怕了她們。」

「你又不想成親？」

東子撓撓頭，說也不是不想，是時機不對。之前沒什麼要緊的活兒，遂想著早點解決終身大事，夫妻攜手奮鬥。現在做起買賣，每天都忙，回家只幹兩件事，準備第二天的買賣跟休息，根本不想應付媒婆。

他也知道，到這年紀，應該成親了；可晚兩年也不愁，只要有本事，總能娶上媳婦。

「阿姊，妳見著娘，幫我勸勸她，保證遲早給她娶個好媳婦回來，急什麼呢？」

姊弟倆聊了一通，說到興頭上，何小魚蹓躂夠了回鋪子，看東子竟然進了縣城，也是一陣興奮，拉著他問了一大堆家裡的事，勾肩搭背說得不亦樂乎。

看看時辰，何嬌杏正想留東子吃飯，東子卻說明天要做買賣，得趕回去準備。

何嬌杏聽了，沒強留他，又叮囑幾句，送他出去了。

東子來也匆匆、去也匆匆，程家興回來後，聽說小舅子來過，問他人呢？

何嬌杏瞧了瞧天色，道：「人啊！他搭馬車回去，這會兒應該要進村了。倒是你，怎麼現在才回來？」

「娘有話跟四弟妹說，我能扔下她先走啊？」

「是說帶孩子的事？」

程家興也不確定。「帶孩子的事，其實沒啥好說吧！四弟妹買了兩個人，婆子帶孩子，小丫鬟來伺候她。」

袁氏不愧是鎮上的姑娘，排場愣是跟鄉下出身的不同。

話又說回來，之前何嬌杏也想過，是不是請人幫忙？但吃食買賣，方子需要保密，人家正愁沒機會塞人，還不乘機偷師？買的人也不能放心，得花心思去盯，有這精力，自己動手便完事了。

因此，哪怕程家興夫妻很有錢了，還是沒去請人，才讓袁氏趕了先。

「那四弟妹的身體應該養得不錯吧？」

當初何嬌杏懷孕生產時，有婆婆伺候，還有男人分擔，吃得不差，也沒受什麼累，身體算是養得不錯。

但根據程家興的說詞，袁氏比她誇張多了。

不知道是因為去年發了財，手裡有錢補得太好，還是男人不在家便不講究，袁氏懷孕時就胖，湯湯水水沒斷過，哄孩子、搓尿布的活有婆子做，又有小丫鬟燒飯，不累也不苦，生完一點都不虛，氣色好絕了，也沒瘦下來。

「身體好就好，略胖一點沒什麼，要嫌不好看，等孩子斷了奶再慢慢減，這會兒要減，沒了奶水怎麼辦？」

程家興點點頭。「是啊，娘也是這麼說。可心裡不是滋味的是四弟妹，還問娘，當初妳是怎麼瘦下來的？不是也吃好喝好，怎麼沒胖？」

何嬌杏真不想去回憶剛生完冬菇的時候，肚皮鬆垮垮的，自己摸著都難過，也不肯讓程家興碰。是出月子之後，忙著做生意，幹的活兒多了，吃得再好也胖不了。等到過年，買賣停了，身材恢復很多，至少洗澡低頭看著肚皮時，不鬱悶了。

「娘說妳那會兒忙著做字糖生意，遠沒她養得精細。」

程家興沒說的是，黃氏看到袁氏時，就是一懵，回來的路上還在念叨，說她在村裡半輩子，沒見過生下來好幾個月還這麼胖的，又偷偷勸袁氏，也別補得太過，凡事過猶不及。

有些話，當娘的不太方便說，程家旺畢竟還年輕，年輕人大多好顏色，就算不太在意美醜，也不會希望自家媳婦是個大胖子。要是久別重逢，媳婦胖若兩人，豈不失望？

黃氏說得再多，也很難落到實處，一則袁氏已經用順了婆子跟丫鬟，不會捨棄，沒什麼辛苦勞累，不會掉肉。

若要讓她少吃，更不可能。從懷孕補起，吃吃喝喝到今天，胃口早就開了，少吃半碗都覺得餓；而且她在餵奶，哪敢挨餓？少喝一碗湯，都怕斷了奶水。

總之，在她兒子斷奶之前，袁氏大概是不會瘦了。若只是略胖一點還好，真胖成球，明明生完卻跟還沒生似的，那也是個隱憂。

何嬌杏心裡想了一圈，才道：「該說的娘都說了，咱們看著就是。中午你在木匠鋪吃了什麼？餓了沒有？要不要我幫你煮碗麵來？」

程家興搖頭說用不著，反而更想知道東子那頭的情況，又好奇他今天過來做什麼？

「跟我說說賣花生的事，送東西跟錢來。」

「那妳收了？」

「魚啊肉的收了，錢沒拿。東子東拉西扯說了一堆，大概是怕別人知道我沒跟他抽成，唯恐生出是非。我就取了個折衷的辦法，讓他把分成用到爹娘身上，當是女兒、女婿給的孝敬。」

何嬌杏說完，偏頭看向程家興，問他怎麼看？

程家興還真仔細想了，說挺好的。

「平時想送東西給岳母，又怕給多了招來麻煩，妳這樣做，孝敬到了，又省力、省心。」

何嬌杏挽著他的胳膊，往前靠了靠。「還是得跟娘打聲招呼才是，不然總是個隱憂。」

程家興在她後背上輕撫了兩下。「我來說吧。」

程家興不是蘑菇的人，應諾之後，當天就去找黃氏說了。具體如何，何嬌杏不清楚，後來問他，只是簡略帶過，要她放心。

原來，程家興跟黃氏來了個將心比心，若她生了個極有能耐的閨女，卻沒享到福，因為閨女把本事都帶到夫家去了，哪怕怪自己當初謹小慎微，不讓閨女去闖，心裡能好受嗎？

那些閒話，黃氏多少也耳聞了，原先是站在程家這頭看的，聽程家興這樣說，才用唐氏的心思想了想，自家的確是占了天大的便宜，稍稍補償親家一些，變成合乎情理的事情。人家養出這樣好的姑娘不容易，程家總不能得了便宜，還把事情做絕。

把道理想明白之後，黃氏更是關心何嬌杏，說要買她愛吃的東西，又當著她的面，誇了東子一輪，說這小夥子挺懂事，也有心。

「還是親家母會教人，你們兄弟姊妹都是好的。」

何嬌杏覺得她娘家人都不錯，卻沒跟著得意起來，只道遠香近臭。

這時，劉棗花過來找何嬌杏，問黃氏怎麼了，整個人都不對勁呢！

何嬌杏當然不可能扯出花生生意，只得把話題往袁氏身上引，說黃氏掛念袁氏跟孫子，想去看一眼，好放下心，結果瞧見發胖的袁氏，心裡更不踏實。

劉棗花聽了，完全無法感同身受，反而真情實意地羡慕起袁氏，說她命真是好。

「我剛嫁給家富時，想頓頓吃白米飯都是作夢，現在四弟妹要吃肉就吃肉，要喝湯就喝湯，還有人伺候，我到今天存了點錢，也沒過上這樣的好生活，我生完就沒怕過長肉，天天做那麼多事，長再多肉都能掉乾淨。四弟妹煩這些，是日子過得太安逸了。

「她要真長成大胖子，老四會不會嫌棄，我不知道，但應該不會在外面亂來。他要是那種看見漂亮的就把持不住的人，還能跟長得馬馬虎虎的四弟妹成親？老四向來知道自己要什麼，別看他是家裡最小的，主意卻正，不會亂給自己添麻煩。」

就說相看對象這回事，其實程家興挑剔得很，好不容易才遇見合他眼緣的何嬌杏。程家旺不講究眼緣，仔細思索後，最後娶了個各方面都還可以，並且最合適他的。這種人，不會心裡一飄就犯錯，一步步該怎麼走都有數，不會亂來。

劉棗花是個現實的人，這話直白得有些刺耳，但想想還是有道理。

何嬌杏沒把程家旺想得這麼「真實」，光憑直覺，就覺得程家旺當不了陳世美。

第六十四章

話分兩頭，程家旺在京城安頓下來後，立刻請人代筆寫信，卻費了老大的勁，才找到能替他送信到祿州的人。

程家興收到信時，南邊已經回暖，鄉間老農已經牽著耕牛在犁田了。

聽說是京城送來的信，程家興馬上猜到這是程家旺送回來的家書，拆開一瞅，只認得零星幾個字，多數都看不懂。

好幾頁的信，讓上學不久的鐵牛來讀，也不妥當，程家興便拍拍屁股出去，找了個認字的人回來，又招來自家老娘跟媳婦，這才遞過信去，請人讀來聽聽。

信上，程家旺略提了北上見聞及經歷，說已經在京城裡落腳，逐漸習慣，讓家裡不必牽掛；又寫了幾句關於袁氏生男、生女的猜測，告訴袁氏，等孩子大一點，帶他一起上京城，並囑咐最好不要在秋冬趕路，北邊是真的很冷，路上可能凍出毛病。

「就說用不著胡思亂想，你們看看，老四多惦記她。」

程家興請人讀完信，又跑了趟木匠鋪，把京城來信的事告訴袁家人，把話傳到之後便告辭離開，回了趟大榕樹村。

程來喜也很記掛遠赴京城的程家旺，接到家書，總要跟他報個平安才是。

這段時日，除了收到程家旺家書的喜悅，黃氏也常念叨著楊二妹。楊二妹懷孕的月分大了，黃氏對她這胎寄予厚望，很盼著她也跟袁氏一樣，一舉得男。之前，黃氏就在算日子，也讓回鄉收菜的程家富看著點，有什麼動靜，立刻告訴她。黃氏跟程家興商量過，打算在楊二妹臨盆之前回村照料，等楊二妹出了月子，再回縣裡，讓程家興早做安排。

程家興也不慌張，由著黃氏去。冬菇兩歲多了，聽得懂話，用不著隨時抱著。而且冬菇挺乖的，只要不惹她，既不愛哭也不愛鬧，想讓她老實待著，很簡單，做點小零嘴，她能乖乖坐著吃上半天。

除了力氣有點大外加貪嘴之外，冬菇沒別的毛病，又不怕生，平時跟誰都能相處。但別以為這樣她就好哄、好騙，因為她娘的手藝十分好，從小吃得精細，隨便拿個點心或糖塊，根本吸引不了她。

再來，她待在鋪子裡的時日長，平時接觸的生人比鄉下要多很多，程家興也怕一轉眼孩子被抱走，反覆教她，讓她不准離開自家人眼前，不准跟外人走，還說拿好吃的都要給錢，要是有人不給錢，白送給她，千萬別貪，那是拐小孩的。

起初，冬菇不懂什麼叫拐小孩的，仰起小胖臉，表情天真地問了。

程家興輕輕捏著她的肥臉蛋，語重心長地說：「就是拿吃的把妳騙出去，再把妳賣到很遠很遠的地方，再也見不到爹娘，沒飯吃，還得餓著肚子替人幹活。妳再也吃不到白米飯，更別說燒肉、燉雞。」

程家興真的很會抓他閨女的命脈，怎麼慘，怎麼說。

冬菇呆呆聽完，哇一聲哭了。

黃氏在旁邊看著，見孫女突然大哭，趕緊把人摟進懷裡，好聲好氣哄著，一邊哄、一邊覺得這一幕非常熟悉。

她想半天才想起來，以前還在鄉下時，臭小子也鬧哭過鐵牛。在這方面，程家興真的很有天賦。

冬菇很惹人疼，即便如此，黃氏還是決定要回去照顧楊二妹。老屋裡只有兩個大男人，做很多事都不方便，她在縣裡實在難以安心。

搭馬車走的那天，黃氏抱著冬菇半天不撒手，真捨不得，好不容易才坐上車。

車上不光有帶給程來喜的東西，還有大房、三房送的禮物。楊二妹生產時，他們應該不會趕回去，先把禮送上，讓程家貴夫妻不要多心。做生意是掙錢，但不自由，偶爾歇一天還行，可不能三天兩頭地關門。

程家興把黃氏送回村，回來後告訴何嬌杏，楊二妹的肚子大得有些嚇人。

何嬌杏乍聽，沒有多想，以為是二房夫妻心裡重視，養得好吧！這是好事，只怕一點，這年頭沒剖腹產，補過頭怕不好生，尤其楊二妹還是頭胎。

她這麼想著，就聽見程家興說：「我瞧著她的樣子，簡直趕上妳生冬菇的時候。娘有段時日沒看見她，嚇得不輕，說肚皮這樣大，怎麼不早遞話來，她便趕回去守著了。」

「娘沒問問二嫂是如何養的？怎麼能補成這樣？」

「娘問了，二嫂吃得沒妳當初來得好，就是容易餓，胃口比一般懷孕的人還大些。」

何嬌杏聽了，忽然靈光一現。「那是不是雙黃蛋啊？」

程家瞧著沒這傳統，可楊家那頭，誰也不清楚，說不定就是雙胞胎。這年頭懷雙胞胎的特別少，才沒往這邊想。

何嬌杏問，楊二妹有沒有去鎮上給大夫瞧？

「一開始去過。二嫂身體好，從懷上就挺順當，看她能吃能喝，沒不舒服，便沒再去。反正村裡生過孩子的多，聽大家說說，就知道什麼能吃，什麼不能吃。二哥說，進鎮的路不近，坐牛車都嫌顛簸，不放心帶二嫂出門，怕在村道上滑倒，也怕在鎮上被擠著、碰著。」

那就是沒聽大夫說過。這下，何嬌杏更覺得楊二妹懷的是雙胞胎了。

程家興也跟著往這頭想，說兩個不挺好嗎？要是一個，那就太大了，恐怕很不好生；若是兩個崽崽，那不會很大，生起來說不定還快些。

何嬌杏搖搖頭。「哪有這麼容易？若真懷兩個，生產這一關還是最好過的，後面帶起來才麻煩。娘這一去，今年恐怕出不來，顧不上咱們這頭了。」

如果婆婆只回去個把月，撐一下就過來了；半年、一年都不來，那得想想該怎麼解決。店裡的生意，基本上要三個人來忙，一個做，一個打下手，一個賣。這樣的話，冬菇就沒人管了，總不能緊著賺錢，把閨女撂在一旁，任她自個兒玩去。

平時是黃氏幫忙照看冬菇，程家興跟何嬌杏休息時，也會把人抱到跟前，陪著說話，逗她玩。現在缺了個能空出手照看冬菇的人，事情不太好辦。

第一個辦法，肯定是請人，但要在店裡放個陌生人，也是麻煩。

程家興心想，不如他出點錢，在村裡請個嫂子幫襯二房，把老娘帶回縣裡。這念頭剛生出來，就被自己踢掉了。一傷二哥自尊，二傷兄弟感情，萬萬不可。

這辦法不行，他只得換條路走，想再回趟鄉下，上魚泉村搬救兵，請丈母娘出馬。

何嬌杏沒立刻答應。「先看看吧，總得確定是什麼情況，說不定是我想錯了呢？」

「那等二嫂的消息，生一個，等娘幫她坐完月子；要是兩個，我就去求丈母娘。」

黃氏提前回去，又等了半個月，楊二妹一口氣生了兩個兒子，程家貴高興得不得了。前幾年，程家貴走出去就被人笑話，抬不起頭，這次總算一掃往日陰霾，出了濁氣，也出盡風頭。

對有爵位可襲的名門望戶來說，雙胞胎有些犯忌諱，但鄉下沒那些顧慮，只有高興的。

程家興一邊替哥哥感到高興、一邊實實在在犯了愁，嘀咕說這回真得去趟老丈人家，能信得過、可以請進店裡來幫忙的，只有丈母娘唐氏了。

孰料，何嬌杏又攔下他。

「怎麼？杏兒還有其他招數嗎？」

「有。」

「啥？」

何嬌杏抬頭看他，認認真真地說：「要不，暫時把店關了，不然只怕把娘請到縣裡，這生意還是做不下去。」

程家興不明白。

何嬌杏問他。「你還記得我的月事是幾時來嗎？這個月是不是沒來？這段時日，我有些疲倦，本以為是天氣熱了，身上困乏，現在看來，可能不是。你說，我是不是懷了孩子？」

近來程家興的心思全放在店裡生意，真忘了媳婦的月事。生完冬菇後，這幾年，何嬌杏的月事一直很規律，沒有亂過，這個月突然沒來，十有八九是有了。

程記的買賣是靠何嬌杏的手藝撐著，缺誰都可，缺她不行。

沒懷孩子的時候，她做這些還湊合，如果懷上，再從早到晚蒸蒸煮煮就不行，得放鬆心情，還要好好休息。

程家興立刻答應回村的事，掙錢要緊，人更要緊。反正他們這家底兒，歇十年、八年都不至於坐吃山空，可以等孩子生下來，坐完月子，調養好身體，再去做生意。

程家興心裡想著要做的事，準備先跟程家富打聲招呼，再跟來幫忙的何小魚說清楚，這就準備收拾收拾，關鋪子回家去。

只要停下生意，家裡有他就夠。他照看過孕婦，很有經驗，要帶孩子也沒問題。

何嬌杏又攔住他。「再賣半個月吧！總要把店裡這些材料用完。」

「妳的身體撐得住？」

「我每天少做些，把食材用完，也讓客人有個準備。哪有今天說了，今天就關門的？」

於是，程家興牽著何嬌杏去了醫館，請坐堂大夫把脈，確定是滑脈，心裡才踏實起來。

有了上次的講究，這次懷孕，程家興夫妻鎮定多了，該避諱的不用說，何嬌杏知道；每個階段吃什麼好，程家興也記得，把出滑脈之後，立刻備上。

他們又做了兩旬買賣，把食材清得差不多，程家興又去採買，但這回買的是懷孕婦人用得著的各種東西，還有冬菇愛吃的幾樣零嘴，又拿了兩罐蜂蜜。把該添的添齊，也不忘給爹娘及岳家買點東西。這麼買下來，收拾行李時，別說車廂，連車頂上都綁著兩個大包袱。

六月末，幾乎是全年最熱的時候，程家興關起店門，帶老婆、孩子回村了。

程記關了門，這次跟過年不一樣，熟客聽說老闆娘有喜了，頭幾個月不敢操勞，短時日內不會開張。

習慣了有這樣一家店，突然關了，很多人都不習慣。

多少人為那口吃牽腸掛肚，三、五天沒嚐到，沒精神；七、八天沒嚐到，整個人有氣無力，要是再給這些人一次機會，一定得好好跟程記東家談談。

不就是老闆娘有孕在身不能操勞？那每天少做一點，少賣些不就得了？賣得少還有盼頭，關門他們的天都塌了。

有人想起，程記斜對面的小吃鋪，老闆好像是程家興的親大哥，便跑去問，想知道程家興到底怎麼安排的，準備回鄉待多久？

「三弟妹真懷上了，今年應該都不會做生意。」

「剛懷上就停了活計，養到把孩子生出來？這麼誇張？」

劉棗花理所當然地點點頭。這有什麼，之前懷冬菇不就是這樣？

何嬌杏是比一般人矜貴，她懷孕時非但不做事，還要有人陪伴照顧。但生下來的孩子確實好，冬菇不滿三歲，看起來卻比村裡很多三歲孩子要胖，能吃能睡、能跑能跳，小身板結實得很，人也聰明。

冬菇是胖嘟嘟了點，胳膊跟腿看著肉乎乎的，好似藕節，可小孩子嘛，這樣才討人喜歡。劉棗花偏愛兒子，即便如此，每回看見冬菇，還是忍不住打心裡喜歡，只要姪女仰起頭瞅她，要什麼、給什麼，完全不猶豫。

劉棗花在心裡打個轉，開口告訴來打聽的人，程家興夫妻有多看重孩子。

「誰不愛錢呢？可天底下總有比掙錢更要緊的事。我三弟二十多了，才得一個閨女，現在三弟妹又懷上，這胎說不定就是承香火的，能不在意？」

常客們說：「就不能想個折衷辦法？養刁了我們的嘴，現在說要關門，實在過分。」

劉棗花讓他們忍忍，順手戳個紅豆缽仔糕，說來一個試試。

「不是非要肉鬆餅跟麻糬才能過癮，縣裡還有很多好吃的。不信，你嚐嚐我家的缽仔糕，這也是我三弟妹琢磨出來的吃食，不過讓給我賣了。」

程記都關了，再怎麼鬧也不會開，大家只是找個地方抱怨幾聲。這會兒看見劉棗花手中的缽仔糕，放涼了吃，在大熱天裡確實誘人。

「這多少錢一個？」

「口味任選，全賣一文。」

「妳替我戳兩個吧！」

劉棗花笑著應下。

之前每天給何嬌杏送錢，現在程家興跟何嬌杏回鄉下，不方便天天送，劉棗花便讓鐵牛記個數，準備兌成碎銀子，一個月送一回。

劉棗花進縣裡一年多，有些事已經做得很熟，像缽仔糕，她閉上眼都能蒸，倒是麻辣燙，要她自己熬出湯底，還不太行。何嬌杏便說，過幾個月天涼下來，到該賣麻辣燙的時候，讓劉棗花回鄉一趟，她再教一次。

得了這話，劉棗花有了底氣，不擔心何嬌杏不在縣裡，麻辣燙賣不成。

回鄉之前，程家興提醒過他們，多留心些，別招惹地痞。萬一不幸惹上，千萬別退讓，寧可大幹一回，也別被他唬住，不然就得源源不斷地送錢出去，往後有得心疼。

說到這個，程家富心裡還有點虛，劉棗花卻一拍桌面，把雙眼瞪成牛眼大。

「我怕他?!讓他來！」

劉棗花已經在大榕樹村打響了名聲，是鄉親們口中的白眼狼、第一記仇的潑婦，她敢出來闖，就沒怕過。

程記那些常客來打聽事情，她就順便賣賣自家的缽仔糕，如果人家不是很喜歡甜的，便說起東子賣的花生，那手藝也是盡得何嬌杏真傳，下酒吃是一絕。

但是，東子的花生主要還是在鎮上賣，他沒馬車，很少往縣裡跑。

客人們聽了，挺茫然的，劉棗花嘿了一聲，說就是去年在程記顧櫃檯的小夥子，如今自己出來做買賣，生意紅火得很。

「他在哪兒賣？沒見過啊！」

「在鎮上吧，我再給他傳個話，讓他來造福造福縣裡百姓。正好程記暫時關門，他可以借用鋪子，過來賣花生。」

劉棗花只是隨口一說，回頭想想還真可行，她聽程家富說了，東子賣了好多種口味的花生，魚皮跟怪味的不消說，還有麻辣花生，甜的有花生黏、掛霜花生等等。要是在程記的鋪子裡賣其他吃食，那是壞了名聲，但這些全是何嬌杏搗鼓出來的，也很好吃。正好東子在紅石鎮賣了一段時日，新鮮勁應該過了，是時候來縣城裡掙一筆。

於是，劉棗花跟程家富說，讓他過幾天回去時，跟程家興說說熟客對何嬌杏手藝的想念，再請程家興給東子帶話，說這裡的人也想嚐嚐他的花生，讓他別死蹲在鎮上，來賺賺縣城百姓的錢。

另一邊，除了之前送回來的那封信，程家人再沒有程家旺的消息。這是兩個月前的事了，程家興早託人寫了回信，也不知道他收到沒有。幾個月後，有個北上的商隊抵達京城，跟著跑腿的人卸了從南邊運過來的貨，得了兩天假，把程家興託的信送到他說的地方。

那是個有些偏僻的小院子，跑腿的人找過去，替他開門的，是個五十多歲的老奴。知道老奴替程家旺看門以及做閒雜事後，跑腿的人沒多耽擱，放下信，留了話，說他們商隊從南邊拉貨上京，再把北邊的東西運回去，會在京城待將近一旬。如果程家旺想回信，這兩天寫好送去，他也能幫忙捎帶。

老奴收好信，說聲知道了，跑腿的人就出了巷子。

第六十五章

傍晚，程家旺回來，聽說有他的信，不用問就知道定是從老家送來的，心裡一熱，從老奴手中取過信，又匆匆出了門，連晚飯也顧不得吃，急忙找識字的人讀信。

這封信是程家興口述，請讀書人代筆的，開頭一聲「老四」，便讓程家旺迸出淚花。孤身在京城，形單影隻，他很想家，怕被看笑話，遂強忍住淚意，安安靜靜聽人讀信。這封信沒潤色過，有點囉嗦，但程家旺聽來，卻分外親切。

程家興在信裡講了不少事，比如說他走之後才做起來的麻辣燙生意，還有楊二妹，年前把出了喜脈。過年的時候，人人都在，唯獨缺了他，感覺氣氛不如往年好。除夕那天，爹娘還念叨，說不知道老四怎麼樣了？北上這一路順不順利？在京城安頓下來沒有？又是怎麼過年的？

程家興壞透了，明明知道程家旺心裡最最惦記的是他媳婦和她肚裡的孩子，硬把最要緊的事擱在最後說。

他把家裡人囉裡囉嗦講了一遍，才告訴程家旺，袁氏生了兒子，他趕馬車帶娘去看過。本來自家老娘想幫袁氏坐月子，但袁氏買了人伺候，省了不少心。

再說那小子，因為當爹的不在家，袁木匠替他取了小名，叫鉋子。

袁氏怕斷了孩子的奶水，天天進補，魚湯、肉湯沒斷過，自己胖了兩圈。上回送老娘過去看孫子時，她還在為那身肉發愁。跟男人相隔幾千里，非但沒日漸消瘦，還胖了，想想也是鬱悶。

這種時候，程家興可不撒謊，明著告訴程家旺，他媳婦心裡挺不踏實，生怕分開兩年，自己的幸福被別人奪走，讓程家旺注意著點。程家爺們都疼媳婦，沒在外面亂搞的。

最後，程家興說，最好讓送信的人再帶封信回來，說一說後面怎麼安排。不管怎麼說，他才是袁氏的男人、鉋子的爹，這件事，其他人不好拿主意。若為小的著想，最好等一、兩年再上京；要等明年的話，那程家旺就得單獨給袁氏寫封信去，說點好聽的安撫她。

這封信挺逗的，不小心聽到的人，都覺得大老遠送個家書居然寫這些，也太俗了點。還有人調侃程家旺，問他寫信的人是誰？聽說是他三哥，就笑了。

「你三哥真有意思。我們寫信向來都揀好話說，有煩心事也瞞著，哪能讓外面的人擔憂掛記？」

程家旺撓撓頭。「我三哥向來有一說一，聽了心裡踏實。報喜不報憂的家信，還不如不寫，隔這麼遠傳消息，已經很不容易，幹麼還哄騙人？」

程家旺說完，想請幫他讀信的人代筆，寫封回信。

天色晚了，人家讓他回去想清楚要在信裡寫什麼，明天再過來。

程家旺應下，拿回信，留下幾文錢答謝，才回自己的小院子。

託這封信的福，他放下了長久以來懸著的心。

真好啊，袁氏順順利利生下個胖小子，母子平安，這下他後繼有人了。

回想這一路，他得到進工部的機會，能跟著更好的師傅學更精巧的手藝，卻不得不跟媳婦分離一段時日。

凡事都有代價，程家旺覺得看長遠點，可以克服困難。他們夫妻分開有大半年了，再忍忍，明年的這時候，應該就重逢了吧！

至於程家興在信上說，袁氏為了餵奶補過頭一事，這沒什麼，北上路途很是辛苦，一路奔波，包准會瘦。

哪怕不瘦也沒關係，說句實話，當初說親時，程家旺不覺得袁氏有多好看，娶她並不是因為長相。

程家興娶何嬌杏，是真喜歡；他娶袁氏，是覺得合適。

次日，程家旺請人代筆寫了兩封家書，做好記號，請商隊跑腿的人把兩封信都交給程家興，再讓程家興把畫個圈的那封，送到木匠鋪給袁氏。

交了信，又給了辛苦錢，這事就算辦妥。商隊的人答應他，定會將兩封信送到，程家旺才放下心，幹活去了。

這個時候，程家興也在跟何嬌杏念叨，之前送出去的信到了吧？程家旺應該知道他得了個兒子，也該知道他媳婦胖了。

何嬌杏喝了半碗湯，聽見這話，停下手，轉頭看程家興。「你讓人在信上寫了什麼？」

「不就是東家的豬、西家的雞……」

「誰問你這個？我是說，你真在信上告訴老四，他媳婦胖了？」

程家興點點頭。「杏兒，妳別操心她了，咱們家好幾個人等著妳疼呢！」

說到這個，程家興挺糾結的。從冬菇出生，就分去何嬌杏不少精力，現在又懷上了，他心情複雜。

之前黃氏勸他們再懷一胎，趁年輕快點生，就算再喜歡閨女，總要兒子傳香火，晚生不如早生。

程家興聽著，覺得也有道理，但等何嬌杏真的懷上，又擔心起自己在家中的地位來。現在都已經排在冬菇後面，等兒子出生，他該不會是墊底的吧？

而且，不光是兩個小的，劉棗花這些人也愛找她。

程家興看見劉棗花就沒好氣，但架不住媳婦跟她挺合拍的。

之前夫妻倆在縣裡天天忙生意，乍一回鄉，有些不習慣，還惹人注意。

做吃食買賣時，天一亮就得起床，開門前要把準備活做好；生意一停，不用起那麼早，他們完全可以像以前那樣，一覺睡到自然醒，偏偏在縣裡養成習慣，想睡懶覺還睡不著了。

聽見公雞叫，何嬌杏就睜開眼，還在猶豫要不要起床，就發現身邊人也動了一下。

一家三口裡，唯獨睡在旁邊小床裡的冬菇不受影響。

哪怕在縣裡時，她也要睡到自家店鋪快開門時才會起來，其他人都在樓下忙開了，那動靜也吵不醒她。

黃氏早說過，冬菇真的很像程家興，各方面都像。別看程家興現在勤快了，早個五年，他爹都下地幹活了，他還沒起床呢！

冬菇好吃好睡，甚至因為出去半年，許久不見老家的人，她又不記得了，這兩天看誰都新鮮，過得挺有意思。

何嬌杏懷著孩子，沒人往她跟前湊，生怕磕碰著賠不起，日子過得清靜。

程家興就忙碌多了。又要跟程家親戚吃飯，又要往媳婦娘家跑，陪老丈人吃酒，說說何嬌杏懷孕的事，再見見小舅子東子，問問他生意。東問問、西聊聊，聽說了不少事情，便揀著各家的樂子，說給何嬌杏聽。

何嬌杏也不是都困在屋裡，去了老屋瞧瞧二房的雙胞胎姪子，又看看楊二妹，聽她嘴上說一下得了兩個兒子，照顧起來有些辛苦，實則面上帶笑，高興著呢！

人啊，只要有心，哪怕遇上困難都不會怕，遇山翻山。

何嬌杏看過楊二妹跟孩子們，出來就遇見婆婆黃氏，說二房總算熬出來了，現在看著比原先好太多了。

黃氏瞅瞅她的肚皮，讓她加把勁，迎頭趕上來。

何嬌杏失笑。「行吧，我努力。」

沒過幾天，程家富回來了，是花點錢搭馬車進村的。到家之後，他沒去開自家的門，而是跑到三合院去。

程家興剛從自家老爹的菜地裡順了顆大南瓜回來，洗乾淨切開，刨瓤擠出南瓜子，想曬乾了炒出來吃。那南瓜有好幾斤重，連炒帶煮粥，能吃幾頓了。

程家興走進廚房，搬出凳子坐下，打算在屋簷下把南瓜切好，丟下鍋熬粥，就看見有人朝他家這頭來，仔細一看，是程家富。

「大哥怎麼回來了？是縣裡出了什麼事嗎？」

程家富走到他跟前，抬起袖子抹了把汗。「真要說，也算不上事。」

「你說吧！」

「先給我喝口水，歇歇再說，趕了一路的馬車，真累死我了。」

自家兄弟算不上是客，不用費心招呼，程家興努了努嘴，讓程家富自己進廚房。

「灶上涼著銀耳湯。」

早幾年，程家富不知道銀耳這東西，是進了縣裡才吃過，何嬌杏燉了，分給他們嚐嚐。起初毫不在意，後來才知道那玩意兒貴得很，晾乾的一斤賣二十兩，有錢人家的女眷才吃得起。據大夫說，女人吃銀耳很好，能養顏。

程家富聽程家興的意思，彷彿是讓他別客氣舀來喝，登時一個哆嗦。「銀耳湯留給三弟妹慢慢吃，我還是喝涼開水，涼開水解渴。」

「你想喝涼開水，這會兒還真沒有。」

程家富也不講究，從水缸裡舀了碗井水咕嚕喝下，擦擦嘴出了廚房。

他在廚房裡聞到銀耳的香味，連多看都不敢。雖然一斤乾銀耳要二十兩，但泡水能發出許多來，可這東西對他來說還是太貴，真的太貴了。在這時代，銀耳極其珍貴，一是因為野生，二是這裡的人還不會種。

之前，他不知道價錢，咕嚕兩口灌下一碗，還嫌沒嚐到味道。後來每回想起，程家富都很心痛，那一碗值多少錢啊，這麼貴的東西，是他能吃的嗎？全家上下，也就何嬌杏這樣的矜貴人襯得上了。

程家富解了渴意，出來發現程家興坐在屋簷下切南瓜，一看就是生手，右手提刀，左手讓得很開，切得又慢。以前程家興除了抄個彎刀上山，可是連豬草都沒剁過的。

「我幫你切，兩、三下就好了。」

程家富想幫忙，程家興還嫌他呢！

「我切南瓜給杏兒煮粥，有你什麼事呢？說吧，縣裡到底怎麼了？」

於是，程家富蹲在旁邊，看他笨手笨腳地切南瓜，說了縣裡這些天的動靜。

他說了大夥對程記關門的怨念，又道劉棗花讓他傳話，問東子想不想進縣裡發財。在附近幾個鎮賣了一段時日，生意應該不像最開始時那麼好，不考慮去縣裡掙一筆？

「我問問他。就這件事嗎？」

程家富撓了撓頭，有點不好意思。

程家興挑眉。「有話直說吧！」

「是你大嫂說的，說鋪子關門太久不見得是好事，可以考慮暫時租給東子。那花生不也是三弟妹教他做的？不會壞你招牌，還能維持程記的名號。」

這話不見得全對，也有些道理。

程家興心裡想了一圈，沒多說，又問程家富還有什麼事。

「東、西市賣糕餅點心的鋪子，聽說你們要關門休息一陣子，都來打聽，是不是不做了？想不想賣方子？麻糬、肉鬆餅的，他們都稀罕，還有冰皮月餅，快到中秋節，該吃月餅。」

程家興擺手，不可能賣，就算眼下不拿它掙錢，留著總是壓箱底的手藝，以後冬菇長大嫁人，還能挑幾樣給她陪嫁。要是賣了，那可就是別人的了。像字糖，從那年賣了之後，自家再沒做過，幸虧當初賣了一大筆錢，不然太虧了。

看程家興走神兒，程家富伸手在他眼前晃晃。「老三，你怎麼說？」

他這一晃，讓程家興回了魂，繼續切南瓜，說不缺錢，也不打算賣，讓他們別想了。

「拿方子去換那麼多現銀也不好收，不如留著，真到急用錢時再賣，也來得及。」

程家富嘿嘿笑。「你大嫂也是這麼說，方子缺錢才賣，不然傻子才賣。我就是傳個話，你家的事，總不好由我們做主，還得你自己決定。」

說完正事，程家富轉頭看了一圈，問：「三弟妹呢？」

「找二嫂說話去了。現在別家的女眷都忙，就她倆，一個安胎、一個坐月子。」

「不是早就生了？還在坐月子？」

「娘說的，說一次生了兩個，讓她多歇歇，養好了再幹活。」

黃氏是怕楊二妹早早下地，回頭一身毛病，怪她沒照顧好。現在程家日子好過了，哪怕二房也不是那麼差，多歇幾天沒關係。剛生完孩子，本也幹不了很多活，真要忙不過來，請人幫忙還實際些。

楊二妹也聽人說過，生完月子要坐好，婆婆勸她，就聽進去了。眼下，她的心思放在雙胞胎身上，但不是完全不做事，偶爾動動針線，婆婆有事時上灶看火，或餵個雞、撿個蛋。

楊二妹天天在家，何嬌杏閒得無聊，就去她那裡，妯娌倆說說話。

剛才燉好銀耳湯，還有些燙，不好入口，何嬌杏就戴著草帽，帶冬菇去找楊二妹了。

算著灶上的銀耳湯差不多涼了，何嬌杏才牽著冬菇回來，便瞧見程家富回鄉來了。

她跟程家興一樣，張嘴便問那幾句。程家富也老實，又說了一遍。

何嬌杏聽完，讓冬菇捧著銀耳湯小口喝，看向程家興。

「你抽空去我娘家，跟東子說鋪子的事吧！順帶買魚回來，咱們煲魚湯喝。」

「想喝魚湯了？早說嘛，我這就去。」

看他丟了南瓜就要往外跑，何嬌杏拉了他一把。「灶上還有銀耳湯，你著什麼急？」

成親幾年，程家興早被使喚成習慣了，現在只要家裡大、小兩個心肝發話，說去就去，毫不拖沓。看他這樣，哪裡還有當初那個懶貨的影子？媳婦才是最好的老師，就算有一身毛病，也能擰回來。

「大哥回來了，大嫂一個人忙得開嗎？」

「三弟妹別擔心她，她只要有錢賺，沒有忙不開的，而且還有鐵牛在呢，下了學總能幫點忙。」

「一年年的，日子過著真快。記得我跟家興哥說親時，鐵牛才一點點大，我嫁過來之後，他老在我跟前轉悠，三嬸、三嬸地喊著，看我弄了什麼吃的，就仰著臉問，能不能分他一口？那模樣想起來都能發笑。現在沒那麼饞嘴了，來我跟前的次數，比原先少了太多。」

說的是他親兒子，程家富卻沒啥不好意思，還跟著說，鐵牛不是不饞嘴了，是年長些，有了羞恥心。

這次回來，程家富在鄉下歇了一夜，次日走時，還被爹娘塞了一籮筐菜。他嫌麻煩不想要，說已經拉了一大車，結果挨了通臭罵。

黃氏罵他不會過日子，住在縣裡，吃什麼都得花錢買，錢是大風颳來的嗎？瓜果這些，鄉下有菜地能隨便種，還不多拿點去，哪怕天氣再熱，瓜果也放得住，裝兩筐能吃好久了。

程家富挨了罵，這才老老實實地把東西挑走。

其實，不是他嫌麻煩，是不好意思白拿爹娘的東西，臊得慌，又不能給錢，更是見外。幸好，這幾年家底兒厚了，逢年過節給的孝敬比較多，挑兩筐菜，應該也還好吧？

程家富走了，程家興過河去找東子，問他有沒有打算去縣裡做生意。

東子本來沒想那麼多，何嬌杏教他做的花生，別人不會做，哪怕新鮮勁過去些，生意還是好做。聽程家興問，他想了想，覺得可以去縣裡賣賣看，賣得好的話掙更多，哪怕賣得不好，也可以回鎮上賣。

「要去縣裡賣，我得找個落腳處，最好能便宜賃個院子。」

「還賃什麼院子？我那鋪子關著也是關著，你過去住，屋子都是現成的。」

那自然最好，東子要跟他談價錢，想照斜對面麻辣燙鋪子的租金給。

「算了吧，我不缺你這租金。」東子過去住，對他也有好處，能幫忙照看鋪子，還能把程記的招牌經營下去。

「那不行，不管姊夫缺不缺，我該給的不能少，親戚也得明算帳。做這個買賣，我已經很不好意思，占了你跟阿姊太多便宜。若真怕我虧，讓我先去試試，做得好，我再租你的鋪子；做不好，我收拾收拾回來，就不費這錢了。」

程家興笑了一聲。「我是嫌花生便宜了，可真要賣，這比肉絲那些還好出手，可以散賣，或賣給酒樓、茶館、戲園子，人家聽戲吃茶，嘴裡不餵點東西？吃別的容易撐著，花生便宜，味道好，擺一小碟就能混半天。別怕買賣做不好，趕上這趟，就該你掙錢。」

「那更不能不給租金，往後咱們還要長長久久往來，我不能老占便宜。」

「我說不用給了，你偏要，那我還能攔得住你？」

說到這裡，兩人算談成了，東子就要去裝花生，讓程家興帶回去吃。

程家興也想起來，還有媳婦交代的事。「你阿姊想喝魚湯，讓我順帶買魚回去。」

「姊夫若有事先回去，晚點我帶兩個兄弟抬上門。阿姊想喝魚湯還不簡單？以後我隔幾天送一回。」

程家興不像東子那麼客氣，小舅子說要幫他送，便欣然接受，又跟老丈人他們打過招呼，便顛顛地跑回家伺候媳婦去了。

第六十六章

又過了一陣子，村裡忙成一片，各家都在搶收，還閒著的人只有何嬌杏，連程家興也幫忙去了。

不過，他不諳農活，只能幫忙趕趕牛車，不然就是在爹娘忙不過來時，出錢請人來做。依程家興的想法，現在根本不需要爹娘受累。

但程來喜倔，說家裡的田地本來就不多，秋收不忙個兩天，光吃不做，跟廢人有什麼區別？只要還幹得動，他不想閒在家裡。

何嬌杏被留在家裡，有空便給她男人熬解暑湯。

還有冬菇，再百來天就滿三歲了，現在不像之前那麼講究，基本上大人能吃的，她都能吃，精神又好，醒著的時候四處瘋玩。讓她整天陪娘待在家裡，她不行；自家老爹要去趕牛，她就戴上小草帽跟著去，要去河邊她也跟，吹牛打屁也跟著。

跟著何家興跑幾天之後，冬菇認識了些小夥伴。

小夥伴多半是親戚家的孩子。孩子的心思比大人簡單些，不搞嫉妒這一套，羨慕就明擺著羨慕。

冬菇看起來跟鄉下孩子不大一樣，不是黑黑瘦瘦的，臉蛋圓得差點沒了下巴，整個人也胖，頭上梳著兩個小髻。

她穿上下兩件式的衣裳，是何嬌杏請裁縫特地做的，用最輕薄舒爽的料子，袖子寬鬆、袖口收攏的燈籠袖，哪怕她到處瘋玩，蚊蟲也不會跑進衣服裡。連腳上的鞋，都換成耐磨好走的。

任誰來看，這女娃都討喜得很，尤其是男孩子，很喜歡跟冬菇玩。有時候冬菇在家陪何嬌杏，也有人大老遠跑到她家院門口喊人，讓她出來跟大家一起玩。

這日，何嬌杏煮了銀耳湯，讓程家興端去老屋給剛幹完活回家的爹娘，補補身子。程家興過去時，就有村人看見，問何嬌杏又做了啥。他累得很，沒搭理人，那人便硬是跟著他到程家老屋，看他把東西遞給黃氏，又盯著黃氏盛出來。

別人認不出，在縣裡待了一年多的黃氏，能不知道嗎？

銀耳是貴，她吃著都心疼，想到程來喜怕是沒嚐過，趕緊招呼他過來，讓他喝兩口。看老頭子咕嚕喝下，她才好心告訴人家。「這是銀耳湯，用銀耳配一小撮枸杞熬出來的。你別看就這樣一小碗，稀罕得很，在縣裡要賣個半兩、一兩的。」

程來喜手一抖，差點摔了碗，險險穩住。「這麼貴？吃了是能長命百歲啊？」

「能不能長命百歲，我不曉得，只曉得老三買了一匣，正好一斤重，要二十兩銀子。這個好喝是好喝，可我喝著心疼，是老三媳婦喜歡。她是怎麼說來著？」

黃氏看向程家興，程家興記性好，聽何嬌杏吹過一次就記住了，道：「杏兒說，吃這個滋陰潤肺、補氣血，嫩膚美顏，延年益壽。」

母子倆你一言、我一語的，不光讓程來喜聽傻了，過來湊熱鬧的人更是滿臉驚駭。

二、二十兩一斤?!那一斤銀耳能蓋兩間屋啊！

「二十兩一斤，咱們種個三年地，還買不起。這麼一斤，能頂四、五頭豬了，這有吃豬肉合算？」

「我天天辛苦掙錢，是想讓家裡過好日子，媳婦想吃，我就買，錢不就這點用處？」

多數人都不是為了掙錢而掙錢，包括何嬌杏，她從不在意到現在的努力，種種變化是成親生子後才有的。

為什麼想掙錢？一來是自己愛享受，也給子女攢些家底兒，別讓他們從出生開始，便差人一截。

程家興也差不多，他喜歡掙錢，也喜歡用錢。這想法在這時候，可是相當與眾不同。

跟三房夫妻在縣裡住了一年多，銀耳買了不止一回，起初黃氏連喝一口都心痛，後來麻木了，想想不能拿他們跟村裡其他人比，三房掙得多，開銷大點也沒毛病。

她鎮定了，可程來喜鎮定不了，村裡人更鎮定不了。

但這些閒話沒傳進何嬌杏耳裡，畢竟再蠢的人，也沒膽子當她的面吐酸話，有話也得在背地裡說。

程家在村裡算是個龐然大物了，除非沒得選，不然誰會去得罪？窮人招惹富人，能有什麼好下場？

忙完秋收，何嬌杏拉著婆婆進補，程家興總算能好好地歇口氣。

他幫忙守著，把稻穀曬乾收進倉房，回頭發現胖閨女好像瘦了一點點，也稍微黑了些，問何嬌杏，這是怎麼了？

「我看她胃口還行啊，吃得不少，怎麼瘦了？」

「你也知道她吃得不少？還不是出去蹦躂太多的關係。你閨女回來沒多久，就跟親戚家的孩子混熟，人家天天來找她，約她四處瘋玩。」

親戚家的孩子來得再勤，何嬌杏也沒多想，覺得那是冬菇的哥哥、姊姊，是一家人。

程家興不一樣，立刻警覺起來。「我沒注意，來找她的都有誰啊？」

何嬌杏天天在家，知道得很清楚，扳著手指數給程家興聽。

程家興聽完，臉都黑了。是自家親戚，卻不光是程家的，還有伯母跟嬸嬸娘家的。要是讓那些兔崽子把握機會，把閨女哄騙去了，他會吐血，得想想辦法。

「妳看，冬菇真曬黑了些，這麼毒辣的天氣，還是讓她少出門，在家待著多好。」

何嬌杏聽著，也不說話，只似笑非笑地看著他。

程家興感覺背上毛毛的。「幹麼這樣看我？有話就說啊！」

何嬌杏貼到他耳邊，吐氣道：「你這不是小心眼，怕閨女被拐了？程家興，你擔心得太早了，你閨女還沒滿三歲，知道個啥？」

「等她知道，那不就晚了嗎？」

何嬌杏邊笑邊搖頭。「說你小心眼，還真是。與其在背後瞎操心，不如直接找你閨女說去，她小大人一個，聽得懂你說的。」

說是這麼說，跟兩歲多的女兒說這些，想想都太誇張了。

何嬌杏覺得完全不必擔心，距離產生美，少有人喜歡小時候的玩伴，見過他光屁股、見過他鼻涕長流、見過他在泥裡打滾，一顆少女心裂個十回、八回都夠了，哪還喜歡得起來？

不過，程家興還是很怕只知道吃的傻閨女被人騙了，便去提醒提醒她。

孰料，話才起個頭，便讓閨女說回去。

冬菇揮舞著拳頭。「我才不會被騙，我都看出他們的不良居心了。」

不得了，還沒三歲就知道不良居心？

程家興問她，是誰那麼壞？

冬菇告訴程家興，她出去玩的時候，聽到有人說娘的壞話，女人還是要溫柔賢慧、會持家，又懶又饞的敗家娘兒們要不得，哪怕再會掙錢又怎樣，說動手就動手，進門幾年都沒生兒子，何嬌杏就不是什麼好女人。

冬菇人小，蹲在後面半天，人家沒注意到她，等注意到了，已經聽得差不多。那些人見狀，立刻收起本來的嘴臉，想上前逗她，說好話哄著。

冬菇又不是真傻，能被誆了？

「她們只說娘不好，都不說你，肯定是想把我跟娘趕走，上咱們家來吃好、喝好的。你說我是你的心肝，我才不走，誰要趕我，我就揍她。」

這下，程家興割地又賠款，好不容易才哄好這小祖宗，轉頭卻發現媳婦若有所思朝他看來，後背頓時一涼。

「杏、杏兒，妳該不是當真了吧？冬菇才多大，她知道什麼，她胡說的。」

「就算她不知道，能分不清善意、惡意？」何嬌杏輕笑一聲，調侃道：「說來，這也不是你的錯，怪只怪咱們家日子過好了，才招來這些嫉妒。」

程家興多狡猾，媳婦遞個竿子，他順著就往下爬，三伏天也不嫌熱，摟著人親了一口，趕緊表上忠心。

「說得沒錯，惦記有婦之夫，是她們不要臉。我心裡、眼裡只有妳，哪看得進那些歪瓜裂棗？咱們別說這些掃興的事了，妳餓不餓？想吃點什麼？還是渴了，想喝水嗎？」

他這麼殷勤，就是在避禍，生怕遭了無妄之災。

何嬌杏也不是逮著誰便亂發脾氣的人，她懷著孩子，心情起伏是稍稍大一點，這陣子天熱，也常感覺煩躁，卻沒到無理取鬧的地步。

人嘛，只能約束自己，哪管得住別人？跟程家興成親這幾年，家裡男人小毛病是不少，卻沒碰過底限。

誰不知道，程老闆對他媳婦死心塌地，根本不怕人家笑話他是妻管嚴。

讓你笑話一聲怎麼了？吃肉的還是我，享福的還是我，你乾看著。

何嬌杏瞥他一眼，嗔道：「我像是隨便遷怒的人？別在這裡耍寶，該幹什麼就去吧！」

「我也沒什麼事。」

「那你打盆水來幫冬菇洗手，帶她吃東西去。到這個時辰，她該餓了。」

程家興點頭，順手抄起木盆，給冬菇打水去了。

一會兒後，父女倆頭挨頭，並肩蹲在屋簷下，程家興先是看著，瞧閨女洗得不乾不淨，才捏起她的手，又搓了幾下。

「冬菇的力氣，是不是又大了一點？感覺比在縣裡時大些，掰起玉米，一下就一根。」

「今年這麼早就收玉米了？」

程家興當然不敢說是他帶閨女出門時，經過人家的玉米地，一時手賤，跟閨女擠擠眼，說是拔一根看看熟得怎麼樣，結果還差一點。

冬菇沒拆他爹的臺，把頭點得跟小雞啄米似的。

何嬌杏本還想著，等爹娘收了玉米，去討一筐來，水煮玉米、炒玉米粒都不錯，燉湯也行。還在琢磨，就看見閨女這模樣，手一癢，戳了戳她的肥臉。

「妳爹還心疼妳，說瘦了，我瞧著還是那樣。」

不是當娘的不心疼她，可天熱起來，胃口就差，吃得少，流的汗多，人是要清減些。

可冬菇瘦了，不是因為胃口。她一樣地吃，是因為蹦躂多了；至於曬黑，哪怕穿長衣長袖、戴小草帽出門，也有遮不住太陽的時候。

之前，何嬌杏怕她皮膚太嫩，被曬傷了，還仔細看過，沒啥問題。白天冬菇出去瘋玩，天黑倒頭就睡，睡得噴香，看著比在縣裡時還健康快樂一點。

在鄉下就是自由，隨便都有一群玩伴，人多湊在一起就開心。在縣裡就不能到處跑，多數時候都得待在店裡，等爹娘忙完了，才帶她出去走走。如果等不及，只能去對面找下學回來的鐵牛，鐵牛是半大小子了，可以帶她。

「冬菇是不是更喜歡鄉下？不喜歡縣城嗎？」

冬菇歪著頭，說都喜歡，街上也好玩，人多熱鬧。「就是爹娘好忙，沒空帶我出去。」

何嬌杏摸摸她的頭髮。「要掙錢呀，不然誰養得起妳？」

「我知道，奶奶說過。」

知道歸知道，無聊起來還是無聊，在鄉下能跟她一起玩的人就多了，雖然不像縣裡那麼熱鬧，走出去能看的少。

被這活寶一鬧，話題偏了十萬八千里，程家興都忘記，他是來教閨女，千萬別被那群流鼻涕的小崽子拐了。

過了兩天，程家興抱著閨女出去，遇見親戚，人家說冬菇跟他家孩子玩得好，半開玩笑地問程家興，要不要訂個娃娃親？

程家興跟冬菇一起把頭搖成了博浪鼓。

人家只是隨口一說，看他倆這反應，差點笑死。

「程家興，我知道你看不上我家臭小子，嫌配不上你的心肝肉，可冬菇怎麼也這樣？」

程家興也想知道，便掂了掂懷裡的胖閨女。

冬菇也不怕傷人家的心，說是奶奶講的，她生來好命，活該享福，現在靠爹吃爹，長大要嫁個跟爹一樣有本事的人。她左看右看，一起玩的那些人都不成，以後有沒有本事，她不知道，但有一點她知道，那些人都不像她爹。

冬菇大概表達了這個意思，別說問話的人，連程家興都傻了，只能安慰自己，暫時立個標準也好，起碼不會被拐走，等她長大點，再好好跟她說。

程家興定了主意，親戚還在逗冬菇。「那妳覺得妳爹爹是啥樣的？要怎樣才能像他？」

這問題結結實實把冬菇難倒了。不過，說不上來沒關係，她會問。

回家後，冬菇小跑到何嬌杏跟前，一把抱住她，仰頭眼巴巴地看著。

何嬌杏拿手帕幫她抹了下額頭上的汗，看她還是那樣，便問怎麼了？

冬菇甩了甩頭，說沒事。

「沒事撲到娘身上做什麼？」

「娘，您看爹是啥樣的？」

何嬌杏把手帕放到旁邊，抱著閨女坐下。「這是什麼問題？」

「您說嘛。」

「妳先說為什麼想知道，我再告訴妳。」

冬菇這才坦白，說奶奶讓她長大之後，也要嫁給像她爹這樣的男人。

這麼說，何嬌杏就明白了。「奶奶是希望妳找個有能耐、有擔當、能替全家撐起一片天的男人。現在說這個，還太早太早了，妳隨便聽聽，能記住就記在心裡，過些年自然明白；若記不住，也沒什麼，真到那天，妳爹跟我都會替妳看著。」

冬菇的確沒聽懂，歪了歪頭，心想，照奶奶平常說的，還以為她爹是好忽悠、會賺錢、眼光很好、油嘴滑舌、慣會討人歡心的小兔崽子呢！

幸好她聰明，之前憋住了這些話，沒說出來，才逃過一劫。

第六十七章

秋收快結束了，鄉下有些人家準備蓋房子、有些打算娶媳婦，開始有人請程家興吃酒。

懷上之後的講究多，這種酒席，何嬌杏幾乎不去，現在她月分尚淺，行動自如，加上又擅長做灶上活，不費什麼力氣，就能替自己弄點吃的。

她留下看家，有時候冬菇跟她一起，有時候也跟當爹的趕熱鬧去。

這次的酒席，父女倆都去了，何家正好打了肥魚，唐氏拿水桶裝了兩條，將桶子放進背簍裡揹過來，手裡還提了包雞蛋。

何嬌杏挺不好意思，唐氏非要她拿，想著女兒、女婿進縣裡做買賣後，家裡的雞跟菜都收拾了，現在吃什麼全靠買的。魚跟雞蛋不值什麼錢，她要過來，順便帶一點給他們。

「女婿呢？」

「娘來得不巧，前兩天有人上門請他，出門吃酒去了。」

唐氏只是問問，不是非要見人，便道：「那也好，正方便咱們說話。」

唐氏先關心女兒一通，聽她說各方面都好，沒有煩惱憂愁，這才和她說起家裡的事。

家裡能說的也就那些，從前在縣裡是聽大嫂劉棗花說，換成自家老娘，她也沒有不自在，聽了幾句，還進屋抱出一罐炒南瓜子，讓老娘嗑。

沒加調味料的南瓜子，炒得挺香。「這不像外面賣的。」

「是前幾天家興哥曬好，親手炒的。」

「女婿精神好，還弄這個。」

何嬌杏心道，買賣收了，家事不多，總要找點事來打發時間。程家興還不單是炒南瓜子，無聊時，還跟閨女並肩坐在家門口，他慢吞吞地剝南瓜子，剝好再餵她吃。

不過，話不能往程家興身上帶，否則唐氏緊著誇他去了，本來想說的，就被撂到一邊。何嬌杏深知她娘的性子，聽她誇到第二句，便笑著打斷她。

「快別誇家興哥了，娘也說說東子。家興哥拿鑰匙給他後，他再沒來過，是進縣裡做買賣了嗎？」

唐氏直點頭。「女婿拿了鑰匙給他，他出去就沒動靜了。我說恐怕還沒忙完，晚些日子總該有消息，可妳爹等不住，說他這樣不對，是好是壞，該跟妳說一聲，不管怎麼說，都是借了妳家鋪子。」

「他沒回來，我們就知道是忙不開。以前程記賣糕餅點心，都要四個人，他沒個幫手，能抽空回來才奇怪。我想他大概要忙到年前，臘月時再挑著一堆東西上我家來。」

唐氏服了。要不怎麼說是感情深厚的親姊弟呢？何嬌杏是真了解東子。

「後來，妳爹等不住，跑去縣裡看看，回來說東子的生意好，的確挺忙，抽空帶他在縣裡轉轉還行，要回村就抽不開身了。東子說，他趁著新鮮先掙一筆，等後面生意差點，再回來瞧瞧。

「我出來之前，妳爹反覆提醒，讓我跟妳說，縣裡都好，鋪子讓東子收拾得挺好的，招牌也沒砸了。」

程家興把鋪子借給東子，讓他去縣裡賣花生米，何家那邊知道以後，哪個不說當姊夫的大器？

東子說，不能白白占他便宜，堅持給租金。可除去程家興，誰會把自家旺鋪租給小舅子用？還是帶著程記那塊招牌。

於是，何老爹提醒東子，千萬不能亂來，真敢砸了招牌，不等程家發話，何家這頭就要打死他了。

唐氏說生意怎麼好，客人怎麼喜歡，這些何嬌杏都想得到。

看閨女雖然高興，但反應不大，唐氏想起何老爹說的另一件事。

「我跟妳說，妳兄弟的終身大事，有著落了。」

「他看上哪家的姑娘了？」

這下，唐氏連南瓜子都顧不上嗑了，貼在何嬌杏耳朵旁邊道：「聽妳爹說，是福滿園東家的小姐。」

「娘說的福滿園，是縣裡那個出名的酒樓？」

戶人家。」

「就是那個。」

「他們家小姐怎麼跟東子搭上的？我沒去過福滿園，可我知道，他們肖家是老牌子，這幾年雖然讓後起的酒館搶了許多生意，即便如此，在縣裡還是極有名，稱不上巨富，也是大戶人家。」

何嬌杏說一句，唐氏就點個頭。

「我也說東子跟大戶千金不匹配，到底怎麼回事，妳爹也沒說個明白，只道是福滿樓的東家看他賣的花生特別好，想忽悠他賣方子。但東子本來就機靈，又讓女婿帶了一年，眼皮子哪能那麼淺？往來兩回，沒賣方子不說，還拐了人家的閨女。」

何嬌杏失笑，這就叫做賠了夫人又折兵。

「肖老闆能答應這樁喜事？」

唐氏嘆口氣。「妳爹說，東子能耐了，把人家哄得服服貼貼，肖老闆也覺得他不錯，只嫌咱們是鄉下人，家底兒太薄了點。幸好妳和女婿早進了縣城，把買賣做得紅紅火火，有這樣得力的親姊姊，人家才沒把閨女鎖在家裡。」

何嬌杏不這麼認為，哪怕她跟程家興占了一部分原因，也不是最主要的。肖老闆沒把話說死，肯定是看到東子的前途。手裡有錢，每天還在做買賣，把閨女嫁給他，不算太虧。看人不能光看出身。出身好的敗家子，自古以來沒少過；草根崛起的，同樣沒少過。程家興已經走在前面，立了榜樣，東子瞧著也是做生意的材料，在程記顧櫃檯時，跟客人們處得就好，現在一個人待在縣城，也把買賣做得有聲有色，不只頭腦靈光，還有像劉棗花那樣為了掙錢不怕吃苦的幹勁。

何嬌杏放下親姊姊的身分，把自己當成外人，再去看東子，確實是個好女婿人選。哪怕日後沒發大財，把閨女嫁給他，也是不愁吃穿。

何嬌杏幾乎還原了肖老闆的想法，但也有些方面沒考慮到，第一，肖家有三個女兒，相應的要挑三個女婿，可縣城就這麼大，體面人家就那麼多，出身好的適齡男子只有那些，總不能全讓她家占了。眼光放得太高，拖成老姑娘，未必能嫁得好。很多時候，不管願不願意，該妥協還是要妥協。

但肖老闆知道女兒跟個鄉下小子看對眼了，立刻傻了，回過神後，就要棒打鴛鴦；可想了一圈便覺得，要是女兒真喜歡，也可以考慮。

肖小姐是挺喜歡東子的，儼然已經被東子迷住。照唐氏的說法，要是自家閨女像她那樣被個男人哄得團團轉，連東西南北都摸不清，準得氣死過去。

但忽悠人的是自家兒子，那就不一樣，唐氏說起來都覺得好笑，還道臭小子這兩年真是長了不少本事，連這一手都學會了。

「那東子怎麼跟爹說的？他是真喜歡人家，還是逗人家玩玩？」

唐氏說：「妳弟膽子再大，也不敢這麼玩。要是不負責任騙人家姑娘，妳爹還能無事一身輕地回來？在縣裡就得扒了東子的皮。明擺著是看上肖小姐，可咱們家出身太差，才動了小心思。」

也是，哪怕東子再不懂事，也不能因為當爹的想買他的方子，就去拐人家的閨女。

這是緣分來了。

「我還在想，接下來田裡的活兒少了，也抽空去縣裡看看，能見到人是最好，見不到，也讓東子去問個年庚。不論富貴，總要合個八字，看他倆能不能湊成對。」

何嬌杏沒攔著，說不定不用自家去算，女方爹娘應該更關心這個。畢竟何家不算太好的歸宿，能讓他們看中的，是東子這人。

算命這種事，越有錢的信得越真，富貴人家請大師的沒少過。

縣裡的事，唐氏全是聽何老爹回來說的，知道得不是那麼清楚，跟閨女說起來，總有些含糊。所幸何嬌杏也不愛追根究柢，有得聽便聽著，在意的事多問兩句，如果人家也不知道，就算了。

以過往的經驗來看，很多事，哪怕當時不知道，過段時日也會傳出風聲，不必急著問。

唐氏在三合院吃過午飯，幫何嬌杏涮鍋洗碗後，這才回去。

「秋冬不是那麼忙，娘有空多來看我，一起說說話，也開心些。」

「可不是，我們四房加起來，添了不少媳婦，但媳婦哪有閨女貼心？好比妳大嫂，人也不差，進門這些年，安安分分的，可我跟她說的話總不多。妳不在時，我寧可找妳伯母、嬸嬸們說去。」

婆婆跟媳婦經常想不到一處，很多時候都聊不到一起。

何嬌杏要送唐氏，唐氏不讓，只得站在院子裡目送，等看不見人了，才進堂屋坐下。今兒收了唐氏送來的魚跟蛋，雖是招待了一頓，但吃得也不算很好。唐氏走時，她想塞東西給她，卻不知道該拿什麼，家裡連雞鴨跟菜都沒有呢！

不然，中秋節快到了，不如好好做一回月餅，送給程家跟何家親戚好了。

何嬌杏在想月餅的時候，程家興回來了。

「家裡怎麼多了桶魚？大哥來過？」

「不是我哥，是娘。」

程家興突地站起來。「岳母來了？早知道，我就不出門吃酒了。」

「站起來幹什麼？你坐下說。」

看他坐下，何嬌杏才道：「前幾天我爹進了縣城，回來說東子生意做得挺好，只是忙不開，暫時不會回來。還有，福滿園的肖老闆看上做花生的手藝，結果方子沒買到手，賠了夫人又折兵。」

程家興笑了一聲，饒有興味地問：「東子幹了啥好事？」

「他拐了福滿園的小姐，準備談婚論嫁了。」

幸虧程家興沒在喝水，不然能一口氣全噴出來。

「東子可以啊，真有點本事。妳不知道，那小姐的俏模樣，那個家底兒，不管在家裡受不受寵，陪嫁總不會太少，娶過來真是個助力，東子不虧。」
何嬌杏聽了，啪地拍在程家興上臂。
她收了勁，但程家興還是抱著手臂，一副挨打好疼的樣子。
「使了多大勁，我能不知道？你別裝。」
程家興悻悻然放下手。「說就說，怎麼突然動起手來？」
「誰讓你亂說話？」
「哪裡亂說了？男女剛認識，不都看這些？我剛認識妳，就說我覺得妳純樸善良、很吸引我，妳信嗎?!」
「不信歸不信，話得好好說，哪有把見財起意、見色起意擺上檯面講的？他倆要是成親，以後讓弟妹知道，豈不嘔氣？」
程家興嘿嘿笑。「咱倆私底下說說，我不會當著東子媳婦的面講，這點分寸，我還是知道的。」
程家興還在感嘆，小舅子的眼光真是不錯，之前說的那些，他都沒看上，這下有了對象，還是大酒樓的東家小姐，底子挺厚。
「對了，剛才你說人長得挺俏的，是怎麼知道的？見過啊？」
程家興趕緊表明清白。「沒有，之前有人請我去福滿園吃飯，碰巧聽說過，只比妳多知道一些。」

何嬌杏這才饒他一命。

想起黃氏也為東子的親事操過心，隔日黃氏過來，何嬌杏便說了這件事。

「我娘說正好忙完了，得空來看看我，也跟我說說話。」

要是何家的私事，黃氏不方便打聽，準備去幫何嬌杏的忙，替她殺魚。

何嬌杏的手藝好，她做的魚只要趁熱吃，一點腥味也沒有，哪怕是懷孕的人吃著，也不會想吐。

可是，殺魚哪有不腥的？黃氏便自告奮勇了。

她蹲下殺魚時，何嬌杏在一旁切蔥、剝蒜，告訴黃氏，東子好事將近。

說起這事，黃氏手上的動作慢了很多，蹲著身子，偏頭看向何嬌杏，問道：「是哪家閨女啊？」

「娘興許沒見過，但肯定知道她家。」

「是縣裡人？」

何嬌杏頷首。「娘應該聽過福滿園酒樓吧？就是那家的小姐。」

黃氏真沒想到，手上一抖，差點劃傷自己，趕緊把目光放回盆裡的魚，一邊收拾、一邊感慨。

「那小子聰明，又有想法，我早看出他以後不會差，結果還是小瞧了人。」之前幫他看的那些，跟福滿園東家小姐比起來，可不是歪瓜劣棗？

何嬌杏笑了笑，沒說話，心裡想著另一件事。

聽說，福滿園現任東家不太會做生意，酒樓交到他手裡之後，沒再做大，這些年一直在吃老本。

福滿園的招牌菜是不錯，可哪怕不錯，多吃幾次總會膩味。一間酒樓總沒有好吃的新鮮菜色，被同行搶走生意，也不稀奇，福滿園就處在這樣尷尬的境況裡。

十年前，肖家比現在風光多了，如今哪怕還是縣裡大戶，但還能富裕多少年，可是難說。程家興聽人說過，肖家搞不好在這一代就要敗落。

生意場從來不是個風平浪靜的養老處。說直白些，即便是個和善人，對同行來說，要生存，便要會搶生意。長榮縣城就那麼大，客人就那麼多，你家多個客，我家就少一個，同行就是冤家。

肖家的情況，程家興知道一些，是上次去福滿園吃飯時聽人說的。縣裡其他生意人不看好他們，但這不影響東子跟他家小姐論婚事。

因為現任當家的本事不行，如今福滿園的生意遠沒有新興的酒家好，可不管怎麼說，他們是縣裡的老牌子，離關門大吉，還有一段不近的路。

除了酒樓，肖家還置辦了一些產業，賃出去的鋪面就有好些個，還有能收租的田地等等，比起何家，他們稱得上是龐然大物。哪怕這幾年發了財的程家興，還差他們不少。

爛船還有三斤鐵，哪怕縣城裡真正體面的人家瞧不上肖家，他家也不是隨便誰都能嫌棄的。即便現任當家人不可靠，有天真把酒樓搞砸了，家裡還有金銀、田宅，不管怎麼看，結這門親沒壞處。

如果東子真能當上肖家女婿，那還可以談筆生意，說不定福滿園還有救。

何嬌杏有些想法，能不能做起來，就看那兩人是不是真能成親了。

第六十八章

日子一晃就過，之前還熱，說轉涼便轉涼，眼看又是一年中秋。

何嬌杏跟程家興商量好了，叫他去趟鎮上買食材，打算做月餅給親戚、朋友。尚安排著，就聽見吆喝聲，說是程家富一家回來了。

何嬌杏踢了踢程家興，讓他去看看。

程家興剛走出去，發現劉棗花過來了，她走在前面，鐵牛在後面跟著，兩人都揹了不少東西。

劉棗花還沒招呼人，鐵牛先喊了聲三叔。

這聲「三叔」，把在屋裡陪冬菇的何嬌杏招出來了。

「怎麼揹著東西就過來？沒回去放下？」

「我跟家富商量著回來過節，買了些東西，這是給妳的。」

「什麼玩意兒裝了整整兩背簍？」

劉棗花笑道：「我揹的是我買的，還有一簍是幫東子帶的，他還託我傳話給妳。」

何嬌杏給程家興使眼色，讓他幫忙把背簍卸下，招呼劉棗花跟鐵牛進屋坐。

這趟，劉棗花不光是傳話，主要還是送錢過來。

劉棗花遞上錢袋，又報了這段時日的帳，讓何嬌杏點數。

何嬌杏也沒說什麼我相信妳這種話，拉開錢袋看了一眼，瞧著差不多，便點點頭，放到一旁。

「三弟妹待在鄉下，沒妳幫襯，我不知道麻辣燙生意要怎麼辦。別的都好說，那湯底，我不會熬啊！」

「趁這幾天，我再教妳，要學會不難。先不提這個，東子讓大嫂帶了什麼話？」

劉棗花比出兩根手指。「兩件事。一是託我們帶回這些東西，讓妳留一些，也分些送去何家，他就不回來了。還有，他的終身大事訂下了，明年可以成親。」

哪怕沒見過人，何嬌杏還是高興。

劉棗花跟程家富最先知道這件事，之前程家富還納悶，聽說肖小姐的模樣也不錯，家境又好，怎麼看上窮小子了？不都說成親要講究門當戶對嗎？

劉棗花說他，東子這叫年輕有為，姑娘家找對象就愛挑這樣的，他有本事還有貴親，像這樣的，嫁過去有盼頭。

程家富還是不明白，總覺得兩方差得有點大。

看他皺著眉，劉棗花罵人了。「怎麼，你心裡不平？羨慕了？」

真是飛來橫禍。

程家富趕緊表明清白，磕磕絆絆說不是羨慕嫉妒，是覺得蹊蹺。那麼好的小姐，嫁誰不行，卻看上鄉下的窮小子，覺得這姑娘可能不像他們聽說的那麼好。

難得自家男人肯動腦筋，但劉棗花並不感動，繼續說他。

「你能想到的，東子想不到？三弟妹想不到？你有比人家聰明嗎？

「肖小姐是讓這個人迷住了，你有情，我有意的，還扯什麼好不好？不是我說，窮人家的女兒吃過苦，才愛看人家家底兒，像肖小姐這種沒吃過苦的，選男人看心裡喜不喜歡，順不順眼。」

劉棗花覺得，肖小姐不見得有隱疾，但有一點可以肯定，腦子沒有東子好使，真娶到她，也可以放心。

難得回來，劉棗花把這幾個月縣裡發生的事跟何嬌杏說了一遍，又仔細說了東子這段神仙愛情的經過。

何嬌杏這才知道，兩人是在福滿園遇上的，一個是東家小姐上自家酒樓不稀奇，另一個是被邀去，要談賣花生的事，因此結緣了。

「三弟妹放心，我看肖老闆沒在東子身上討著便宜。」

這時，鐵牛帶冬菇玩，程家興也在屋裡聽著，一副理所當然的樣子。

「肖老闆要能玩得過東子，也不至於把生意做成這樣。我聽人說，十年前，福滿園還是縣裡第一大酒樓，現在已經排不上了。」

何嬌杏說：「不知道兒子輩裡有沒有能幹的人，若沒有，遲早敗落。」說完看向程家興。

程家興攤手。「這我就不知道了。」

劉棗花跟三房夫妻聊得高興，村裡其他人聽說她回鄉的事，譏諷一句，這人果真是馬屁不穿。難得回來，最先去的還是程家興家，生怕去晚了，體現不出她對「財神爺」的恭敬。

大家以為程家大房的人只回來兩、三日，結果他們在村裡待了將近一旬，前兩天收拾屋子，忙得差不多，就到了中秋。

劉棗花想去幫忙做月餅，結果等她把裡裡外外打掃好，再燒水把自個兒洗乾淨，往三合院走，就聞到熟悉的香味。

平常除非有事，少有人特地跑到三合院附近張望。

這日卻不同，劉棗花一過去，就看見好幾個大娘、嬸子，走近一聽，發現她們都在說月餅，才知道她們是趕巧嚐到何嬌杏做的冰皮月餅，過來碰運氣，看能不能買幾個。

劉棗花剛弄清楚怎麼回事，就看見托著腮幫子、坐在簷下矮凳上的胖姪女招呼她，進屋拿月餅。

「妳娘做了冰皮月餅啊？」

冬菇歪了歪頭，回答：「娘做了好幾種，伯母愛吃哪樣就拿去。娘知道您要來，所以沒送過去。」

那些婦人還讓劉棗花幫著說話，勸何嬌杏賣些出來。

要是缺錢，她就勸了，但何嬌杏不指望這幾個銅錢過日子，沒得為滿足別人受累。

「都散了，別杵在人家家門口。想吃月餅，到鎮上買。」

劉棗花趕完人，又問了冬菇兩句，冬菇對答如流。看她胖嘟嘟的，平日能吃能喝、能跑能跳，又很聰明，說話清楚流利。這快滿三歲的孩子，比多少人家的四歲孩子強，真不愧是兩個聰明人生出來，在縣城裡長大的。

何嬌杏剛回灶上添了柴禾，出來就看見劉棗花。

「大嫂忙完了？」

「我就隨便收拾收拾，倒是弟妹，妳動作忒快了，我猜到妳要做月餅，還想過來幫忙打下手，結果都做好了。」

「做慣了，能忙多久？」

剛才冬菇就招呼一遍，何嬌杏又來一遍，讓劉棗花待會兒回去時，端兩盤走。

「我做了冰皮的，還有種蛋黃肉鬆的，妳甜鹹搭配著拿，多拿幾個。」

剛做妯娌時，拿點東西要推辭幾回，但出去做買賣後，兩家往來太多，加上或多或少都掙了錢，就不再計較這些吃食。

旁邊有個婦人抱怨了，說這不是有多的嗎？

何嬌杏道：「是留給大嫂的。家興哥早吃膩了，冬菇雖喜歡，但她胃口小，就沒多做。分一、兩顆切開來給大家嚐嚐還行，可我準備的材料就這麼多，餡料也用完了，實在沒辦法賣呢！」

做月餅不費勁，哪怕立刻做餡料也用不了多久，可何嬌杏不樂意幹。

忙活一通，沒啥賺頭，僅僅是為了滿足這些當面奉承、背後潑她污水的三姑六婆，又不是犯賤。

等人都走了，何嬌杏才有空跟劉棗花說話。

「昨兒，家興哥趕馬車進鎮裡買東西，說看到賣麻辣燙的。現在秋高氣爽，附近搞不好要冒出不少麻辣燙攤子。這生意去年好做，隨便都能掙錢，今年就要比一比手藝了。」

後世也是這樣，無論是什麼，只要紅了，不知有多少人跟風。這年頭沒那麼瘋狂，可腦子活泛的還是不少，麻辣燙生意這樣好做，為什麼不跟？

類似的事，何嬌杏見多了，鎮定得很。

劉棗花也還穩得住，問了一句。「那我的生意能做吧？」

「縣裡誰不知道妳是第一家做麻辣燙的？最正宗不過，別人全是學妳，愁什麼？只要把菜煮好，別壞了好不容易經營起來的名聲，就少不了妳掙的。」

「那我放心了。」

何嬌杏笑了笑。「提醒妳罷了。」

劉棗花生意好，愛吃麻辣燙的都知道找她。麻辣燙就是慢慢邊吃邊聊才有意思，劉棗花愛聽話、也愛傳話，嘴皮子索利，容易跟客人打成一片，經常有人嫌無聊，特地去找她消磨的。隨時去看，店裡生意都紅火，錢是一兜兜地掙。

這日，京城來的信送到程記，東子接下來，聽說是程家旺送給程家興的，便託程家富回村拉菜時，順便捎帶過去。

信送回去，程家人圍在一起，找人讀信，雖然信裡沒講什麼要緊事，除了說說京城所見之外，就是對家人的關心問候，但黃氏還是高興，連悶葫蘆程來喜也露出笑臉。

何嬌杏站在黃氏旁邊，牽著冬菇，道：「就說老四聰明，獨身上京，也能把自己安頓好。他都送了兩封信來報平安，爹娘總能安心。」

黃氏喜得點頭。

程來喜吩咐。「今兒個高興，老三去割點肉回來，老婆子燒兩個好菜，咱們喝一碗。」

「我還得跑木匠鋪，幫四弟妹送信啊！」

「讓你割肉你就去。老四出去這麼久，袁氏都等下來了，不差這一天。今兒在家裡熱鬧一下，明兒再替老四跑腿，別忘了裝兩袋今年收的新米，給她嚐嚐。」

程來喜說完，忽然想起，光程家興一個人去可不行，總不能讓他對弟媳噓寒問暖，豈不招人閒話？

「老婆子，妳跟老三一道去看看鉋子，也瞧瞧袁氏。」

黃氏應說知道了。

看爹娘商量好，程家興沒再多說，走到何嬌杏身邊，問媳婦想吃點什麼，他順道買。

何嬌杏還在想，冬菇先一步飛撲上去，抱住他的腿。

「爹，您怎麼不問問我？您問我呀！」

程家興蹲下身，好聲好氣地問：「那妳想吃什麼，跟爹說。」

冬菇伸手抱住他的脖子，跟自家老爹頭挨著頭。「要紅燒肉，娘做的紅燒肉。」

何嬌杏就在旁邊站著，聽她報出菜名，笑罵道：「臭閨女就會使喚妳娘。」

「不臭，我不臭，我香著呢！」

何嬌杏摸摸她的頭髮，對程家興說：「你切一刀三層肉，也買點骨頭，筒骨或排骨都成，我煲個湯。」

程家興點頭，帶閨女去了屠戶家。

何嬌杏跟婆婆黃氏商量菜色，打算拿玉米切段燉湯，燒一鍋肉，炒個小菜，再酥兩碗花生米，就夠下酒了。

安排妥當後，黃氏讓何嬌杏先歇著，她去地裡拔菜。出去之前，喚程家貴去請程家長輩過來喝酒。

何嬌杏想起，剛才出來得倉促，只把門帶上，遂折回三合院，上好鎖，才過去幫黃氏做飯了。

這天中午，程家老屋熱鬧得很。

中秋過了好些天，這時天已經不熱，他們就把方桌搬出來，擺在院子裡。吃飯時，肉香味飄得老遠，差點饞哭了隔壁院子的小孩。

路過的人停下來問：「程老頭，你家有啥好事？」

每當這時，程來喜就放下酒碗，樂陶陶地告訴人家。「老四送信回來了。」

「家旺現在不錯吧？在京城都好？」

「好，當然好。他買了個小院子，人已經安頓下來，在工部幹活了。」

村人一聽，驚了。「得花多少錢才能在京城裡買院子？」

「他沒說，我想京城裡也有便宜些的宅院，哪裡沒窮人呢？」

其實，程家旺買的院子還沒程家興在縣裡的鋪面來得貴，偏遠的小宅院，哪比得上好地段的旺鋪？那種獨門獨戶的小院，向來不好出手，有錢的看不上，窮的買不起，且多幾個人就住不下，對京城人來說，也不怎麼好住。

但程家旺想著，以後能讓妻兒先安頓下來就好，他不嫌小，地方大了還難收拾呢！

次日，用過早飯，程家興趕著馬車去老屋接人，母子倆一道去了木匠鋪，送新米跟信給袁氏。

早上出門，下午回來，程家興立刻鑽進廚房舀水喝，等解了渴，才滿足何嬌杏的好奇心，告訴她鉋子還好，袁氏也是老樣子，沒繼續胖，但也沒瘦下來。

「老四在信裡寫了什麼？可安撫住四弟妹了？」

程家興含糊道：「勉勉強強，差不多吧！」

他回想一下，過了一會兒，才道：「老四在信上寫，當初不是看臉娶媳婦，說袁氏本來就不好看，沒必要糾結胖不胖。這話，我要是對妳說，絕對活不了，但四弟妹聽人讀完信，竟然挺高興的。」

想想程家旺的為人，何嬌杏壓根兒不信程家興說的話。「這不是你編來騙我的？他敢這麼寫？」

「不是原話，可我聽來，就是這個意思。」

至於原話，程家旺說，他喜歡的是袁氏的溫柔賢慧、善解人意，只要心裡還是那個她就行，胖瘦不是那麼重要。

程家興邊聽邊在心裡搖頭。這是扯淡吧？都是大老爺們，誰不知道誰？能被這話安慰，袁氏還挺好哄的。

為了避嫌，程家興沒往袁氏跟前湊，跟袁木匠聊得多些，回來還跟何嬌杏吹噓，袁木匠能收著這麼個徒弟，算他命好，受益良多。

「我過去看，木匠鋪大了許多，又併了個鋪面進來。如今老四是他的活招牌，賣的還是那些東西，但生意好了很多，這年沒少掙錢。」

不等何嬌杏說話，他又道：「不過也該他掙錢，誰讓他生了雙慧眼，早早相中老四當他女婿。袁氏的命也不錯，再過個半年、一年要遷去京城，那鎮上好多人羨慕她。」

第六十九章

聽程家興說，就是聽他耍嘴皮子，之後看見婆婆黃氏，說了幾句，何嬌杏才知道袁氏的情況根本沒比之前好。

袁氏很無奈，現在胃口大了，少吃就餓得受不了，那一身肉消不掉啊！

若裡外多點事，還有個小祖宗等著伺候，包准能把肉甩掉。但能偷懶，誰願意那麼勤快？她都買了兩個人伺候，哪會凡事親力親為。這條路一堵死，瘦下來不可能，眼瞅著那身肉已經長扎實了。

何嬌杏只是聽說，沒親眼見到，照黃氏的描述，一個袁氏能頂她兩個多，孩子都幾個月大了，她的身材還跟懷胎十月似的，臉有磨盤那麼大，下巴都有兩層肉了。

這年頭，胖子真的太少太少了。

何嬌杏覺得，也可能是袁家致富的時機不對。袁氏從前的生活，或許是普普通通，可自從賣手搖風扇掙了錢，家底兒厚了，必然會講究起來，哪還能湊合著過？加上發財是成親後，又是自己當家，手裡捏著上千兩，還捨不得割幾斤肉？

而且，人人都說，女人生孩子虧的是自己的氣血，懷孕時怕吃過頭難生，生產之後，都得好生補補。這麼一重視，她不長肉，誰長肉？

可是，多數女人愛漂亮，誰願意長得跟豬一樣胖？

黃氏安慰袁氏，也沒什麼用。

何嬌杏心想，袁氏想要的不是安慰，是承諾吧？她不想聽人說「胖瘦沒關係，妳舒服就得了」、「老四應該不會對不起妳」，她想聽黃氏保證，絕不允許程家旺在外面亂搞，只承認袁氏是她兒媳，其他女人別想進程家大門。

可黃氏不會這麼說。這麼說，不就擺明了當娘的不相信兒子，覺得他出去會管不住襠下二兩肉？

何嬌杏心裡一番猜測，卻沒挑明，只道：「反正過完年，四弟妹不會再等，肯定要帶鉋子上京。很多事，得讓老四自己解決，對四弟妹來說，咱們說十句，未必有他一句管用。」

黃氏說，到時恐怕得讓程家興去打點，不然袁氏帶著孩子，要怎麼上路？只能貼錢請商隊帶著。袁氏可以出錢，但找商隊跟其他要安排的事，還得指望程家興。

何嬌杏以己度人，想著哪天程家興不在家，她有事也會盼著有人援手，既然只是費些力氣，能幫就幫。

「天寒地凍的，不能趕路，要出發也得等開春之後。這事過了年再安排都來得及，娘別擔心。」

「只怕縣裡出去的商隊不多。」

「縣裡肯定不多，可以去府城尋。府城繁華，有許多大商戶呢，一年四季，應該都有出遠門的。說到底，有錢能使鬼推磨，了不起多出點錢，總有人肯接這活，包准能把四弟妹跟孩子護個周全。」

看兒子跟媳婦都有成算，黃氏便不多想了，轉而問道：「妳這陣子怎麼樣？」

「娘這麼問，我就不明白了。」

「我是說，妳懷上也有好幾個月，都還好？有沒有不舒服？」

何嬌杏點點頭。「還好，怕的是後面。懷冬菇的時候，本來好端端的，後幾個月，手上就有點拿不住輕重，還拍壞了磨盤。這胎不知道會是什麼情況，萬一再像那樣，家興哥鐵定不放心，我走到哪兒都得跟著，就沒人照看冬菇了。」

黃氏說：「等妳月分再大些，我就過去。」

何嬌杏算了算，再過幾個月，正值隆冬。這時代，冬夏都不好過，尤其是冬天，孩子稍微凍著，便可能歿了。黃氏一走，萬一二房出了事，到時候可能會怪到她身上來。

這些問題，她之前就想過，這會兒順勢說了。「我這邊真忙不過來，還能回娘家搬救兵，可二嫂跟她娘家的關係，不好回去。您還是把心思放在二房，這對孩子是二哥盼了好多年才盼來的，都是寶貝。」

「聽這話說的，二房的孩子是寶貝，冬菇就不是？妳肚子裡這個就不是？」

何嬌杏抓著黃氏的手，輕輕晃了晃，撒嬌道：「我作夢都希望娘幫我，可您確實不方便過來呢！

「我不是爛好心，事事以別人為先。您想想，您來我家，二房要有閃失，那我跟家興得揹著罪名。人家說起來，會說我倆不是沒錢，找人幫忙還不容易，怎麼那樣吝嗇，非要跟兄嫂搶人？」

黃氏拍拍她的手。「妳啊，真不愧是老三的媳婦，你倆一個樣，遇事想得多。」

「事前多想想，事後少麻煩。」

黃氏同意她這說法，心裡稍稍鬆了口氣。兒子多了，各房都要她幫忙，可當娘的就這麼一個，還能劈成兩半？這時候三房主動退讓，說他們能做別的安排，黃氏自然高興。

她也想到，以三房夫妻的個性，肯定不放心外人進家門，說要請人，大概是打何家的主意，最後來的很可能是唐氏。

村裡是沒有丈母娘住在女婿家的，但要是女兒跟女婿有錢，忙不過來，請丈母娘幫忙，外人也不便說嘴。

黃氏跟何嬌杏說完，去找程家興，叮囑他不少事。

要是別人這麼囉嗦，程家興肯定一拍屁股就走了，因為是親娘，他才抱著頭，蹲著聽黃氏說個過癮，最後才抱怨一句，說她是瞎操心，便去了何家。

程家興看見唐氏，說何嬌杏懷孕的月分逐漸大了，加上四房上京需要他幫忙，兼顧兩頭忙不過來，想找人幫忙照顧何嬌杏幾個月，請唐氏幫忙給建議。

唐氏起先想著，不是有黃氏在嗎？隨即想起，二房添了一雙兒子，又快到冬天，黃氏肯定不敢走人。

但要她找個可靠的人，又想不到找誰。

「要不，我去吧！」

何老爹一愣。

程家興也擺手。「那怎麼行？怎麼能讓您受累？不管照顧懷孕的人，或者帶孩子，都不是輕巧的活。」

「你別說了，我知道現在你娘顧著二房，不方便去你家，把杏兒交給別人，我也不放心，還是自己去照看。」

程家興還不同意，說何家這邊也有許多事要她安排。

「誰說少我一個就過不下去了？家裡這麼多人，真的有事，過河找我還不容易？」

對唐氏來說，何嬌杏這一胎特別重要，定要生個兒子，日子才好過。那得更仔細照看，絕不能有任何閃失。

「就這麼說定了，等杏兒肚子的月分再大些，我就過去，等親家母忙完，或杏兒出了月子，我再回來。」

看唐氏下定決心，何老爹點點頭，也答應下來。「妳去照看閨女，家裡有我。」

長輩們這樣說，程家興還推拒什麼？本也不是真心推拒，只是以退為進而已。

等唐氏過來三合院，已經是冬月了。

程家興收拾出一間屋子給唐氏住，又添了不少東西。

之前唐氏每回過來，都只待一會兒，沒有過夜，這次來住，才知道這邊有多舒坦。這宅院是精心設計的，幹什麼都方便，床睡著也舒服，被褥是新的，鬆軟又厚實。程家興還塞了個銅湯壺給她，夜裡睡覺前灌壺熱水，放進被窩裡再躺下，那才暖和。

不光住著舒服，她也親身感受到何嬌杏在婆家的地位，真是事不多做，要什麼、有什麼，

這幾天，唐氏看何嬌杏使喚程家興，頓時心驚膽顫，換個男人，搞不好早翻臉了。可程家興完全沒有不耐煩，反而是忒習慣的樣子。

有一回，趁程家興出門，唐氏偷偷問何嬌杏。「你倆成親之後，就是這麼相處的？」

何嬌杏點頭，納悶地問她怎麼了？

唐氏無言了。程家興真是好女婿啊，像這樣的，提著燈籠也難找到第二個。

何嬌杏挺著月分大的孕肚，瞧著竟然比袁氏還瘦點。倒不是她懷孕後沒長肉，只是她向來過得講究，不是今天才吃好、喝好。雖然懷孕這幾個月圓潤了些，但不像袁氏那麼誇張。

身邊有個苦於發福的，何嬌杏還是不太擔心。唐氏不可能總在這邊照顧她，最多等她出月子就要回去；黃氏更是幾頭跑，不可能只顧三房，很多事，還是得由她跟程家興自己來，

外有生意，內有子女，哪樣不必操心？想長一身懶肉，反倒不易。

於是，何嬌杏安心養胎，趕上晴天，也會出去走走，由親娘或程家興陪著；要是下雨，屋裡、屋外濕濕冷冷，她就溜進廚房，或煲個湯，或用土烤爐做些好吃的，不會虧待自己。

這時，冬菇已經滿了三歲，比從前懂事很多。

程家興早讓她知道何嬌杏有孕，再三叮囑，別突然跑出來嚇著親娘，也別跑著、跳著往何嬌杏身上撲。

「妳娘肚裡有個孩子，平安生下來之前，磕碰不得。」

冬菇第一回聽說時，眼睛都睜圓了。「娘要替我生弟弟了？」

「還不知道是弟弟或妹妹。」

「那什麼時候才知道呀？」

程家興抱著她，說大約要等到明年二或三月。

冬菇伸出她的小胖手指慢慢數，失望道：「還有那麼久啊！」

程家興順手戳她的肥臉蛋。「這就等不及想當姊姊？」

冬菇一陣點頭，她想要弟弟。別家都有弟弟，好玩不說，出去打架還多個幫手。

哪怕家裡沒虧待過冬菇，從小讓她吃好、穿好，可世間少有十全十美的事情。

冬菇比村裡哪個姑娘都幸福，玩伴卻比哪個都少。在外面做生意時，家裡不敢隨便放她出去，陪伴她的，除了鋪子裡的大人，就是斜對面的鐵牛跟七斤。七斤比她小一歲，又沒她這麼鬼靈精，還不懂事呢！

人就是這樣，缺什麼，就憧憬什麼。

冬菇覺得，能多幾個弟弟、妹妹，帶著玩肯定開心。聽說何嬌杏的肚子裡揣了一個，明年就能生出來，豈不高興？

她高興了，自然願意聽程家興的話。

有時，何嬌杏發現冬菇一臉渴望地瞅著她的肚皮，彷彿是想摸摸，又不敢，遂招手喊冬菇過去，讓她別怕，摸摸看。

結果，冬菇非但不敢伸手，還把手往背後藏，頭搖得跟博浪鼓似的。

「不想摸啊？還是不喜歡弟弟、妹妹？」

「喜歡。」

「既然喜歡，還躲什麼？妳這樣，弟弟、妹妹知道要傷心了。」

冬菇聽了，不知所措好一會兒，才小心摸了一下。剛碰到，又收回手，認認真真地對肚皮裡的孩子解釋起來。

「我是你姊姊，姊姊喜歡你，你早點出來，別賴在娘肚皮裡了。」

何嬌杏被她逗得發笑，冬菇還傻傻的，不知道她娘在笑什麼。

雖然總被爹娘說傻，但冬菇其實比村裡好多孩子都聰明，甚至有些五、六歲大的，腦筋還沒她動得快。

有唐氏過來幫忙，程家興又能抽出空，帶閨女出去轉轉。

這回，他們去了大榕樹下，程家興和人閒談，冬菇跟另外幾個小孩在旁邊玩。

有個五歲大的丫頭問她，她娘是不是懷弟弟了？

只要不招惹冬菇，她的性子很好，人家搭話也願意理，就點點頭。

那丫頭盯著冬菇的穿著，先是滿臉羨慕，看她點頭，又同情起來。

「妳娘要是生了弟弟，就疼弟弟去了，以後不會再疼妳。我家就是，我們吃粗糧粑粑，弟弟就能吃白粥跟雞蛋。有一次我偷吃了一口，就挨了打。我奶奶說，白米和雞蛋，不是給賠錢貨吃的。」

雖然都是小姑娘，冬菇卻不能感同身受。

「我也不怎麼吃白粥。」

「妳穿得這樣好，也跟我們一樣吃粗糧粑粑？」

冬菇歪了歪頭，問小丫頭。「粗糧粑粑是什麼？好吃嗎？我沒吃過。」

那丫頭被冬菇說糊塗了，問她。「那妳平常吃什麼？」

這都不用想，冬菇張口就來。「我吃雞蛋麵、菜粥、肉粥、魚片粥跟水蒸蛋，還有小餛飩、燒餅、肉包。我娘可會做飯了，做什麼都很好吃。」

本來還只是羨慕，聽到這裡，小丫頭嫉妒冬菇了。她是在重男輕女的家庭裡長大的，哪怕冬菇這樣說，她還是認為不能有弟弟。

「現在妳家只有妳一個，妳爹娘才疼妳，等有了弟弟，就是弟弟吃雞蛋麵，妳只有麵，沒有雞蛋。」

「我也不是很愛吃蛋，蛋哪有肉好吃？是我娘說，每天吃個蛋蛋好。」

「妳怎麼聽不懂話？有了弟弟，那些吃的、穿的都會被他搶走。妳跟弟弟吵嘴，挨打、挨罵的總是妳，不管是誰的錯，家裡都會要妳讓著他。」

「我是姊姊，不該讓著弟弟嗎？」冬菇說著，從衣兜裡抓出兩顆用糯米紙包著的糖塊，餵了一顆進嘴裡，又分一顆給小丫頭。「這是我娘做的玉米糖，給妳吃，可好吃了。」

小丫頭心情複雜，但看見遞到自己眼前那指尖大小的糖塊，剛才因為嫉妒生出的一絲惡意，盡數消散了。

她接過玉米糖，小心翼翼地含進嘴裡，怕吃得太快，不敢嚼，只是含著。過了好一會兒，才問冬菇。

「妳真不怕？」

「我爹、我娘可疼我了。」

「那妳爺爺、奶奶呢？」

「也很疼我呀！我爹本事那麼大，會賺錢的，不怕多個弟弟。」

至於打架，冬菇才不會吃虧。別說她還大幾歲，就算一樣大的，也沒人打得過她。

生在幸福家庭裡的甜妞，也不是好忽悠的，任人說乾了嘴，妳家是妳家，聽著好像故事一樣。

一會兒後，看玩得差不多，程家興便帶她回去了。

路上，冬菇跟程家興說起剛剛的事。

「和我玩的小姊姊說，她家有了弟弟之後，她爹娘就不疼她了，弟弟吃白粥，她吃粗糧粑粑。」

程家興嚇了一跳，生怕閨女把這話聽進去，一邊給她保證，家裡不會這樣，一邊回憶剛才跟她一起玩的是誰，想著以後要隔開她跟冬菇，不能讓那些重男輕女的事鬧壞了自家。

遇上那種爹娘，小姑娘可憐不假，但程家興管不了這麼多，要是自家這個真信了，才是麻煩。

冬菇能信？當然不信。她都三歲了，爹娘怎麼對她，心裡能沒點數？說大人都喜歡兒子，她倒覺得不是那麼回事。像外婆就更喜歡娘，對小舅舅比對娘凶得多；大伯母也是，對七斤比鐵牛哥哥有耐心多了。

看小胖妞真沒把這事放在心上，程家興才安心。

帶閨女回去之後，他抽了空，把這件事告訴何嬌杏。

何嬌杏道：「我早就想說了，小的生下來，肯定要耗掉我們許多精力，但也不能疏忽了冬菇。孩子還不太懂事，咱們要是一時忙不開，冷落了她，出去聽人吹吹風，萬一信了，就很麻煩。」

「放心吧，我有數的。妳看我現在有空不都帶她出去？其實咱們閨女也好打發，只要天天都有吃的，便能堵住她的嘴；如果抽不開身，讓她在旁邊玩，也不會鬧騰。」

嘴上這麼說，程家興還是偷偷觀察了兩天，看冬菇依然沒煩沒惱的樣子，每天高高興興，大人有空，她在大人跟前打轉；大人沒空，她自己也能玩上半天，才放下心。

第七十章

這日，何嬌杏感覺腿有點抽筋，讓程家興捏了捏。等他捏完，出去一看，發現冬菇不在院子裡玩，大吃一驚，到處找人。

一會兒後，老屋那邊傳話來，說冬菇在那裡。

程家興過去一看，冬菇正趴在小床上，眼也不眨地看著二房的兩個堂弟。聽見動靜，瞧她爹來了，問娘生的弟弟是不是也像這樣？還問堂弟們為什麼不出來玩？

「妳幾個月大的時候，也是這樣，就會吃手手、啃腳丫。」

冬菇低頭看了看塞在小棉鞋裡的腳丫子，想了想把腳丫子送進嘴裡的感覺，噁。

「我沒有，我沒啃過，爹亂說。」

「騙妳幹什麼？要不怎麼說是臭閨女呢？」

幸虧冬菇不像鐵牛小時候那麼愛哭，讓當爹的這麼招惹，也沒掉眼淚，還伸出小胖手，打了程家興兩下。

程家興揉著腿。唉，真疼！

吃飯時，程家興說，冬菇的手勁越發大了，剛挨了她一下，疼啊！

何嬌杏從唐氏手裡接過湯碗，吹了吹，才抿一小口，就聽見這話。

「你惹她了？」

程家興沒要丈母娘伺候，自己舀湯，被媳婦這麼一問，沒顧得上喝，委屈道：「妳什麼都不知道，就跟臭閨女站同一邊了。」

女婿這模樣，唐氏只當自己瞎了聾了，沒看見也沒聽見，平心靜氣，專心喝湯。

何嬌杏嗔道：「你多大的人，還跟親閨女計較？」

程家興沒過足戲癮，又瞅了瞅她的肚皮。「才一個臭閨女，妳的心就偏了，再來一個，以後家裡還有我的位置？以前還指天發誓，說我在妳心裡是第一位，最最要緊，真是騙子。」

唐氏、冬菇跟何嬌杏聽了，當場傻了。

何嬌杏道：「我沒有，你別鬧，趕緊吃飯吧，菜要涼了。」

說著，她頓了頓，說是平白無故，閨女哪會跟人動手？挨了打，還不是自個兒招惹的？

「冬菇的手勁真有那麼大？很疼嗎？我記得家裡有藥酒，她打哪兒，吃完飯，我幫你揉開，別起了瘀青。」

程家興不是當真在和閨女較勁，只是藉此炒熱氣氛。媳婦都關心他了，哪還能繼續鬧？回頭勸何嬌杏喝湯、吃飯，再不吃涼了不說，好菜全讓胖閨女糟蹋了。

這頓飯後，何嬌杏果真把程家興拽進屋去，看看他的大腿，沒青沒紫的。

「說得那麼嚴重，真嚇我一跳，結果也還好嘛。」

「騙妳幹什麼？她拍那一下真的挺疼。冬菇的力氣年年見長，遲早能趕上妳。可惜了，朝廷不讓女人當官，要不咱們家能出個武狀元也說不定。」

「又不光是力氣大就能當武狀元。我聽說，武狀元不但要能騎善射，還要會排兵布陣，得熟讀兵書。」

「就讓她讀，我早在想，也得送閨女去學堂認字。」

這話又說到何嬌杏心坎上了。

雖說這時代，普通人家閨女讀書認字的少之又少，但她還是希望冬菇上學認字，順帶學些道理，別兩眼一抹黑，當個文盲。最起碼，得會看嫁妝單子、帳本、家書及書契，一輩子能少求人。

夫妻倆說起讀書的事，冬菇正跟外婆唐氏出門轉悠呢！

剛才唐氏收拾了碗筷，擦乾淨桌子，想著吃了不少，肚裡有點撐，便帶外孫女出去走走，一走就走到河邊去。

平常沒人帶著，冬菇不被允許去河邊，這會兒唐氏抱著她，沿河岸走了一段。

唐氏想看看，今兒有沒有人出船，要是有，不拘是誰，便跟他說說話。她來大榕樹村之後，沒怎麼聽說魚泉村的事，多少有點惦記。

結果，漁船沒見著，倒是撞上吃過飯、到河邊洗衣裳的婦人。

婦人也看見她了，問：「唐嬸子這是出來做什麼？」

「我帶冬菇出來走走，消消食。」

「唐嬸子過來有段時日了吧？是打算待到程三嫂子生完？」

「不然呢？我不來，光女婿一個，哪能忙得開？杏兒懷著孩子不說，還有個小的。」

「花錢請人嘛，哪裡非要勞累妳？」

唐氏撇嘴。「那還不如我親自來，杏兒是我閨女，誰能比我照看得好？反正冬天的活又不多，我過來一陣子，也不耽誤什麼。」

簡單說幾句，唐氏瞧見自家男人出船，便抱著冬菇過去了。

這日，程家富趕車回鄉下拉菜，遇見程家興，聊了起來。

程家興問：「入冬好久了，大嫂怎麼沒燉個羊肉湯給你吃？沒幫你做兩身新棉襖嗎？怎麼還是穿這麼舊的？」

「有新棉襖，去年才做的，我出來幹活，捨不得穿。你講究些，我只要身上暖和，舊點沒關係。這身才穿了三年，還沒打幾個補丁。」

程家富說他們眼下掙得多，可開銷也大，店鋪租金是一筆，鐵牛上學，束脩和文房四寶也是一筆。

「你大嫂跟我說，她想少花點，咬牙攢錢，也置個鋪面，省下租金。我想著，置鋪子是好事，哪怕以後生意不好做了，一間鋪子也值好幾百兩，是個下蛋的雞。租給別人，年年能收錢，比在鄉下種地要強。」

程家興聽了，拍拍他的肩膀。早幾年，他可嫌死劉棗花了，如今想明白了，她不胡鬧，還是能跟大哥過好日子。

程家富沒什麼進取心，只要日子過得下去就滿足，給他配個要強些的媳婦也不錯，讓媳婦拽著他往前走。他不介意被女人領著，有人指揮，他還省心。

程家興望向遠方，心裡想著這些事。

程家富等了一會兒，沒聽見程家興接話，轉頭發現他在走神兒。

「想啥呢？」

程家興不怕得罪人，說剛才突然想起以前的劉棗花，那會兒忒不討喜，這幾年下來，倒讓人刮目相看。

程家富明白程家興的意思，但他是做大哥的，比底下幾個弟弟更能忍，更會體諒人。

「還不是一樣，只是原先手裡沒錢，她也沒法子掙，才見著好處就想沾。現在託你跟三弟妹的福，日子過起來了，她不是貪得無厭的人，便沒再惹事。」

兄弟倆說完話，便各忙各的去了。

一會兒後，唐氏牽著冬菇回來。

「娘領她上哪兒玩？」

唐氏說去了河邊。「今兒是你爹出船，這會兒看著收穫還不大，我晚點再去一趟，提兩條魚。」

「娘別老送魚，我都吃得不好意思了，要給錢，您又不收。」

唐氏擺手，不愛聽這個。「要這麼說，東子的生意該停了，那不明擺著是占你們便宜？你吃點魚都不好意思，我們就好意思？」

程家興說不過她，只能應下。

另一邊，程家富跟劉棗花商量好，既然中秋已經在鄉下多待幾天，過年時便晚些回去。反正，按照往年習慣，也要出了正月十五才會進縣，即便臘月底回村，照樣能在家裡待半個多月。

比起他們，東子便著急些，回去也能照樣做生意，頂多趕集辛苦些。他出來已有段時日，附近幾個鎮的客人，說不定都想他了。

這麼想著，東子便打算臘月初就停了縣裡的生意，收拾鋪子，把手裡的銅錢兌成銀兩，等程家富回鄉拉菜那天，跟他一道走，先去大榕樹村看老娘跟阿姊，再回魚泉村。

臨走之前，他回想何嬌杏愛吃什麼，買了幾樣鎮上沒有的，揹了回去。

出發前一日，東子去了福滿園，託那邊的人給未來媳婦遞了點東西，捎話過去，說過完年便回來，讓她別惦記，好好過年。

不過，既是心上人，能不惦記？

他倆之間，訂是訂下來了，但肖老闆還是有些不甘心。全天下的廢物爹，大抵有個共同的夢，指望兒子有大出息，還盼著閨女嫁得好，成為家裡的極大助力。

雖然肖老闆稱不上廢物，但也是明擺著沒大本事，眼看酒樓生意越發不行，又想不出能起死回生的辦法，自然想通過結親，穩固自己在縣裡的地位。但萬萬沒想到，閨女被東子哄去，一顆心全落在人家身上。

他身邊沒有更好的人選，仔細看看，何東升也還湊合。那樣的出身，竟能靠自己把生意做起來，等他跟閨女成親之後，再幫一把，說不定真能搞出大名堂。

肖老闆還想著，或許東子還能給他出出主意，家裡的生意真不能再差下去，萬一哪天一個客人也沒有，家傳生意毀在這一輩，他死了都沒臉去見肖家祖宗。

憑藉著未來無限的可能，東子勉強得到準岳父的認可，肖家的意思是，打鐵趁熱，明年就讓他倆拜堂成親。

東子到了三合院，打過招呼，唐氏又問他婚事的進展。

東子讓她別催，說翻過年，就給家裡添新媳婦。

「你心裡有數就好，看看杏兒，都要生第二個了。」

東子聽了，趕緊把帶給何嬌杏的東西一樣樣拿出來，堆了半張桌子，還嫌自己買得少。

「我好幾個月沒回來，心裡很過意不去。這陣子，家裡怎麼樣啊？都還好？」

「人就擺在你面前，不會看啊？」程家興說著，去燒開水了。

何嬌杏問東子，怎麼這樣早回來？現在才臘月初呢！

「花生買賣，回來也能做的，不是非得在縣裡待到年前。」

「那你還多給我一個月的店租？」

「那算什麼？妳別說要退給我。」東子說，這幾個月在縣裡掙了不少，都是託何嬌杏跟程家興的福。

水在灶上燒著，等一會兒才能煮開。程家興在灶爐裡添了柴，又走出來，正好聽到這話。

「謝你阿姊是真的。我幫你，是看在杏兒的分上。」

東子點頭，陪他們聊了一陣，喝了水，看這幾個月的事交代得差不多，就說想過河回去，也歇一歇，趕明兒再來。

看他從長凳上站起來，程家興跟著起身。「我沒事，送你去河邊。」

「又不是不認路，還送什麼？」

「你揹上東西跟我走，廢話個屁？」

程家興拍了東子一下，請唐氏看著冬菇，說頂多半個時辰就回來。

唐氏還想著，女婿怎麼這樣客氣了？以前沒見他送過東子。

還是何嬌杏明白程家興。「我看他是有話想偷偷跟東子說，不然去河邊一趟，哪需要半個時辰？」

這麼一解釋，唐氏更不明白。「有什麼話，非得避開我們講？」

「大概是做生意的事。家興哥是想避開我，怕我聽多了，跟著操心。」

唐氏依然似懂非懂，不再追問，去陪冬菇玩了。

雖然對唐氏這般解釋，晚些時候程家興回來，何嬌杏還是把人拽進房間問了。

「你跟東子商量了什麼？不和我說說？」

程家興一陣好笑。「妳不問我，今晚也要和妳說的，主要還是鋪子的事。我打算明年也待在鄉下，鋪子繼續借他，等明年一過，他攢夠了錢，也能置鋪子，這樣安排正好。」

「還有呢？」

「我是過來人，提醒了他，妳娘家只有兩兄弟，沒個起因，不容易分家。我讓他自己想想清楚，沒掙錢的時候，都還好說；掙了錢，就得把關係處好。他賣花生賺的錢，總要交一定數目給家裡，沒有全捏在手中的。」

說到底，何家大哥對家裡也有貢獻，要不是有他頂著，東子哪能安心往外面跑？所以他得想開才行。兩兄弟裡，有哪一個想岔了，就會走上自家老路。

「各家情況不同，我沒瞎出主意，只是提醒他，要怎麼做，就看他自己。東子也該想想，分多少錢給家裡。來年就要成親，到時他應該會在縣裡安家，但岳父跟岳母不太可能離鄉跟去縣裡享福，或許還是跟著妳大哥。」

這問題，何嬌杏沒多想過，現在聽程家興提起來，才覺得家裡的事應對起來，可比生意場燒腦得多。做生意談利益就好，處理家事，得考慮親情這些。

眼下何家還沒看出有什麼問題，程家興是習慣了走一步、看三步，未雨綢繆。

「我也不全是為他著想。關鍵是，東子這發財生意是從妳跟前撿的，他們兄弟要是鬧不愉快，鐵定讓妳不好做人。我跟東子說，有任何問題趁早解決，別埋下禍根，不許把妳扯進麻煩裡，否則我就收拾他。他答應我，說回去好生想想，安排好，不叫妳難做。

「回頭東子做了啥，岳母跟妳說，妳聽著就是。這種事，妳嫁出來了，不方便沾，萬一沒弄好，人家會說妳一個外嫁女手伸太長，多管閒事。」

跟外人做生意時，程家興經常把話說一半，不徹底點透，讓對方去猜，但在何嬌杏面前，他寧可把話掰碎揉爛了說，避免生出麻煩。

何嬌杏道：「你還不放心我？我聽的閒話多，卻很少替誰當參謀，尤其在這種事上。」

這麼說也沒錯。程家興想起，每次家裡辦席或來人，三姑六婆圍坐閒談，何嬌杏也坐在旁邊，多數時候都在聽，不搶風頭也不刺人，和她說話總是愉快。遇上唐氏和劉棗花，何嬌杏才健談些，但還是知道分寸。

「不是不放心妳，妳問起來，我就說明白，省得妳胡思亂想。」

「我能胡思亂想個啥？」

程家興吹了聲口哨。「說不定妳覺得我偷偷跟小舅子約吃花酒、看美人呢！天地良心，我絕沒有。

「對了，我剛才回來時，半路遇上爹，說木匠鋪捎話，想讓四弟妹帶鉋子來過年。爹說四弟妹怕照看不好鉋子，要帶個丫鬟，老屋不便安置，跟我商量，是不是能讓她在我們這裡借住幾天？

「老屋一來窄，二來破舊。程家四個媳婦裡，唯獨四弟妹是鎮上人，爹怕她住不慣。」

何嬌杏沒猶豫便答應了，心道袁氏也待不了多久，只是帶兒子回來陪陪兩老，畢竟年後就準備上京了。

劉棗花偷偷抱怨過袁氏矯情，日子過得比誰都好，還愁這、愁那。何嬌杏心想，與其讓袁氏母子去大房借住，不如待在三合院好了。

第七十一章

這天，袁氏花了點錢，搭驢車進大榕樹村。

何嬌杏很久沒見到袁氏，記憶中是中等模樣、中等身形，不十分出挑，看著清秀溫婉。哪怕聽黃氏說過很多次，程家興也說袁氏胖了，生完一年跟還沒卸貨似的。沒親眼看見，她實在難以想像。

因此，見面後，何嬌杏驚訝極了。

到了門口，袁氏的丫鬟先下車，站穩後，伸手扶袁氏一把。袁氏一手抱著兒子、一手扶著丫鬟下車，又卸下兩箱東西。

她出發得早，進村時還不到中午。這會兒程來喜在劈柴，程家貴來回三合院跟老屋之間擔水。最先發現袁氏到的，不是他倆，是瞅著出了太陽、抱雙胞胎出院子走走的婆媳倆。

黃氏看見驢車朝自家方向駛來，想到親家使人傳的話，心裡猜測是不是袁氏，驢車停下來一看，還真是。

「妳說要回來陪我跟妳爹過年，也帶鉋子過來，我以為要臘月二十以後才見得著人，沒想到會這樣早。」

程來喜悶頭劈柴，又沒出門，能聽不見這話？聽黃氏這麼說，頓時想嘆氣。這話要是讓容易多心的聽見，還當她不稀罕袁氏呢！

「客套話少說兩句，一家人還搞這些？我跟老三說好了，先帶老四媳婦過去安頓。」

因有兩箱行李在，只讓黃氏領路還不行。程來喜本來準備收了柴刀去幫忙，剛站起身，就看見程家貴挑了兩桶水回來。

「老二，你走一趟。水放那兒，我來收拾。」

程家貴咻咻擔著水，沒注意旁邊，聽到這話才抬起頭。「啥？」

「老四媳婦回來了，帶了行李，你沒看見啊？幫她把東西送到三合院去。」

「哦，四弟妹回來了。」

剛才袁氏見過了公婆，趕緊又喊聲二哥。

程家貴看到她，差點沒忍住，倒抽了一口氣。

「四……四弟妹看著比原先富態了。」

袁氏嫁人比何嬌杏要早，哪怕當娘了，也還沒滿二十，怎麼說都算年輕，花兒一樣的年紀，怎能用富態來形容？

幸好袁氏胖了一年多，聽多了諸如此類的話，要不真能當場氣哭。

哪怕沒氣哭，瞬間的尷尬還是有。

黃氏瞪了程家貴一眼，這笨東西，哪壺不開提哪壺。「不會說話，你就閉嘴。」

程家貴不好意思，賠了不是。「是我沒說好。本來還擔心老四出門之後，四弟妹吃不好、睡不好，傷了身體，如今看妳長了些富貴肉，就放心了。這模樣，上京讓四弟見了，不消問這一年多過得如何，料想差不了。」

黃氏聽傻了，徹底無言，生怕自己再多說，又招出更不可思議的話，遂擺擺手，讓程家貴將袁氏帶來的兩箱行李搬去三合院。

袁氏一亮相，程家興跟何嬌杏的反應不錯，哪怕心裡有些感慨，至少沒明著表現出來。唐氏露出一分驚訝，她只在程家旺成親時看過袁氏，記憶中新娘子那張臉，跟現在對不上啊！早兩年，她跟何嬌杏差不多肥瘦，如今看著，竟然還是差不多肥瘦！

何嬌杏懷孕，肚子鼓起，外加棉襖做得寬鬆，看起來才圓滾滾的，不然臉蛋沒比原先胖太多。

袁氏可不，一看就是實打實長了肉。程家旺是偏精瘦的，把記憶裡的他跟現在的袁氏放在一起，總感覺不太登對。

起初，唐氏沒覺得模樣、身形特別重要，想著都不過是農村人，日子湊合著過，還挑啥肥瘦？等見到這一幕，忽然覺得，回頭得跟何嬌杏說說，多少還是講究些。女人都知道看美醜，男人對著漂亮婆娘，脾氣也能軟些。

跟大人比起來，冬菇童言無忌，盯著袁氏看了一會兒，覺得陌生，便問爹娘那是誰？

何嬌杏教她喊嬸嬸，她乖乖喊了，然後問，嬸嬸也懷了孩子嗎？是不是也要生弟弟？

「妳聽誰說的？胡說什麼呢？」

「沒懷嗎？」

程家興伸手一撈，把閨女抱進懷裡，掂了掂。「妳四叔不在家，懷上才是出了大事。」

冬菇又是一臉懵，程家興興匆匆，準備就地取材教教她，說她爹跟她娘睡了覺，才能懷上弟弟。程家旺不在家，沒睡覺，有屁個弟弟。

剛才，黃氏眼皮直跳，這會兒再也忍不住了，兩步邁上前，就要收拾程家興。

「你閨女才多大，跟她說這些幹麼？還開你兄弟媳婦玩笑，我打死你這不正經的！」

好久沒看見的一幕又上演了，程家興來不及放下閨女，抱著冬菇就跑，黃氏追著他，想揍人。

冬菇一不怕奶奶，二不擔心她爹，還覺得讓爹抱著跑好玩，摟著程家興的脖子格格笑。

程家興跑了一圈，沒甩脫黃氏，索性厚著臉皮往媳婦背後一躲，讓大著肚子的何嬌杏頂著，成功攔下老娘。

「總有一天要好好收拾你，真是氣死人。」

程家興從何嬌杏背後探出頭，瞅瞅老娘，看她也就喘了兩口大氣，沒氣出毛病，才賠了不是。

「開個玩笑嘛！娘不愛聽，我以後不說就是。也請四弟妹原諒，我這人吊兒郎當習慣了，有時候想到什麼就說，不太經過腦子。」

袁氏還能計較不成？不說別的，她家能發，全靠去年夏天何嬌杏提出做風扇的主意，以及程家興的提攜。沒這點子，哪有後來的幾千兩銀子？

雖說伴隨著發財，又有了新的煩惱，她跟程家旺到底應該感謝三房夫妻。

於是，袁氏一手摟著鉋子，另一手擺了擺，說不要緊。

這時，何嬌杏看向被程家興抱著的冬菇，讓她也跟袁氏道歉。

冬菇很乖，賠了不是。

見氣氛好轉，袁氏想讓鉋子跟大家打招呼，鉋子會說話了，喊娘喊得順溜；但這會兒，他像不好意思似的，把臉埋進袁氏懷裡，不肯吭聲。

袁氏還想再哄哄，他竟然哭起來。

「孩子怕生就算了，等熟悉些，自會喊人。四弟妹搭車回來冷不冷？進堂屋坐吧！」

何嬌杏在說話，袁氏自然要看向她，這一看便發覺，何嬌杏懷孕之後，整個人看著大了些，卻依然漂亮，臉上皮膚看著滑溜溜，睫毛像兩把小扇子。

還有被程家興抱在懷裡的冬菇，跟鎮上那些有錢人家的孩子比，一點也不差。雖說她是姑娘家，膽子卻很大，看見不認識的人也不露怯，能說會道，真希望鉋子像她這樣。跟冬菇比起來，鉋子反倒像女孩似的。

有了孩子之後，看到別人家的養得好，難免會想問問，袁氏也不免俗，當天就問了。

何嬌杏不知道該如何說。怎麼把孩子養得白白胖胖，她知道，但個性是天生的，再來是爹娘的影響，誰也沒特地去教冬菇。

「冬菇這樣，是當初跟她爹待的時候多。家興哥既能說、又會說，認識的朋友也都是那樣。前陣子，他經常帶閨女出門蹓躂，人家說得好，他笑咪咪聽著；說得不好，當場就罵回去。閨女的個性十分像他，膽大得很，天不怕、地不怕的。」

袁氏彷彿聽進去了，真在琢磨。以前聽人說過，近朱者赤，何嬌杏說的有些道理。

她的話本就不多，加上今年男人不在，沒有可以訴說的對象，又趕上發胖，很多時候心中鬱鬱，搞不好真在無形之中影響了鉋子。想到這裡，本就有負擔的心裡更難受了。

何嬌杏勸她，反正過完年就準備上京，等夫妻倆重逢，讓鉋子多跟程家旺親近，人還小，性子沒養成，還是能改的。

「四弟妹別多心才是，我總覺得，孩子不能光丟給女人，當爹的得管點事，尤其兒子，很多事情都得靠當爹的教。老四不一樣，在京城摸爬滾打一年，是咱們村裡少有見過大世面的人。」

這話說得合心，袁氏聽進去了，忍不住又問：「三嫂進門之後，生意越做越大，家底兒這樣厚實，肯定不少人眼饞，這些年沒人來勾搭三哥嗎？」

何嬌杏摸摸肚皮。「有吧！」

「妳是怎麼想的？又是怎麼馴得男人死心塌地？」

何嬌杏說，其實她沒馴過，只是把醜話說在前面。有些事，沒必要翻來覆去地提，說了，男人答應，那就多相信一點。什麼苗頭都沒有時，千萬別瞎猜，疑神疑鬼，不光能逼瘋自己，也能煩死對方。

除了信任程家興，她也很相信自己的拳頭。

何嬌杏說了一些，道各家情況不同，可程家男人心性都不差，靠得住，不拘本事大小，大多重情，很維護媳婦，沒聽說有誰亂來。

何嬌杏說了這樣多，袁氏還是苦，覺得問錯人了。要說何嬌杏唯一尷尬的，就是進門好幾年，還沒添個兒子，至於其他，真沒什麼可挑剔的。

袁氏在心裡做了對比，發現她只贏在生了鉋子這一點，除此之外，沒有任何地方賽得過何嬌杏。她不漂亮，又變得這樣胖，對程家旺還沒多大助益，純粹是命好才嫁給他享清福。

一番交談之後，袁氏非但沒高興起來，反而更苦了。

何嬌杏無奈，又說了一遍，程家旺不是陳世美。

「陳世美？那是誰啊？」

何嬌杏一愣，還有人不知道陳世美是誰？又一想，也對，那是上輩子戲文裡唱的人，沒聽過的當然不知道。

她回想《鍘美案》的劇情，簡單道：「忘了是幾時聽人講的故事。某朝狀元郎陳世美，家裡貧寒，媳婦秦香蓮替他照顧老人、操持家務，好叫他清靜讀書。他十年寒窗苦讀，總算一飛沖天，高中狀元。

「媳婦以為苦盡甘來，卻苦等不到相公音訊，一路找上京城，才知道她相公瞞著已經娶妻的事，尚了公主。」

才講到這裡，袁氏便氣得柳眉倒豎。「這種沒品沒德的負心漢，居然還能中狀元？十年寒窗苦讀，怎麼沒凍死他？」

袁氏罵了好幾聲，還在為秦香蓮不值，又幫著出主意，斷不能給這種負心人留臉面。既然到了京城，該敲登聞鼓，告御狀去。

但想到告御狀對秦香蓮也沒好結果，就算贏了，男人該恨死她，袁氏便改口說：「總得叫陳世美認下這媳婦。跟他多年，那麼辛苦，中了狀元，就想把人扔一邊去？」

何嬌杏沒讓袁氏瞎猜，直接講出後面的劇情，說陳世美那顆心比石頭還冷、還硬，知道秦香蓮找來，竟然派人殺妻。

這下，袁氏氣得連話也說不出了，她見的世面還是太少，簡直不敢相信。

何嬌杏說了一大堆，嘴有點乾，倒了熱水喝兩口，沒來得及把碗放下，袁氏便催她了。

「三嫂，妳接著說呀，秦香蓮怎麼樣了？那陳世美又有何下場？」

看她這樣著急想知道負心漢的下場，何嬌杏不再賣關子，說殺手良心發現，當場自盡，秦香蓮被當成凶手，陳世美判她發配邊疆，又派殺手取她性命。好在秦香蓮命不該絕，遇上青天大老爺，保下她的命，又查明真相，砍了當朝駙馬。

何嬌杏講完，再次口乾舌燥，把碗裡的水全喝下去才舒服點。

袁氏還在故事裡沒走出來，好一會兒後，才說了好幾聲解氣。

「三嫂說的故事，比戲文唱的還有意思。陳世美壞透了，撇開糟糠之妻不認，還要殺她，沒有良心。」

精采是應該的，這原是小說改出來的戲，何嬌杏哪有臉居功？又重申一回，是以前聽別人講的。

「就算是聽別人講，三嫂能記住，還說得這麼有意思，也是本事啊！這天底下，怎麼有像陳世美這麼黑心的人？」

「也不見得是真事，妳別為故事裡的人動氣。」

「哪怕是編的，也是見過像這樣的人，才能編出這種故事來。這世上，白眼狼跟負心漢確實不少。」

「那四弟妹該高興才是，妳運氣多好，嫁給老四。我看老四是踏實的人，要是有什麼花花腸子，便不會替妳安排得這樣周全，甚至在信裡拜託家興哥，請他多幫幫妳。老四若嫌棄妳，壓根兒不會提上京的事，他在京城過好日子，把妳留在老家，讓妳替他養兒子，他在那頭另娶一個。」

袁氏聽了，一雙眼瞪得比牛眼還大。「他敢?!」

何嬌杏覺得不該順嘴兒說到陳世美，講完《鍘美案》之後，袁氏更不相信男人了。

她不想再跟袁氏翻來覆去地討論負心漢，便拿出冬菇當藉口，說去看閨女，就走開了。

這會兒，冬菇跟程家興在一起，分食烤番薯呢！

平常冬菇是個愛吃獨食的，見何嬌杏過來，猶豫一下，還是抬起手，把啃到一半的番薯遞到她跟前。

何嬌杏摸摸閨女的頭。「娘不吃，妳自己吃啊。」

冬菇聽了，不再堅持，繼續啃她的番薯去了。

程家興伸手把何嬌杏牽到身邊。「我看妳跟四弟妹說了半天，有那麼親熱？」

何嬌杏將臉蛋貼到程家興肩頭上，輕蹭了兩下，才說：「我跟四弟妹碰面的次數，還沒你多，稱不上親熱。她是覺得我們情況相似，都是成親後男人有本事發了財，討教來了。」

程家興不覺得自家情況跟四房相似，且不說兄弟倆的差別，何嬌杏跟袁氏便是兩類人。有時候，何嬌杏也鑽點小牛角尖，跟他鬧，那可以說是夫妻情趣，只要說兩句好聽的，哄哄她就沒事。

說到底，何嬌杏相信他，很多話不是說給他聽的，是說給外面的人聽，好叫人知道，她就是個不講道理的潑婦，誰敢來招她男人，都得褪層皮，別想全身而退。

正是因為她這麼凶悍，敢打她家主意的人向來不多。很多人有那賊心，卻沒那賊膽。

可袁氏不同，程家興覺得她心裡是真不踏實，夫妻之間相處不夠，信任也不夠，向何嬌杏討教，又有什麼用呢？

程家興臉上滿是不以為然的表情，何嬌杏瞧見，用手肘輕輕撞他一下。「想什麼呢？」

程家興幫她揉手肘。「也沒什麼，就是覺得凡事都得對症下藥。妳不是袁氏那碗藥，她這個病，妳醫不了。」

何嬌杏咕噥一聲。

程家興沒聽清楚，低下頭問她說什麼？

「真讓你說對了，我叫四弟妹放心，說老四不是陳世美。她問我陳世美是誰，我就講了個故事，她聽完，好像更不開心了。」

程家興很納悶，甚至在一旁的冬菇都看過來，也是滿臉好奇，想知道她講了什麼故事。

何嬌杏不怕口乾，又說了一遍，

一會兒後，程家興聽得兩眼發光，還道可惜了，這要排齣戲，演起來肯定大受歡迎。

「是別人的故事，我聽人家說的。」

「正因為這樣，我才說可惜。妳聽來的故事，要是能排成戲來演，肯定場場坐滿，直說劇本是妳聽來的，也沒關係。這是別人的故事，總不能用咱們的名去賣錢，忒不要臉。」

程家興是幹什麼都能想到錢，認真可惜一會兒後，忽然一拍手心。

「我想到了。」

程家興說，他想到排戲的門路，沒急著解釋，又道：「像這種外面人知道不多的故事，妳那裡還有沒有？」

何嬌杏沒費太多腦子去想，哪怕想明白，也沒多大意義。她記起，程家興在縣裡時，時常受邀去聽戲，每次聽完回來，都會跟她講講，那些故事，沒一個是何嬌杏熟悉的。

何嬌杏心裡有底，嘴上不敢說滿。「可我不知道外面都唱些什麼。」

「要不，妳再講幾個聽過的。」

反正沒事，何嬌杏又簡單講了幾齣。

程家興聽完，心徹底踏實了，說去找東子談個生意。

何嬌杏心想，找東子有什麼用？隨即想到，程家興真正要找的，不是東子，應該是他丈人——福滿園的肖老闆。

酒樓愛請人到大堂說書、唱曲，總能招攬些客人。

「你是打算跟東子搭夥，把這些故事重新編過，請人代筆記下來，加工潤色之後，拿去福滿樓說書？」

「大概是這樣。我去跟東子商量看看，先準備起來，等他跟肖小姐成了好事，再讓他這個做女婿的出面去跟岳父說。福滿樓再這麼下去，遲早完蛋，趁早改改，說不定還能救。縣裡有些愛聽故事的老爺，靠這個，能拉住一批客人。」

「是個主意，但光這樣恐怕不夠，說到底，酒樓賣的還是菜色。」

程家興笑了笑。「是不夠，但定能扭轉如今尷尬的處境。妳想想，福滿樓是縣裡比較上檯面的酒樓，菜不便宜，上那兒吃飯的，至少半數都是請客，首先考慮的未必是口味，最要緊的，還是面子。要想把生意救活，又推不出更好的菜色，那得想想辦法讓人覺得，花一樣的錢，在這裡吃更有意思，也更有面子。

「妳說的這些故事，我聽著都新鮮，能炒。等縣裡都知道上福滿樓吃飯就能聽到這麼精采的說書，總有不缺錢的打發時間去。」

的確是生意人的腦子，何嬌杏忍不住幫程家興豎起大拇指，問這個怎麼合作？總不是賣故事吧？

程家興說，得等東子跟那邊成了一家人才好談。現在福滿樓每年掙兩千兩，只要用了他提供的辦法，兩千兩以內的姑且不說，超過的要給抽成，這就是源源不斷的紅利。這買賣讓東子去談，東子拿到紅利後，再回來分。

到時，大家都有錢賺，肖老闆也能救活家傳的酒樓。

程家興覺得，給東子一些工夫，應該還能想到其他辦法，盤活個酒樓，不在話下，這就準備跑去何家院子。

何嬌杏伸手攔下他。「用不著這麼趕，東子過幾天總要來一趟，等他下次來看娘，你順便和他說說。

「我倒是覺得，你們不用找人來記，只要能商量出救活福滿樓的辦法，等東子成親之後一併拿出來，到時讓肖老闆安排認字的兒子來寫，再找信得過人的修改潤色，省得說書人還沒背好，故事先傳了出去。真傳出去，咱們也沒辦法，這原就不是自己編的。」

剛剛程家興被錢蒙了眼，這會兒回過神，問：「妳還記得是誰說的？這人有點意思。」

何嬌杏說，是村裡的老人，已經不在了。

「那便奇了，是村裡傳的故事，怎麼妳聽過，我沒聽過？」

何嬌杏也不心虛，說是因為不在一個村，且她耐心好，耐得住性子聽老人家說話。別家孩子耐不住，老人自然沒機會講。

這話程家興同意。想想何嬌杏確實不同，看她成親之後的行事，大概便知道以前是什麼樣子。她耐得住性子，沒事不會漫山遍野亂跑。

第七十二章

兩天後，東子拿肥魚過來時，程家興把他拽到一邊，說了這事。

東子也有生意頭腦，兩人一拍即合，這就把未來岳家的生意安排上了。

兩人越說越起勁，從剛過正午聊到傍晚，瞅著再不走，天黑恐怕到不了家，何嬌杏才打斷他們，讓東子別說了，先回去，明兒再來也行。

他倆依依不捨，程家興又說要去送他。

「你去幹什麼？看你倆這架勢，到了河邊還得站好一會兒，不說夠，你能放東子過河？程家興，你倒是體貼我些，再耽誤下去，天真要黑了，路不好走，任哪一個掉進水田，我們都得跟著擔心。」

何嬌杏攔程家興的時候，被過來的袁氏看見，摸著良心說，要換成程家旺去送客，她一定不敢攔人，頂多說句天要黑了，讓他走路當心些。

被媳婦當眾說不准、不准的，挺不給男人臉面，但看程家興的樣子，好像並不在意，甚至怪得意的，衝東子笑道：「聽見沒？你阿姊怕我倆聊上癮，不讓我送。你當心點，自己回去，趕明兒我們再談。」

兩人往來許多天，大概商量出個名堂，程家興琢磨著，光靠何嬌杏說的幾個故事，恐怕不夠，還自己編起來，請何嬌杏當聽眾。

別看程家興沒上過一天學，真會動腦子，多聽幾個便找出規律，知道要吸引人得有起伏，最好是多幾個樂極生悲，或者反彈的橋段。是富貴出身，就讓他家道中落、臥薪嚐膽；要是低門矮戶出來的，人人瞧不起他，再讓他踩著這些人的臉面，出人頭地。

他不光總結出規律，這兩年在外面做生意，見了許多世面，對各行各業有些了解，知道窮人整日裡想什麼，也見過富貴人家過的日子，編起故事，真是像模像樣。

家裡又有個看過後世各種電視劇的媳婦，再提些建議，改上兩回，更像那麼回事了。

「可惜我不會寫。」

這幾年，程家興在學認字，可做生意沒工夫上學堂，就想了個笨辦法，先一句句把書背下來，搞清楚每句是什麼意思，再買套蒙書對照著自學。

效果是有，他能認不少字了，但因為沒跟夫子學過筆畫，稍微複雜一點的字，便寫不出來。這時代用的是繁體字，沒簡化過，原就不大好寫，到現在，程家興寫得最順的，就是他的名字，別的全是傻粗黑，像大餅一樣，醜得可以。

何嬌杏猶豫了下，道：「要不，你買套文房四寶來，我寫寫看？」

「啥？」

「你買回來那些書，我看了，也會認字，拿手指比劃過，只是不知寫出來是什麼樣。」

程家興努力回想，好像真有這件事。

很多時候，何嬌杏就在旁邊看他翻書，但也只是那樣，跟著看看便會認字，有這麼簡單，豈不遍地都是秀才？

程家興心裡懷疑，嘴上當然不能說，特會捧場。「我媳婦就是聰明，這就學會認字，要是男兒身，用不著寒窗苦讀便能高中，舉人起步，狀元封頂。」

「你都不信，還吹什麼？買套文房四寶回來，閒著沒事，咱們練練手唄。」

程家興趕車去了鎮上，回來時還想著，其實他還沒把字認全，不然之前程家旺送信，不用請人來讀。

何嬌杏看書的時候還沒他多，這就學會了？

程家興總覺得不太可能，但何嬌杏從不無的放矢，若真學會，這聰明勁，生作女子實在可惜。

文房四寶買回來，放在堂屋的大方桌上，鋪好紙，用洗乾淨的石塊壓著四角，

何嬌杏上輩子唸書時，倒是練過幾天毛筆字，但已是很久很久以前的事，再提筆，哪裡還有手感？

程家興在旁邊幫忙研墨，見何嬌杏下第一筆就抖，想寫個名字，結果寫出來的，也是個傻粗黑的大字。

放在後世，這是初學者的正常水準，剛學毛筆字，手容易抖，也拿不住輕重。但這是人人都用毛筆的古代，讓讀書人看，只有一個字形容——醜。

可旁邊的是程家興，還有個壓根兒不認字的袁氏，以及伺候袁氏的小丫鬟，在他們看來，何嬌杏能把這個字寫全，不短筆畫，就很能耐了。

袁氏看了半天，沒看出名堂，問何嬌杏寫什麼，才知道那是她的名字。

何嬌杏一提筆，又習慣地按照後世的寫法，從左往右寫，便聽見程家興說：「字比我好看，但字得從上往下，從右往左寫，妳寫反了。」

何嬌杏裝傻。「好像是，你買的書是那樣，必須那麼寫嗎？」

「妳都會認字了，還不清楚規矩？」

「我知道什麼？我家也沒讀書人，只看過你買回來那幾本蒙書。」

程家興信了她說的，又把書寫的規矩講了一遍，讓她從右上角起筆試試。

從上往下還算順手，從右往左有點難受，何嬌杏用左手擋著袖子，生怕墨跡沒乾就擦上去了，又寫了兩句，是《三字經》的原文。

「你來看看，是這樣沒錯吧？」

「沒錯！」

程家興往常總覺得岳母對不起兩個舅子，把何嬌杏生得格外出挑。如今這念頭稍稍轉變，何嬌杏確實太好了，唯獨襠下少了二兩肉。認字認得這樣快，能不會讀書？但凡她是男兒身，隨便學學都能考個秀才，剛才開玩笑說舉人起步，搞不好真言中了。

「走什麼神兒？你也寫寫看，眼下不用開門做生意，你多練練，回頭要寫什麼不行？」

程家興看她寫得那樣順手，心裡也癢癢，果真站到何嬌杏方才站的位置，提起筆，挨著何嬌杏寫的字旁邊，寫了一行同樣的。

剛才何嬌杏還嫌棄自己寫得醜，看了程家興這個純粹憑自己琢磨、沒人教過的毛筆字，沒脾氣了。

「你這東一筆、西一筆湊著，不難受啊？從左往右，從上往下，從外往裡寫。」

何嬌杏拿手指比劃，教程家興，先橫後豎，先撇後捺，再學起筆和收筆。如此，字還是傻粗黑，但至少工整多了。

何嬌杏抱怨，平時用手指比劃的，提毛筆寫著沒力，得練練。

「三嫂，妳悶不吭聲都學會寫字了，還不滿意，我聽著羞愧死了。」

摸著良心說，何嬌杏也挺羞愧的，她壓根兒不是臨時學會的。

這幾年，她的確看了書，也不過是把以前學的簡體字轉成繁體。簡繁之間差異不小，可比從頭學起，還是容易太多太多。

年前幾天，夫妻倆沒事就練字。

唐氏也知道何嬌杏能認字了，跟程家興想得一樣，朝廷規定不讓女人考科舉，不然這樣好的天分，實在可惜。

因為太可惜了，唐氏碰見熟人就禁不住說，也跟親家母黃氏提了。

黃氏知道，等於全村都知道，只要有人提到程家興夫妻，或問起他們，黃氏便說他倆買了文房四寶，在家裡寫字。

聽到的人滿是驚訝，問寫什麼字？他倆都沒讀過書不是？

「買了蒙書自學的。老三快把字認全了，老三媳婦比他還能耐些。」

村人不信。「要是有這能耐，之前他幹麼還請人讀信？」

「老三媳婦藏得深，老三還是半吊子，與其讓他一個個慢慢認，不如請人來讀快些。」

這麼說也有道理，又有人跑去三合院看，真看見那兩口子練字，那一張張的，跟讀書人寫的比起來是醜，可也是字啊！

於是，等到程家富他們收了麻辣燙生意回來，發現村民的話題又變了，都在說三房夫妻的事。

有能耐的人，真是幹什麼都行，這兩口子生意做得好就算了，沒進學堂，憑自己看書，就認了字。

雖然心結未解，可袁氏在鄉下小住幾天，心情已經好了許多。

她是道道地地的鎮上人，過去待在鄉下的時日屈指可數。說實話，剛成親時，袁氏擔心過，生怕以後要經常住在鄉下，要什麼、沒什麼。

之前過來，已經有些改觀，這回在三合院多住了幾天，更是感觸多多。大家都說她過的就是富貴生活，不然也不會長出這身肉。袁氏倒認為，她日子過得還是粗糙，只是在有錢之後，吃得好、穿得好，買了個人來幫忙幹活而已。真要比較，並不如何嬌杏來得滋潤。

以前總想，有吃有穿、不用幹活，就是天大的幸福，如今又覺得，夫妻倆有商有量地做事情，妳燒飯來我刷碗，你掃院子我帶閨女，也挺有意思。

三房夫妻過的日子，用個詞來形容，就是甜甜辣辣。有時甜得膩人，有時辣得嗆人，日子過得忒有味道。

袁氏很難不去羨慕，還問何嬌杏，是怎麼把日子過成這樣的？

何嬌杏答不上來，想想也沒特別去做什麼，實心實意對自家男人就完事了。有事和他商量，哪裡讓她不高興就說，千萬別憋屈了半輩子，對方壓根兒不知情。

「我覺得兩人一起過日子，最重要是包容和坦誠，未必是越有錢越好過。像我們家，真想發大財，鋪子應該擴得更大，再請些人，不然就去跟香飴坊、如意齋這些大鋪子談談合作，把生意做出去。長榮縣城才幾個人？要是各州府都有我們的鋪子，一年能掙多少？」

這話說到袁氏心坎裡了，要她有這樣一門禁得起考驗的手藝，沒準兒真會想法子做大。

何嬌杏卻說：「家興哥愛錢，我成親之前無所謂，生了冬菇之後，也覺得要攢下一些家當，即便如此，我倆卻沒想過要把生意做大。

「生意做得太大，天天錢進錢出，必須去琢磨新點子，要管的人多，要操心的事也多，稍有不慎，就要虧血本。真走到那一步，人被生意套住，能有幾個時候閒在家裡？夫妻搞不好只有入夜才見到面，哪有空管子女？」

這些事，何嬌杏早跟程家興聊過，也說好了。生意還是做，錢也掙，但別太逼著自己，一個人只有那麼多精力，不可能各方面都顧得周全。人生就是由捨得兩個字組成的，要捨掉一些，才能得到你要的。

他倆想要的都不是富甲一方，掙錢是為了讓家裡過得好，像現在這樣，說已經達成了心願，也不過分。

說到底，日子跟生意一樣，也是經營出來的，外人只看見他倆過得和美，不知道兩人私下也有許多磋商，很多事都是擺上檯面討論過的，哪能全憑情意解決？

跟何嬌杏聊過後，袁氏特別感慨，最大的感慨是：窮人作夢都想掙錢，有錢人卻說錢不是那麼要緊，真得要有錢，才有底氣說出這種話來。

又一想，這兩天還親眼看到劉棗花送錢過來，說是這一冬的分成，瞧著得有幾十兩。什麼事都不幹，光閒在家裡，就能拿這麼多銀子，難怪何嬌杏能不把錢當回事。

袁氏自問，她尚且達不到這境界。前兩年，程家旺是掙了一筆，但在京城安家，估計花去不少，指著這筆錢過一輩子絕對不成，往後還得辛苦努力。

有袁氏陪著，還有她帶來的丫鬟幫忙，唐氏趕在臘月二十九回去了，等過完年才來。

何嬌杏問唐氏，怎麼這麼快又過來？

「我還想著，您至少會在家裡多待個一旬。」

「家裡沒事，再說，我也放心不下妳。」

「前兩天，四弟妹還在，她走了還有家興哥呢！再說，沒出十五，大哥跟大嫂也在鄉下，天天都要過來說話的。」

「那不一樣，他們又不是妳娘，能跟我一樣上心？」

何嬌杏心裡很甜，嘴還挺硬，說程家興呢？他是孩子的爹。

唐氏拍拍閨女白淨的手。「妳跟外孫女都挺難伺候，只有女婿一個，豈不累壞了？我過來，他才好歇歇。」

何嬌杏笑著應下。

既然媳婦有丈母娘照看，程家興便抽空去了縣城。

有段時日沒去，一來看看縣裡有什麼新變化，跟熟客說說話，二來是程家旺拜託的事，想趁早聯絡上京的商隊，哪怕縣城沒有，大商家消息靈通，說不定在府城或省城有認識的人。這種事得儘早安排，臨到出行前再找，人家恐怕不願意帶。

出門前，程家興就有準備，在縣裡問了一圈，幾乎沒有，反倒被以前的熟客堵在街上。

「喲！是程老闆，你總算回縣裡來了，準備幾時開張？」

「我那店啊，過段時日就該開了。」

「真好，這回打算賣什麼？上不上新貨？」

「我沒說完，那店是要開，但不是我來，是我小舅子。」

對方樂到一半，聽見這話又垮下臉。「還接著賣花生啊？」

「不都說了，那花生也是我媳婦兒教他做的，還是你吃著不行？」

「東西是好，價錢也公道，我是想念老闆娘的手藝嘛。老闆娘在的時候，隔陣子都有新吃食，花生也賣了一段時日，該換換了。」

程家興還是那些話。「我媳婦肚皮老大，估計再個把月該生了。你說說，錢這東西再好，能比家裡人矜貴？」

「那生完總行？」

「不得坐月子？孩子還小，能帶出來？謝謝您惦記我家的吃食，今年啊，我看是不行。東、西兩市還有香飴坊跟如意齋，這兩家的點心也非常不錯，您先湊合吃點，等我媳婦生完孩子，坐完月子，把身子骨兒養好了，我再跟她商量買賣的事。」

程家興也怕了這些熟客，說完就開溜，接著辦事去。

在縣裡尋不著上京的商隊，他想了想，去福滿園找認識的掌櫃了。

掌櫃姓李，是肖老闆的親戚，卻是拐好幾個彎的那種。哪怕關係遠，他也知道東子就要當上東家的女婿，而程家興是東子的親姊夫。

一看見程家興，李掌櫃便殷勤地迎上來，彎下腰問他有什麼事？

程家興和他開個玩笑。「就不能是來吃飯的？」

「縣裡誰不知道，您夫人的手藝好上天了，要不是約人談事情，您有幾個時候出來吃飯？要說約了人，看著又不像。」

程家興拍了拍他的肩膀。「不愧是當掌櫃的人，有點眼色。我有事請你幫忙，隨便上兩道菜，我們邊吃邊說吧！」

福滿園的生意本就大不如前，又沒到吃飯時辰，樓裡沒幾個客人。李掌櫃招手找人上櫃檯頂著，親自去安排一葷一素一湯，端壺熱茶，幫程家興添好，才在旁邊坐下。

「有什麼事，程老闆就直說吧！您是姑爺的親姊夫，但凡能幫上忙，我絕不推辭。」

程家興順手剝了顆花生往嘴裡扔，和李掌櫃提起程家旺。「我有個當木匠的兄弟，你知道吧？」

「聽這話說的，滿縣城誰不知道，您家兄弟因做出手搖風扇，入了貴人的眼，到京城謀前程了。」

「就是這麼回事。老四早上京了，可他媳婦當時有孕，不方便跟著一道走。如今方便了，家裡總得想辦法送她過去，不然兩口子一南一北待著，叫什麼話？」

程家興剝著花生，讓李掌櫃別客氣，也一起吃。

李掌櫃意思意思拿了一顆花生，問道：「我還是不太明白，您想託我們幹什麼呢？」

「四弟妹是婦道人家，讓我幫忙找個北上商隊，請人捎她一程。李掌櫃知道，長榮縣不過是小地方，上哪兒找去？我媳婦挺著大肚皮，我也不能一出門好幾天不回去，親自聯絡安排，想拜託你們，能不能替我打聽看看，府城那邊有沒有要上京的商隊？」

別說占著東子那層關係，即便沒有，幫這個忙也不為難，動動嘴皮而已。

李掌櫃毫不猶豫地答應下來，卻說：「我幫您問問容易，不過不敢保證一定有，您心裡得有個準備。」

「李掌櫃肯幫忙，就謝天謝地了。」程家興說著，從錢袋裡拿出一小錠銀子遞給他。

李掌櫃心裡撲通撲通跳，又想要、又不好意思，沒立刻伸手，嘴上說這怎麼好意思？

程家興最會看人，能不知道他是假意推辭？直接把銀錠塞進李掌櫃手裡。

「這事麻煩李掌櫃上心，幾兩銀子權當辛苦錢，拿去買幾斤肉，打二兩酒吃。」

「程老闆不在縣裡，要是有消息了，怎麼帶給您？」

「我大哥、大嫂在縣裡有買賣，就是程記斜對面賣麻辣燙那家，眼下關著門，過幾天就該開了。要是有消息，過去報個信就得了。等我把四弟妹的事安排妥當，再來答謝李掌櫃。」

本來要是沒錢拿，李掌櫃不見得會這般盡心，如今收了好處，程家興話也說得中聽，句句都捧著人，多聊一會兒，他就打上包票，說不光祿州，省內只要有商隊上京，都能聯繫。現在福滿園的確讓人壓了一頭，但到底是老牌子，有他們的門路。

「有些話不好聽，我也得跟您說說。一則您那邊要上京城的是個女人，二則她還帶著孩子，這種有點麻煩，很多商隊恐怕不願意帶。」

程家興點頭。「是有點麻煩，但不會讓人白白幫忙。你替我說說好話，這事必須辦成，他們兩口子分開一年多，這麼拖著，誰心裡都不踏實。」

程家興在福滿園吃了一頓，結帳時還遇見肖老闆，又說了會兒話才告辭，再上街市買點東西，就趕車回去了。

第七十三章

今兒家裡知道程家興出去打聽商隊，都在等他回來。

下午，程家興回到家，黃氏不敢相信。「怎麼這麼早？這就打聽到了？」

程家興拴好馬，在槽裡添了兩把草，又卸了車上的貨，才擺擺手。「哪那麼容易。」

「我知道不容易，可再不容易，也得想想辦法，你兄弟等著跟他媳婦團聚。老三啊，我知道你這房事也多，杏兒還挺著大肚子，要是其他事，我肯定不會拿來煩你，但這事吧，離了你，老大跟老二辦不成，更別提你爹了。」

看黃氏急了，程家興趕緊叫停。

「趕著回來，水都沒喝一口，娘先幫我倒水行嗎？我喝口水再跟您說。今兒是沒打聽到，但不是沒辦法，我都安排好了，過幾天就會有消息來。」

這時候天還冷，黃氏不敢給他喝涼水，立刻燒水，又繼續追問。

程家興說：「多虧有東子那層關係，福滿樓的人面比我們廣得多，打聽這些，對他們來說非常容易，只要有，不出一句應該就有消息。」

李掌櫃辦事果然牢靠，大房夫妻剛帶兒女回到縣裡，正要準備麻辣燙生意，就接到報信的人說，程家興託李掌櫃辦的事有譜了，讓他們儘早帶話，請程老闆過來一趟。

程家富把話帶回去，次日兄弟倆一起出來。程家興去福滿園，一會兒便回來告訴大哥、大嫂，已經幫袁氏找好商隊，人家願意帶她，但途中不能添亂，還要出點錢。

「有人肯帶，就阿彌陀佛了。」

「這商隊可不可靠啊？」

「福滿園那邊說，人品還信得過，不過出門在外，很多事不好說，運氣好一路順風，運氣不好，也會遇上些事。」

出門難的道理誰都懂，哪怕跟著衙門的人走官道，興許都有意外；要是怕，就一個辦法，老實待在家裡不要出門。

得了李掌櫃的話，事就成了一半。程家興折回去，在福滿園點了桌菜，請李掌櫃喝了兩小杯，再去麻辣燙那裡瞅瞅，沒事就回去了。之後，還得由他出面，親自送袁氏去府城，並且幫忙打點一二。

哪怕袁氏再聰明，也是個沒出過遠門，且沒經過風浪的婦道人家，讓她一個人帶兒子上京，心裡能不打鼓？

這時就得靠兄弟，程家興打算跟袁家說清楚，出遠門要準備什麼，還有路上該怎麼做，生怕袁氏因為帶著一歲出頭的孩子，為了讓孩子舒服些，暴露了家底兒。

北上幾千里路，即便途中沒丁點磕絆，也得花個把月；遇上事，走個兩、三個月，也是有的。要跟商隊的人相處那麼久，就算李掌櫃說他們人品過得去，難保不會有看見真金、白銀眼紅，臨時生歹念的。

趕車回去這一路，程家興都在琢磨這些事。

回到家，他告訴爹娘，已經打聽到北上的商隊，程來喜跟黃氏都很高興。

「爹娘也別高興得太早，麻煩事還多。明兒我得去趟木匠鋪，娘有空跟我去嗎？我跟四弟妹說些事，您去瞅瞅孫子；不多看幾眼，等四弟妹一走，就不知道什麼時候能再見面。」

黃氏點點頭，這道理她懂。但凡誰家小子發達了，總是迫不及待離開鄉下，她親眼見過別家搬走，走得還不遠，卻沒幾個時候回來，回來都是有要事。

這還是離得不遠的。程家旺一走一年多了，只送回兩封家信，卻從沒提過回來的事。黃氏忍不住想，這個兒子會不會就一直待在京城，不回來了。

老四走之前，回鄉下看過他們，還擺過席，但家裡依然非常掛念他。眼瞅著袁氏也要走，黃氏便想多看看孫子了。

次日，程家興趕車，載黃氏去了袁木匠家，那頭聽說大體已經安排好，都很高興。

母子倆留在袁家用午飯，袁木匠挺不好意思，問程家興，出遠門該準備些啥？

程家興把他能想到的，以及李掌櫃提到的說了，又道：「我也不見得能想周全，反正你們收拾的時候，記得一點，商隊不會騰出兩、三輛車幫你們拉行李，要嫌馬車顛簸，可以備個厚墊子。我猜，經常要露宿野外，被褥最好是一厚一薄帶個兩床，衣裳一、兩身就得了，女人家在外面髒點好，等快到京城，再好好收拾一下。

「乾糧多帶一點，拿兩個水囊，途中歇腳的時候記得補滿，趕路的時候就忍著點，別提那麼多要求，商隊那些人不會慣著妳。」

「能不能帶個伺候的人？閨女顧自己還成，帶上鉋子，恐怕會手忙腳亂。」

程家興本來拿著筷子，聽袁氏她娘一說，便擱下筷子。

「哪有那麼多地方給她？商隊又不是為了送她才上京城。要加個人，那頭未必肯，這是其一，其二，你們說我小人之心也好，我覺得四弟妹一個人還安全些。多帶一個，萬一嘴不牢，讓人知道他們身上帶著幾百、上千兩的銀票，這樣要是能活著到京城，那真是命好。」

更難聽的話，程家興還沒說。叫他看來，假如要出事，多帶個婆子也沒用，不還是兩個婦道人家？多帶個人就是壯膽，用處不大，隱患不小。

本來高高興興的，這話一出，袁家人的心都懸起來。

袁木匠穩得住些，他婆娘又問：「那是要裝窮？」

程家興搖頭。「也裝不了，人家知道老四做出手搖風扇，就該知道他有些家底兒。四弟妹只要表現出家裡還行，可男人上京城時為了置宅院，把銀子全拿走了，留下那點已經花得差不多，沒臉在娘家打秋風，才想上京城去找他。

「北上這一路，可能要吃點苦，千萬別讓人知道妳帶了好多銀兩。途中經過城鎮，可能停下來歇腳，帶個小錢袋在身上，裝些碎銀和銅錢，添點吃的。」

袁家人紛紛點頭。「是這個道理，財不露白。」

程家興道：「這兩天，四弟妹得把行李收拾好，我送妳去府城，袁家這邊也出個人一道去。別忘了，先把辛苦錢拿給人家，要是擔心他們收了錢不盡心，就給畫個餅，多照應，到了京城，讓老四再答謝。」

能想到的，程家興都說了。出了門，少說多看，多想、多忍耐，能全頭全尾到京城，比什麼都重要。

袁氏讓丫鬟、婆子伺候了一年多，比以前嬌氣不少，好在她聽得懂話，知道程家興說這些是為她著想，希望她平平安安到京城。哪怕途中要吃苦，仍應承下來，還打趣道：「那我這身肉還長對了，要跟個瘦猴兒似的，哪頂得住？」

「是啊，妳不是在發愁，怕一身肉長扎實了。這趟出去肯定要掉些，到京城，說不定就瘦了。」

吃完飯，程家興在木匠鋪裡轉了轉，等黃氏看完孫子，就回去了。

在袁家時，袁家人說麻煩程家興，黃氏總說沒什麼，程家興是當哥哥的，兄弟既然不在，照應弟媳，義不容辭。

這些話是說給親家聽的，回去的路上，黃氏才講出心裡話。

「老三，這次你辛苦了。」

「娘也說了，老四不在，我幫四弟妹是應該的。」

「老四是你弟弟，但他不光只有一個哥哥，上面還有兩個。是我跟你爹不放心他們，覺得他們辦不成事，才把這些全推給你。娘知道你也不容易，媳婦還挺著大肚子，可實在是找不到更叫我放心的人；你不出面，我不知道該怎麼辦。」

「您別說了，我都明白。您看我好像琢磨了很多，其實就是之前趕車回來的路上，打發時間順便想的，沒費很多心思。」

這些事，對程家興來說跟吃飯、喝水一樣，自然而然就想到了。

「四弟妹不嫌我煩人才好。他們本來高高興興的，被我說得緊張。」

「現在做好準備，總比在外面出紕漏好。先前看袁氏胖成那樣，我也替她發愁，今兒聽你一說，她長胖了還是好事，本來就不是多好看，又胖成這樣，總沒人打她主意。」

事有兩面，大抵就是如此了。

回去後，程家興好好陪了何嬌杏兩天，到了跟袁家人約定的日子，揹上水囊跟乾糧，出了門。

何嬌杏挺著九個月大的肚子，把他送出自家院子。黃氏送到村口，將昨兒烤的燒餅及剛才煮好放涼的雞蛋塞給程家興，路上好吃。

程家興別的都沒說，只道這一趟快則五、六日，慢則十天、半個月，說不定等他回來，何嬌杏都要生了。

「我是沒辦法，必須跑一趟，娘得替我看好家裡了，照看我媳婦。」

「有我在，還有你丈母娘在，你只管放心。」

「好，那我去了。」

七日後，程家興回來了。

那是個綿綿細雨天，唐氏在灶上幫閨女煨著湯，何嬌杏坐在簷下的籐椅上，冬菇並排坐在旁邊，替她抱著針線簍子，裡面放了些碎布和棉花。閒來無事，何嬌杏想做點小玩意兒打發時間。

冬菇在旁邊看她忙活，一會兒裁，一會兒剪，一會兒飛針走線。

她做到一半，突然動了動耳朵。「冬菇，妳聽到沒有？」

冬菇人小，但耳力比當娘的還好些，已經從籐椅上跳下來了，雙眼看著濛濛細雨中的鄉村土路，嘴上應道：「我聽到二伯在喊爹。」

就這幾句話的工夫，馬車已經過來了。

可能看雨不大，程家興沒穿蓑衣，只戴了斗笠，拉著韁繩坐在前面，穩穩當當地趕著車。

好多天沒見，何嬌杏早想他了，這會兒忍不住想站起來迎人。

程家興抬頭瞅見這一幕，立刻嚷嚷起來。「妳坐好，就在那兒坐好了，別起來。」

這時，待在廚房的唐氏也聽到外面的動靜，探出頭一看。「喲，女婿回來了？出去這麼些天，順利嗎？」

「還成。娘先等會兒，我拴好馬，換身衣裳再跟您說。」雨是不大，趕路時還是淋到了，衣裳濕得很。

程家興先在馬棚忙了會兒，接著回裡屋換衣服，才去看媳婦。

看他不在這些天，何嬌杏的氣色還是很好，程家興才稍稍放心。

「這幾天，家裡還好吧？妳怎麼樣？肚子裡這個有沒有鬧妳？」

何嬌杏說還好。

「我總不放心，怕妳又像懷著冬菇時那樣。」

「還真沒有，這個或許沒繼承到我的力氣，搞不好像你更多。」

要說起來，冬菇剛生下來時，有很多地方像娘，但後來跟程家興相處太多，慢慢就長成了氣死人不償命的樣子。她的個性雖然像爹，但那把力氣盡得何嬌杏真傳；至於外貌，即便胖成個球，從臉上還是能看出何嬌杏的影子。

冬菇是後天學成當爹的樣子，肚子裡這個，沒準兒先天就像爹，何嬌杏是這麼猜的。

家裡的事，其實沒什麼好說，何嬌杏便問程家興出去幾天的經歷。

唐氏也好奇，往灶爐裡添了柴禾，也跟到門口來聽。

程家興從頭講了一遍。「我是為避嫌，才讓袁家也安排人一起去。這次去的是袁氏的堂弟，我趕的車，來回各兩天，在府城待了三天。我感覺，四弟妹北上這一路，要吃夠苦頭。她本來就沒吃過什麼苦，這一年多讓丫鬟、婆子伺候習慣了，在馬車上待兩天，就說腰痠背疼，人要顛散了。」

這時候的車輪減震效果很差，加上路不平，出門少不了顛簸，那滋味何嬌杏嚐過，是不好受，但她是個胖子，胖子有肉墊著，總比瘦子舒服。

「鉋子呢？鬧不鬧人？」

「那小子非但沒鬧，還挺喜歡坐馬車，讓當娘的抱在懷裡不難受，時不時顛簸一下，他還高興。麻煩的是吃那一口，還有中途經常要停一下，讓她下去替鉋子把屎把尿。」

要帶那麼小的孩子上京城，艱難困苦都能想到。何嬌杏覺得要是她，估計還得再等等，等孩子更皮實些，兩歲或三歲再出門。那時他牙長好了，什麼都能啃，吃肉、吃飯都能消化。想也知道，商隊不會在趕路途中停下來，讓她為孩子做熱食。這也要停、那也要停，猴年馬月才能進京？

何嬌杏覺得這問題無解，一歲多的孩子不能光餵奶，但除了餵奶，她想不到還有什麼是孩子能吃、也方便攜帶，隨時可以餵的。遂看向程家興，問他是怎麼安排？

「我替他們出的主意夠多了，吃穿這些，我壓根兒沒過問。又打點了商隊，讓他們儘量多照顧，把人平安送到京城，老四那頭會有答謝。」

何嬌杏想了一圈，覺得最大的難題還是在吃食上，含笑望著程家興。「你不提，四弟妹就沒問你？」

「她問了。」

「你怎麼說？」

「我說，我不會讓孩子這麼小就遭罪。這麼小的孩子，鐵定沒辦法餵乾糧，總要想法子給他熬點粥或蒸個蛋，得備上炭火，再帶個爐子。」

不過，哪怕帶上這些東西，也不好弄。馬車不停，沒辦法做飯，顛來簸去，誰敢生火？程家旺送回來的信裡說，多等等，等孩子大些再來，自然更好。是袁氏等不住了，急著想去京城和男人會合。

到這節骨眼，袁氏才發覺前路很難，偏偏為了這事，已經煩勞全家太多，現在連商隊都找好，沒臉改口，心裡又想見到自家男人，只能硬著頭皮上了。

「別管她怎麼樣，咱們已經幫得夠多，剩下的，看她自己。」

程家興說完，抱起靠在他腿邊站著的冬菇，跟她臉貼臉。「乖女兒，好多天沒見，爹想死妳了。」

他用臉蹭冬菇，冬菇卻直躲，看他還要靠上來，便伸出小胖手去推。

「怎麼嫌棄妳老子了？」
冬菇不說話，可憐兮兮地瞅向當娘的。
何嬌杏把她救下來，輕輕推了程家興一把。「出去幾天，鬍渣都長出來了，閨女臉嫩，不硌得慌？」
程家興想了想，右手抱閨女，抬起左手在臉上摸了摸，還真是。
「刮刀呢？妳幫我理理。」
「回裡屋收拾吧！讓冬菇去旁邊玩，我怕她撞上來，害你劃傷。」
村裡多數男人都留鬍鬚，哪怕不留長，多少要有一點。
程家興不留，還是何嬌杏鬧的，非讓他出去弄把刮刀來修一修。起先程家興也嫌麻煩，但習慣了光溜溜的樣子，看鬍子長起來，反倒不自在，鬍子打理不好，看著就邋遢。
於是，何嬌杏弄了點熱水，讓唐氏看著冬菇，回屋幫他修面去了。
一會兒後，何嬌杏忙完出來，看冬菇已經喝上湯了。
「杏兒，妳來喝點，也給女婿舀一碗，多舀點肉，出去幾天，人都瘦了。」
程家興哪敢讓媳婦替他忙活？讓她回籐椅上坐好，自己上灶，端出兩碗湯放涼。
「都知道杏兒做飯好吃，娘這手藝也是一絕，這鍋雞湯可真香。」
何嬌杏也聞到那股鮮香味，道：「我娘手藝要是不好，能有我呀？我就是跟娘學做飯的，好不容易才趕上。」

他倆一唱一和，說得唐氏臉紅。

「別捧我了，我只會這幾樣，不像杏兒做什麼都好吃。剛才家興說，還在府城待了幾天，府城是什麼樣子？比長榮縣大多少？」

「我只是沿著街市走了走，沒把府城看遍，但府城要比縣城熱鬧太多了，日日都跟趕集似的，往來的人多，商鋪也多。就說香飴坊吧，開在府城的比縣裡的生意好太多，連擺出來賣的東西也多出不少。」

程家興說他運氣好，還遇見王二少爺，問他鋪子打算關多久，還道總這麼關著多耽誤，不如再賣兩個方子。

「王家賣糕餅點心，作夢都想要我們麻糬和肉鬆餅的方子。聽他那話，香飴坊私下搗鼓了，沒學會，總是做不成咱們賣的那樣。」

這會兒雞湯已經涼了些，可以入口，何嬌杏正捧著喝呢，聽他提到肉鬆餅以及麻糬，笑道：「我記得王二少爺還很年輕，也是生意場上的老手了，眼光真毒。」

辣條、肉鬆餅都是上輩子的網紅小吃；至於麻糬，賣得也好，可以說是程記最出色的兩樣吃食。

但方子哪是那麼容易買的？

程家興野心不大，眼下也不缺錢，加上他這人做決定之前，都想得周全，指望他出個大紕漏，然後求上門來，再乘機談條件，無異於白日作夢。總之，這人很不好對付，哪怕眼饞，誰都不敢貿然對他動手，就怕沒從他身上啃下塊肉，反倒把自己賠進去。

這回在府城碰上，王二少爺給他吹了不少風，指望他再賣一、兩樣。程家興沒同意不說，還藉機觀察了府城百姓，在心裡算了筆帳，想著手中還有筆大錢，是不是能在府城置個旺鋪，放出去收租也好，以後要是有把買賣做大的念頭，隨時都能收回來。

程家興說，他想把家裡的錢拿去府城置業，何嬌杏都沒細問，就同意下來。錢捏著不會下崽，拿去置鋪子還能收租，縣城的旺鋪租金就不便宜，府城更不消說。

何嬌杏一答應，程家興算了帳，大概有了想法，但沒立刻行動，怕自己前腳出門，後腳媳婦就生了，他哪能放得下心？

第七十四章

南邊漸漸轉暖，又是一年春耕時節。

田裡要忙起來，唐氏不好再待著。程家興想，等何嬌杏生了，再好生答謝丈母娘一番，便將人送回去。

坐月子是講究，但總不像挺著大肚子那麼讓人提心弔膽。他顧不過來，還能去求求自家老娘。

之前黃氏不方便抽身，是看二房兩個孫子太小，冬天本來就難過，怕自己一走，楊二妹沒經驗，把孫子鬧病了。

現在孩子會爬也會翻身，再過段時日，該扶牆走了，雖然身子不像冬菇那麼結實，也讓黃氏養成了小胖子。眼看著天要暖和起來，孩子也大些，黃氏就撒得開手了。

程家興盤算著，到時候把黃氏請來，不說幫襯多久，等何嬌杏出月子，後面他倆自己就忙得開，既不做生意，又不種地，兩個人帶兩個孩子還不行？

程家興沒急著跟丈母娘通氣，趁何嬌杏還沒有生產時，先去找了老娘。

黃氏不很放心二房，但她還是答應，在何嬌杏生完之後去幫忙。

程家興會說話，黃氏聽著句句都中聽。他說家裡放著不少錢，請人來幫忙，誰能放心？

既不好請外人，丈母娘又幫襯了兩、三個月，總不能要她丟下春耕的活兒，幫何嬌杏坐完月子再回去。

要春耕了，何家事情也不少，今年東子還要辦喜事。程家興思來想去，只能麻煩自家老娘，也只放心自家老娘。

黃氏做事做習慣了，不怕累，程家興那話全說到她心坎上，又想到兒子這幾年給她和老頭子的孝敬沒少過，過年還給他倆各封了十兩銀子。別說本村，十里八鄉都沒聽說過，誰能拿這麼多過年錢。

程家興對他倆是一點不摻假的好，當娘的不幫襯他，幫襯誰呢？

黃氏答應去幫程家興，回家後跟程來喜及程家貴打了招呼。

「親家母待在老三家裡幫襯兩、三個月，我想著，等老三媳婦生了，就讓她回去。開春忙活，不好再耽誤人家。」

程來喜回神，問：「妳打算去照看老三媳婦？」

「也該我去，媳婦從懷上到現在，都要生了，我還沒照顧過。之前是不放心兩個小的，怕大冬天裡，老二媳婦照看不好，現在丟得開手了。」

程家貴盼著黃氏能一直在老屋幫襯他，但黃氏都開了口，哪能強留？

「這大半年多虧有娘。」

「場面話就別說了，跟我比起來，你媳婦更不容易。你好生待她，對兩個孩子也多上心，老娘好不容易幫你們養得胖乎乎的，別過個把月就瘦下去了。」

北方人說，瑞雪兆豐年，南方也有句俗話，叫春雨貴如油。

這一年起了個好頭，連三場細雨滋潤了田地，老農都笑開了花。

程來喜就是其中一個，程家興出去那幾天，他還有些惦記，等人回來，立刻收心，天天往田裡跑。他有片麥地，這段時日麥子長得快，得時常去收拾；又種了幾分菜地，也得鬆土除草。開春之後，天一回暖，乾枯的雜草便發出新苗，在春雨滋潤下，生得飛快。

兩旬之前，天氣還嚴寒蕭瑟，這會兒鄉間已經生機勃勃、綠意盎然了。

做起買賣後，程家興很久沒體會到鄉間生活的快樂，看媳婦還有幾天才會生，挑個小晴天，揹著背簍跑上小雲嶺。

山還是那座山，但原先他愛走的小徑尋不著了。整個村裡，最愛往山上跑的就是他，不去之後，小路被藤蔓和雜草沒過，要上去，先得拿棍子在連成片的藤蔓上打兩下，把蟲蛇驚走，能踩著過去的地方就踩過去，遇上長得特別繁茂的，還得拿鐮刀割一割。

縱有準備，但上去這一路，程家興還是走得不容易。

本想摘點春天的野菜，再看能不能打個野味。雖看見野兔，但他好幾年沒出來打獵，早生疏了，飛撲上去也沒逮住，還驚飛了蹓躂啄食的野雞，折騰半天，硬是沒逮著個活物。

難得上山一趟，程家興揹了背簍不說，還跟閨女說了大話，要是不裝點東西回去，當爹的面子要撐不住。

於是，程家興原地表演了一齣自欺欺人，心想不知挺著大肚皮吃兔子肉好不好，萬一生出個三瓣嘴呢？就放過野兔。野雞也算了，家裡剛燉了雞湯，這會兒還不饞，不如留在山上。那雞餓了一冬，開春養養肥膘，等長成大肥雞，再來捉。

他越想越覺得不錯，果斷打消本來的打算，轉而盯上野菌跟野菜了。

程家興很早就出門，到家時，都過了吃午飯的時辰。何嬌杏替他留了飯菜，擱在灶臺上，等他回來，下鍋熱一下就能吃。

她跟程家興上過小雲嶺，知道嶺上是什麼狀況，也就是蟲蛇鼠蟻、野雞野兔這些，沒大野獸。程家興又是老手，哪怕抓不回東西，總該出不了事。

她不慌，唐氏卻挺慌的，嘀咕好幾遍，說女婿怎麼還不回來？

何嬌杏道：「有一回，我跟家興哥上山摘菌子，中午還在那裡啃餅子。上去下來，要花點工夫。」

「這兩年，他很少去打野味了。突然興起，上去不會出事吧？」

何嬌杏笑出聲來。「能出什麼事？」

「我說妳怎麼跟沒事人似的？就不擔心妳男人？山上蟲蛇能少了？蛇啊，睡了一個冬，開春肚子不餓？能不出來覓食？」

「話是這麼說，可人又不在蛇的食譜上，聽到動靜，牠不退是傻嗎？要被逮住，不是泡酒，就是燉湯，或拿回來送人也行，總是兩斤肉。」

話是這麼說，唐氏還是走出院子，伸長脖子張望。

「娘等他幹啥？他出門時留了話，說可能要午後才回來。」

村裡人也上小雲嶺，他們走大路，好走歸好走，搞頭不大。程家興向來都從側面走小路上去，除了他，那條小路沒幾個人走。有段時日沒去，還要走那邊上去，不得費點勁？

程家興從小把小雲嶺當自家後花園蹓躂，他大男人一個，年輕力壯，有啥不放心？退一步講，牽腸掛肚也沒用，還能跟上山去？擔心也是白擔心。

過一會兒，唐氏又去看了看，還是不見人影。

「等家興回來，我得說說他。原先一窮二白，上山打野味給家裡添菜挺好，現在要什麼都有了，哪有必要？你們馬上就是一家四口人，他是頂梁柱，跑上山去，出點啥事怎麼辦？妳也是，他說想去妳就放他去，不知道攔著點？」

「這不是想著，回頭等我生了，他要被拴在家裡很久，哪兒也去不了，眼下還沒有事，就由他去唄。管男人總不能跟管兒子似的，他是我相公，德行不壞，不背著我去嫖、去賭，其他事，我都不想過問太多。要是這不准、那不准的，他聽了心裡也不痛快，日子沒法過。」

夫妻怎麼相處是門大學問，她跟程家興成親這些年，從來沒認真吵過嘴，不純粹是因為感情好，感情再好都有磕絆的時候。人呢，要體貼包容，還要學會睜一隻眼、閉一隻眼，別為無關痛癢的事壞了感情。

聽閨女這樣說，唐氏想了很久，點了頭。

「都說到這裡了，娘，我給您提個醒。」

「妳說。」

「要是有機會看見東子的丈人，別說他那些糗事，這樣他沒面子。再來，他要娶的是縣裡大戶人家的小姐，門戶其實有些不登對。這樁喜事能成，他上進是一方面，關鍵是肖小姐，肖小姐很中意他。咱們家結這門親，少不了人羨慕，光是羨慕還好，要是有嫉妒來使壞，到您跟前挑撥的，可別著了道。」

「我以為妳要說啥，我還能被人忽悠，去跟東子媳婦開戰不成？」

「不光是這個，還有她那出身，日子簡樸不了，您別看不慣，在東子跟前嘀咕。現在東子是不算很有錢，但後面會有的。之前他跟家興商量了一些生意，您慢慢看，有他發財的時候。」

唐氏問：「妳的意思是，讓我跟妳爹啥也別管，由他自己蹦躂？」

何嬌杏點點頭。「只要不是敗壞德行的事，其他那些，您別管他，他倆愛怎麼過就怎麼過，給孝敬，您就收下。」

剛才伸長脖子等的時候，不見程家興的人，等母女倆聊上天，他就回來了。

唐氏顧不上多說話，趕緊回廚房幫他熱飯。

何嬌杏坐著沒動，冬菇本來蹲旁邊玩，這會兒整個人趴到卸下來的背簍上，盯著看了又看，還是沒忍住，仰起頭。

「爹抓回來的好東西呢？」

曾經的小雲嶺一霸，卻因為幾年沒上山，身手退步，體會到被野兔支配的恐懼。

以前總有人問，程家興，你怎能經常逮著兔子？

現在的程家興也在回憶，以前他是怎麼逮著野兔的？

今兒這趟，一點成就感也沒有，偏他還得端起當爹的架子，去忽悠閨女。

「這不是好東西呀？妳看看，這野菌、野菜都是最鮮、最嫩的。」

「可是肉呢？您不是說最會捉野雞跟野兔嗎？沒看到雞跟兔子呀！」

「想吃雞還不簡單，圈裡就有，我幫妳殺。」

冬菇恍然大悟。「您沒抓到啊？」

程家興。「……」臭閨女瞎說什麼大實話呢！

「我是怕逮著兔子回來，妳娘吃了，給妳生出個三瓣嘴的弟弟。」

冬菇傻了好一會兒。「為什麼會生三瓣嘴的弟弟？」

「因為兔子就是三瓣嘴的。」

「哦，那您讓娘別吃，我們吃呀！」

程家興聽了，一掌揍在她屁股上。「怎麼說話的？餓著誰，也不能餓著妳娘。」

冬菇還是太年輕，就這麼中了當爹的套，讓他牽著鼻子走，忘了他早上吹的牛。

但何嬌杏沒忘啊！

程家興蹲在屋簷底下專心扒飯的時候，她靠在椅子扶手上，托著腮幫子問他。「你是荒了手藝，沒打著野味？」

程家興嘴裡含著飯，看也不看她，含含糊糊回了兩個字。「瞎說。」

「你閨女傻，你說啥她就信了，我可不好糊弄。」何嬌杏衝他擠眼睛，調侃道：「你這個人，還能見著野雞卻不捉？」

「捉了，我放了。餓了一冬，提著都硌手，沒二兩肉，等長肥點再去逮。」

「少來，我還不知道你？蚊子腿再細，那也是肉。」

程家興幽怨地靠過來。「我好久好久沒上過山，前次還是去砍柏樹熏臘肉，幾年前的事了。妳沒看到，上山的路全讓雜草埋了，光上去，就費我不少勁。」

「沒看到，可我能想到。你怎麼不走大路上去？」

「也不是為了弄吃的去，我是一時興起，上去看看。結果，撞見兔子沒逮著不說，還把野雞嚇飛。這兩年沒上山，手生得很，反應遠沒從前快，幸好認得野菜，才沒空手回來。」

何嬌杏聽著好笑，順手戳了戳他的臉，安慰道：「你沒事就好。中午你沒回來吃飯，娘很不放心，說我了，什麼都不缺，還讓你上山打野味，看我跟沒事人似的，怨我不關心你。」

這下，程家興高興了，得意道：「那妳不反省反省？」

「行啊，這話是你說的，你記著，看我下次准不准你去。」

其實不用何嬌杏攔人，以後程家興再沒生過往山上跑的念頭了。

後幾天，程家興回去老屋兩趟，跟程家貴閒聊，瞅著二房那兩個緊扶牆壁、晃悠學走路的雙生兒，禁不住幻想起來。

程家興不像其他人那麼重男輕女，但心裡還是希望何嬌杏這胎生兒子，理由也單純，有了閨女，這胎生個兒子，一子一女，就能湊成個好字。

早幾年他是不著急，可眼下其他三個兄弟都有兒子傳宗接代，何嬌杏要是再生閨女，閒言碎語能淹了她。村裡娘兒們的嘴第一難堵，總少不了眼紅人家過得好、在背後發酸說壞話的，甚至有人把酸他們當日常，隔三差五便湊在一起嘀嘀咕咕。

何嬌杏不在乎，可周圍嗡嗡叫的蚊子多了，不煩人？

想到第二胎還生閨女會招來的麻煩，程家興在心裡許願好多回，求老天爺再疼他一次。

這是最誠實的想法，但程家興沒往外說過，人家問起來，他還是說生男、生女得看老天爺怎麼給，命裡是啥就是啥。

人家又問，萬一還是賠錢貨呢？

他轉頭就開罵了。「你那才是賠錢貨，我家的是心肝寶貝。」閨女怎麼了？閨女貼心，閨女就是小棉襖，數九寒冬，一件棉襖不夠，再加一件也是好事。

自家媳婦生啥就是啥，哪怕生顆蛋呢！

嗯，蛋還是算了。

之前月分淺時，程家興曾帶何嬌杏去鎮上，想請老大夫幫忙把脈，問問這胎是男、是女。

那次過去，沒看見人，後來又去了一次，還是沒看見人。

程家興覺得奇怪，攔了人問，以前在這裡坐堂的山羊鬍大夫去哪兒了，怎麼都不見人？

人家告訴他，老大夫回老家了。

程家興問他老家在哪兒，離紅石鎮多遠？

對方說，有十來里路，走過去要個把時辰。

那倒不遠。程家興拿了幾個銅錢，拜託對方放下手上的事，帶他過去。

對方猶猶豫豫，說算了吧，過去也沒用。

程家興以為老頭子脾氣臭，請不動他，心想有錢能使鬼推磨，倔老頭還能跟錢過不去？

「你只要帶我過去就行，我跟他說。」
「你跟他說也沒用啊！」
程家興堅持要人帶路，那人只好把他帶到十里外的半山腰上，停在一座光禿禿的墳前。
「喏，就在這兒。」
程家興傻了。「你不是說，大夫回老家了？」
「這不就是回老家了？回來有好幾個月了！」那人還說：「我都說了找他沒用，去找別的大夫，你非要過來。」
程家興氣笑了，在人家墳前，不好說什麼，拜了兩下，才問帶路的人，到底怎麼回事？
「上回見他，精神還很好，怎麼說歿就歿？」
「他啊，醫術是好，就是那張嘴有點缺德。以前沒少人勸他，看病就看病，少說兩句，要說，也說點中聽的，他還是管不住嘴，得罪了人。」
「被打死的？」
「聽說是。前一天好好的，說不行就不行了，他還是大夫呢！」
程家興把事情打聽清楚了，才無言看向帶路的人。「你也是，人死了就說死了，非要說他回老家，還把我帶到這兒來，沒事找事啊！」
那人也不心虛，振振有詞地說：「說了死字，那多晦氣。」
老大夫掛了，程家興又不是那麼相信其他大夫，遂放棄請人看男、看女，順其自然好了。

第七十五章

這幾天，程家興把冬菇用過的搖搖床拿熱水刷過，把奶孩子要用的東西準備好，又讓黃氏提前找了接生婆。

估計著要生了，家裡人都緊張，就怕仔細了十個月，最後疏忽大意。

說起來，上次懷孕生孩子，何嬌杏炸過幾回毛，全靠程家興哄得好。這次，她心裡踏實很多，之前新手沒底兒，現在有數，反而成了最鎮定的那個。

生產那天，唐氏跟黃氏忙翻了，一個跟接生婆在屋裡守著，一個在灶上忙，又是燒水、又是燉湯，心裡直打鼓，怕何嬌杏生得不順利。

跟她們的胡思亂想比較起來，實際情況順利得多。

何嬌杏不像有些婦人等不到接生婆進門就生了，還是疼了好一陣，產道開得不那麼快。打開之後，憋著口氣，一使勁就生出來了。

清晨有生產跡象，午時就聽見房裡傳來孩子的哭聲，程家興懸著的心放下一半，等不及想進去看看，又怕進去之後搞得大家手忙腳亂，反而壞事，只敢在房門口探頭探腦。

何嬌杏有生產跡象後，本來想讓程家興帶冬菇走遠點，最好出去玩一場，怕疼起來嚇著閨女。

程家興不肯，哪怕大家說沒有大男人進產房的道理，杵著沒用，依然在外面守了半天。起先，冬菇還有心思玩，聽見當娘的痛呼出聲，小姑娘果然怕了，抱著老爹的腿，仰頭問了好幾回，弟弟怎麼還不出來？娘好疼啊，叫程家興想辦法，讓她娘別那麼疼。

程家興沒辦法，只得告訴她。「當初妳也是這樣，害妳娘疼夠了，才把妳生下來。知道妳娘不容易了，以後要好好孝順她，別惹她生氣。」

冬菇點點頭，又問：「爹不是最心疼娘的，為什麼不是爹去生呢？」

程家興輕拍閨女的頭。「妳當我不肯？我要能替她就好了。妳娘多嬌氣，要不是沒得選，我捨得讓她受這個罪？」

冬菇還是太年輕了，十分感動，沒再折騰當爹的。

這要是讓何嬌杏聽見，非得問一問他，不想讓她受罪，播什麼種呢？恨不得以身替之，那倒是替啊！

可惜這會兒她躺在床上，什麼也不知道，只能聽見唐氏和接生婆說話的聲音，咬緊牙關忍住疼，再使使勁。

不久，聽見屋裡傳來寶寶的哭聲，程家興跟冬菇同時伸長了脖子。

「生了啊？是男是女？杏兒沒事吧？娘倒是應我一聲啊！」

接生婆還在善後，唐氏看閨女沒事，剛出來就看見滿臉期盼的一大一小，沒吊他們胃口，笑咪咪報了喜。

「從今天起，家興就有兒子傳宗接代了。」

程家興咧嘴笑了下，問裡面收拾好了沒？「我想去看看杏兒。」

唐氏攔住他。「閨女不想讓你看到她滿身狼狽，等她收拾好。你先去拿賞錢，打發了接生婆，給親戚報喜，再進屋去看你媳婦。」

看程家興捨不得走，唐氏保證，何嬌杏真的沒事，只是有點累了。小傢伙也挺好，抱著沈甸甸的，不用請大夫把脈，看樣子身體就不錯。

此時，何嬌杏在屋裡抱著兒子看呢，聽見門外的對話，雖一身疲憊，還是露出了笑臉。

從前總被人說她是十全九美，唯獨一點缺憾——沒生兒子。

因為這個，從冬菇出生到現在，她沒少聽閒話。現在老二出生了，是個帶把的，她何嬌杏有田有地、有房有車，有兒有女、有會疼人的相公，有商鋪、有買賣，往後在十里八鄉的婦人眼裡，總該是要什麼有什麼的十全好命人，閒言碎語能消停了。

兒子都出生了，程家興才想起，還沒替兒子取名，原想隨口起個乳名喊著，何嬌杏不答應，讓程家興跑一趟，找人訂下兩個孩子的大名。

程家興不明白媳婦著什麼急，就問她了。

何嬌杏反問他。「你可知道鐵牛的大名是什麼？」

乍問起，程家興還真有些懵，想了想，道：「他是守字輩，我記得叫程守信？」

「看吧，連你都記不得，外人有幾個知道？十歲了，還是鐵牛、鐵牛地喊著。要是閨女，等長大了，別人都說那是程家姑娘，還不妨事；是個兒子，小名喊順了，我怕叫不回來，還是先把大名定下，順著大名喊他。」

這麼說是有道理，可要是起了大名，順著大名喊著又不親熱，就像鐵牛，他大名程守信，能管個奶孩子喊程守信嗎？

「要不這樣，兒子小名就叫二娃。自己人喊二娃，出去有人問起來，就報大名。」

何嬌杏這才點點頭。

媳婦交代的事，程家興一貫上心。第二天出門回來時，手上拿了張紙，上面寫著兩個名字。

程寶珍、程守業。

何嬌杏看見就挑眉，沒想到讀書人也這麼俗氣，這名真是讀書人幫忙起的？

程家興擺手。「他是給我想了個好的，但不能用。」

何嬌杏還在坐月子，聽見這話便直起腰，問怎麼回事？

「閨女的名字，說是『嘉卉』喊著好聽，意思也正，偏我是家字輩，這就撞了音。他又說，要不叫『蓁蓁』，還跟我掉書袋，說是有出處的。

「出處再大，咱們尋常人也不懂，真真假假的，多難聽，不如俗氣點，叫寶珍多好，人家一聽就知道，這是咱們程家的心肝肉。還有守業，我倆辦這些家業，不得靠二娃守住？」

名字是有點俗，但意思確實不差，這又是程家興自個兒琢磨出來的，何嬌杏沒再說什麼，兩個孩子的名字就這麼定了下來。

公婆聽說之後，也很滿意，這點倒是在何嬌杏意料之中。想想看嘛，能給四個兒子取名為富貴興旺，品味跟寶珍、守業不就是一脈相承？

程家興第一次衝閨女喊程寶珍，閨女壓根兒沒反應過來。

小胖妞懵懵懂懂地盯著他，好半晌後，才反手指指自己。

「就是叫妳呢！」

「爹喊錯名字了，我叫冬菇呀！」

程家興衝她招招手，把人喊到跟前來，告訴她。「冬菇是妳，寶珍也是妳。就像妳弟弟叫二娃，二娃是他小名，他大名叫程守業。」

冬菇很聰明，解釋了就明白，歪了歪頭。「那鐵牛哥哥的小名叫鐵牛？那大名叫啥？」

「他叫程守信。」

何嬌杏坐在旁邊，哼著調子哄兒子，聽到他們父女倆的對話，生出一個念頭，把程家興喊到跟前來。

「你閨女聰明，你沒事教她唸唸《三字經》，給她講講裡面的故事。難得沒做買賣，有工夫陪她，別天天放她出去野。」

程家興笑著應了。

何嬌杏第二胎生了兒子，不光重謝接生婆，又辦了三朝酒，好大的陣仗。

當時就有人說，天底下果然沒有不愛兒子的，程家興原先裝得好，如今他有了兒子，你再看看，還能像以前那樣疼閨女？

事情真像某些人想的這樣嗎？當然不了。

唐氏幫忙辦完三朝酒，就被女兒、女婿勸回去。回去之前，何嬌杏想塞錢，唐氏還不肯收，說當娘的照看閨女是理所當然，若真收錢，她成了什麼人？

話雖這麼說，但程家這邊不能真的沒點表示，程家興便請程家貴幫忙，兩兄弟拿著謝禮去何家。

看著送來的點心、布疋等物，唐氏還是說太破費了，卻沒再推辭。

這次去何家，程家興也帶上了閨女。

父女倆在那邊用了飯，下午才回來，冬菇直接進屋，撲在她娘身上。

何嬌杏摸摸她的臉，問：「妳爹呢？回來了嗎？」

「爹在跟二伯說話。娘找爹啊？我去喊他。」

看她直接跳下地，跟個小炮彈似地往外衝，何嬌杏又將人喊住。

「回來！妳這荒急的個性，幾時能改改？誰說我找妳爹？啥也沒說，妳就往外衝了，衝什麼呢？」

小胖妞聽了，慢吞吞轉回身，戳了戳手指。

「怎麼？娘說妳一句，不高興了？委屈了是嗎？」

小胖妞癟癟嘴。「娘好凶，好凶哦！」

冬菇這個樣子，何嬌杏真是無奈，招手讓她過來，挨著自己坐下，才道：「妳倒是把我說的記住，說話慢慢說，走路好好走，別橫衝直撞的。」

自家這閨女皮厚耐收拾，不怕挨訓，只怕被輕忽。

之前村人不知道說過多少怪話，何嬌杏沒聽全，也猜到有人在冬菇耳邊嘀咕過。她早想好了，兒子出生之後，反而更要比之前更關心冬菇，讓她知道外面的人說的都是假話，家裡人還是很在意她，這樣姊弟倆才好相處。

何嬌杏做得不錯，不光是她，程家興也非常努力，效果肉眼可見。

冬菇喜歡弟弟，天天都要趴在小床邊看一會兒，經常想伸手去碰。

何嬌杏並不攔著，只讓她輕輕的，不要使勁，說弟弟肉嫩，跟豆腐似的，摸一摸可以，使點勁戳就壞了。

何嬌杏沒騙過她，冬菇哪敢下重手？平時都忍著不去摸弟弟，實在忍不住了，才拿小肉手輕輕碰一下。

二娃在娘胎裡養得也好，出生之後得到妥帖的照顧，跟冬菇當初差不多，也胖乎乎，看著就很健康。

但比起活潑好動、好奇心極度旺盛的冬菇，二娃要聽話些，讓吃奶就乖乖吃奶，學爬學坐、學站、學走路，都很是配合。一歲時，小豆丁不用扶牆就能走幾步，又過了兩個月，便走得非常穩當。

二娃學走路時，冬菇聽她爹講《三字經》。等二娃能走會跑，冬菇已經能背好長一段。何嬌杏已經試著在教冬菇筆畫，點橫豎撇捺，一筆一筆地教。興許因為鄉下女人沒幾個識字的，冬菇能有這機會，顯得尤為難得；興許是她奶奶跟她爹吹了不少風，她在認字這件事上，熱情高漲，等她把筆畫全都寫順，開始學些簡單的字，二娃已經滿兩歲了。

因為兩個孩子，程記的買賣一停就是兩年，二娃一歲多的時候，他們才重返縣城。以前的熟客都以為盼不到這天，結果程記突然開門了。

偶然經過的人發現，還覺得稀奇，問了才知道，前段時日，他們小舅子就找了人來幫忙收拾。

程老闆一家的確才出來沒兩天，可店裡早就清掃出來，樓上房間布置好，小倉庫裡也填滿了，鍋碗瓢盆重新洗過，烤爐也收拾了。

買賣明明停了兩年，又好像沒停過一樣，何嬌杏揀了個香味重的一上貨，縣裡的饕客蹓躂出來，遠遠聞到那味就找過來，一看，呵！程老闆重新出山，店門口又排成長隊了。

程記還是程記，賣的東西新鮮又好吃，但又有些變化，店裡重新打理過，瞧著比之前要好，又多出個胖乎乎的小少爺。還有，顧櫃檯的人從舅子變成姪子，就是大房的鐵牛。

鐵牛對讀書興趣不大，把字認得差不多，就離開了學堂。本來應該幫自家的忙，劉棗花瞅著三房缺人手，說自家店小，不用他來添亂，把他扔去程記了。

鐵牛也樂得過來，他現在是半個大人了，長得壯實，瞅著也穩重，但貪嘴這點，還是沒改掉。自家賣的那兩樣，他吃膩了，可在程記這邊，只要踏實幹活，經常能從三嬸那裡得到獎賞。每次上新貨，三嬸也讓他幫忙嚐味道，鐵牛喜歡待在這邊。

這一年，劉棗花又懷了一胎，遠沒有何嬌杏這麼講究，照樣開門做生意，天天樂呵呵地數錢，沒見哪兒不舒坦。

程家興說讓鐵牛回去，她還說不用，有程家富就得了。

何嬌杏勸劉棗花去看看大夫，聽大夫怎麼說。

大夫說她挺好的，就這樣保持。

大夫這麼說，程家興他們也沒轍。幸好鐵牛是個孝順孩子，他娘不讓他回去，他就白天在程記顧櫃檯，回去再幫家裡刷鍋、洗碗。

劉棗花那邊賣的東西簡單，隨季節變，準備工作相對單純些。鐵牛兩頭跑，幫著分擔很多，沒累著他娘。

又要說到另一個在縣裡安家的，就是東子。

那年他娶了肖氏進門，之後就像盤算的那樣，跟老丈人談了合作，大刀闊斧整頓酒樓，力圖挽救福滿園的生意。

隨著一樣樣的辦法出來，福滿樓的生意真有了起色。肖老闆更信任他，按照說好的給他算紅利，並將人請去酒樓幹活。

東子在福滿園待了一年多，看生意穩定下來，把自己負責的活計交回給肖家，拿著這些年掙回來的錢，跟朋友組了商隊，一年有大半年在外面，將本地盛產的東西拉去稀少的地方賣高價，再把其他地方的東西運回來。

他生意做得活，也不是固定在兩地之間往返，還會根據天候判斷行情，揀著紅火的買賣做。第一年就掙了錢不說，還從外面捎了許多東西回來。

他拿著東西來看程家興夫妻，說了自己的經歷。

這時候，何嬌杏才覺得東子長大了，不光成家，也有了謀生手段，靠她幫襯後，另外走出一條適合自己的路。在徵得何嬌杏同意後，把花生的買賣轉交給家裡大哥。

出去闖蕩的第一年，東子嚐到行商的甜頭，當時就想反哺，又熬了一段時日，等最艱難那陣子過去了，商路鋪開，才回來找何嬌杏，問她要不要把手裡的閒錢投到商隊這邊。商隊貨多，買賣大，不用他們出面，每年年底送錢來。

何嬌杏他們是看著東子一步步走過來的，信得過他，沒太多猶豫，便投了錢。

這給他們帶來了不菲的回報，不出三年，他們在府城有了宅院及鋪面。等二娃再大些，兩口子就把縣裡的買賣收了，全家搬去府城，順帶把鋪子也搬過去。

搬家是為了給二娃更好的環境，不管他以後走哪條路，先受好教育，長大了，選擇更寬。想考科舉，可以埋頭讀書；想做生意，在府城也好施展。

這次，大房夫妻沒跟他們走。劉棗花是愛財，但腦子清醒，自家的麻辣燙和缽仔糕在縣城已是老字號，好這口的都知道上她店裡吃，如今生意哪怕不像起初那麼紅火，也是細水長流。本來是租的鋪子，已經被她買下來，省下租金不說，何嬌杏也不再從她那邊抽成。

何嬌杏跟程家興商量了，這手藝是她教的，可她也從劉棗花那邊拿了好幾年的錢，差不多了，以後那生意就歸大房，掙的錢也獨歸他們。

大房雖沒暴富，卻也是小有資產的富裕人家，只想守著生意，不想重頭來過，便留在了長榮縣。

程家興遷去府城，還把雙親接出去見識。

府城大是大，宅院也寬敞，可程來喜住得不自在，剛出來那幾天還新鮮，新鮮勁過了就喊無聊，不讓他種地，又不認識什麼人，勉強住了一個半月，非說要走，拿孫子都留不住他，說再住下去，能閒出一身毛病，還是回鄉下種地，沒事跟老鄉親說說話，日子好混。

程家興沒辦法，只得把人送回去。

黃氏則多待了一段時日，後來惦記大房跟二房，也回去了。

至此，程家四兄弟是真真正正走上了自己的路，一個在鄉下，一個在縣裡，一個在府城，一個在京城。

四房的人一直沒回來過，信倒是沒斷，藉由家書，他們知道程家旺一切都好，袁氏過去之後，第二年又生了兒子，第三胎才是閨女。

本以為他們這輩子只能通過書信往來，孰料東子的商隊越發成氣候，越走越遠，在二娃八歲時，打通了京城的路，東子親自跑了一趟，回來之後，帶程家興過去瞧瞧四房。

何嬌杏沒去，她在家中看顧子女。

二娃程守業沒繼承到他娘那把力氣，可他聰明，進學堂之前就能寫會背，跟著夫子學了不過月餘，夫子特地登門拜訪，讓程家支持他，只要二娃能收心苦讀，前程必定遠大。

既然能讀書，二娃也挺喜歡，家裡當然儘量滿足他。有些書，本地沒有，程家興會拜託東子出去時，從外面捎帶。家中藏書不少，經史子集、奇聞異志都有，冬菇也愛看，她看些雜書長見識。

二娃從小就有擔當，他是弟弟，卻總有種責任和使命，覺得未來全家的重擔都在自己肩上，必須刻苦努力。他要有出息，才能守住家業，才能護得住他娘跟姊姊。

巧得很，冬菇也為家裡這個從小不太活潑、像個小老頭，且弱不禁風的弟弟操碎了心。

不過，這個弱不禁風是冬菇以為的，二娃則是自我感覺良好。

早說過冬菇底子好，十六歲訂了親，對方是府城裡大商戶家的公子，個性像極程家興年輕的時候。起初也是見色起意，一來二去，成了歡喜冤家。

冬菇先嫁出去，又過了兩、三年，二娃中舉，次年得了進士出身。因年紀輕輕且模樣俊秀，殿試時便受到注目，仕途雖小有波折，總體也還順遂。

何嬌杏跟程家興很會生財，此生有閨女孝敬，又有兒子掙來的地位，哪怕稱不上轟轟烈烈，也是和樂美滿，平安遂意了。

——全書完

真愛不請自來 真心只待有情人／頡之
珍珠奶茶

2019年9月出版

賴上皇商妻

穿越醒來變成農村女童，加上便宜老爹、軟弱姊姊與半路後娘，
這一家子嗷嗷待哺的該怎樣才能活下去？她只好拿出本事，
把平凡食物經營成「在地」名產，創造「外銷」機會！

文創風 784 1

怎麼一睜眼醒來，眼前就是一群男女老少吵鬧不休，烏煙瘴氣的，
還有個瘦弱的女孩正挨打，而自己竟然變成個十一歲的小女孩？!
原來是穿到這個荒涼的古代小農村，成了名叫蘇木的農村女，
那瘦弱的女孩便是自己親姊姊，至於親娘呢，早已難產而逝，
留下兩姊妹跟著孝順又耳根子軟的親爹，還有一家子重男輕女的親戚，
怎麼感覺這新生命似乎比前生更苦難呢……
才剛摸清楚自己該怎麼活在蘇家，親爹就馬上為她找了個後娘？!

文創風 785 2

平凡的油燜筍讓蘇家人體驗了發家致富的美夢，
卻也嘗到一夕跌落的殘酷現實，蘇木更明白自己無權無勢，
這點小利只為一家人引來麻煩，甚至欠下更多的人情與債務……
但她一個小姑娘有什麼法子能快速還清二百兩的欠債呢？
不如開店做生意，而且要越有創意越好，憑她的手藝開不了茶樓、菜館，
乾脆在這個古代郡城開間涼水鋪，什麼冰塊、珍珠、奶茶、汽水……啥的，
再導入現代行銷手法，她的「蘇記冷飲」果真一炮而紅，
她也因此結識貴人、找好靠山，唉呀，這日子真的舒坦多了～～

文創風 786 3

為了讓蘇記冷飲能開得長久，並且掌握更大更穩的生財管道，
蘇木把主意打到了茶葉上，開始從買茶到找地、種茶葉；
可光是產茶也不夠，這朝代的茶業並非私營，茶葉都得賣給官府，
既然如此，他們蘇家不但要賣好茶，更要成為皇商！
而這唐大少爺不但纏她纏得緊，更登堂入室在蘇家蹭吃蹭喝，
哄得一家老小開心服貼，簡直把他當成自家人，這下怕是甩不了他了吧？

文創風 787 4 完

鋒頭越盛，越接近皇家，也越步入更驚險狡詐的權力鬥爭，
原本以為的權勢巔峰，竟是烈火烹油，稍有不慎便是粉身碎骨，
連奉皇命出京的唐相予都遭了黑手，落了個通敵賣國之罪！
唐家被抄、一夕顛覆，想這男人曾為了她，幾次出手相救蘇家，
這次換成她要為他護好家人，周旋打點，即便旁人都說他恐已遭不測，
但她活要見人、死要見屍，才不枉這一世相愛一場……

加油 和貓寶貝 狗寶貝

廝守終生(一定要終生喔！)的幸福機會

對人來說，貓寶貝狗寶貝只是生活的一部分，但妳(你)對牠們來說，卻是生活的全部，領養前請一定要考慮清楚——

▲ 溫柔和順的毛小孩　小米

性　　別：女生
品　　種：米克斯
年　　紀：約4個月
特　　徵：米色的毛色，中小型犬
個　　性：乖巧溫順、親人親狗
健康狀況：已結紮，已打第一劑預防針

『小米』的故事：

小米是在埔里被一位善心人發現的，可惜這位善心人因為一些因素無法收留、照料小米，只能選擇將幼小又溫馴的牠給原放。

中途得知這件事情之後於心不忍，因為小米的個性十分溫柔，這樣的牠若自行在野外生存是相當地不容易，也很容易被欺負。因此，中途決定將小米帶回去安置，並且積極地想幫牠成功尋找到能棲身的家。

中途曾帶著小米在路跑送養會、草悟道義賣送養等活動亮相，每次小米都非常聽話，乖巧地待在一旁，而可愛的牠雖然吸引了不少路人的目光，卻仍沒有遇到屬於牠的主人。

小米現在仍盼望著有一個被寵愛的安身之處，若您願意實現這個期盼，歡迎私訊臉書專頁：狗狗山-Gougoushan。

認養資格及注意事項：

1. 認養者須年滿23歲，有穩定經濟能力，並獲得全家人的同意。
2. 須同意簽認養寵物切結書，並讓中途瞭解小米以後的生活環境。
3. 同意送養人日後之追蹤探訪，對待小米不離不棄。
4. 同意讓小米絕育，且不可長期關、綁著小米，亦不可隨意放養。
5. 為讓中途對您有更深入的瞭解，中途會先有份線上問卷請您填寫。

來信請說明：

a. 個人基本資料：姓名、性別、年齡、家庭狀況、職業與經濟來源等。
b. 想認養小米的理由。
c. 過去養寵物的經驗，及簡介一下您的飼養環境。
d. 若未來有結婚、懷孕、出國或搬家等計劃，將如何安置小米？

狗屋熱情響應　邀您參與公投聯署

政府全面結紮流浪貓狗
您的一份聯署＝浪浪的一線生機

請踴躍下載聯署書，相關資訊可搜尋FB粉絲頁：**公投:縣市政府應全面結紮遊蕩貓狗**

love.doghouse.com.tw　狗屋．果樹誠心企劃

財神嬌娘 3 完

國家圖書館出版品預行編目資料

財神嬌娘 / 雨鴉著. --
初版. -- 臺北市 : 狗屋, 2019.11
冊 ; 公分. --（文創風）
ISBN 978-986-509-061-6（第3冊：平裝）. --

857.7　　108016927

著作者	雨鴉
編輯	安愉
校對	沈毓萍
發行所	狗屋出版社有限公司
地址	台北市104中山區龍江路71巷15號1樓
電話	02-2776-5889～0
發行字號	局版台業字845號
法律顧問	蕭雄淋律師
總經銷	知遠文化事業有限公司
電話	02-2664-8800
初版	2019年11月
國際書碼	ISBN-13　978-986-509-061-6

本著作物由北京晉江原創網絡科技有限公司授權出版

定價250元

狗屋劃撥帳號：19001626

網址：love.doghouse.com.tw　E-mail：love@doghouse.com.tw

版權所有．翻印必究　倘有倒裝、缺頁、污損請寄回調換